Röslein tot

Dieses Buch ist ein Roman. Handlungen und Personen sind frei erfunden. Ähnlichkeiten mit lebenden oder toten Personen sind nicht gewollt und rein zufällig.

MARKETA HAIST

Röslein tot

Mit Illustrationen der Autorin

LANDKRIMI

emons:

Bibliografische Information der Deutschen Bibliothek
Die Deutsche Bibliothek verzeichnet diese Publikation in der Deutschen Nationalbibliografie; detaillierte bibliografische Daten sind im Internet über http://dnb.d-nb.de abrufbar.

MIX
Papier aus verantwortungsvollen Quellen
FSC® C083411

Umschlagmotive: iStockhphoto.com/nicoolay, fotolia.com/moleskostudio, sxc.hu/Billy Alexander
Klappeninnenseiten: iStockhphoto.com/Spiderplay
Umschlaggestaltung: Franziska Emons/Tobias Doetsch
Gestaltung Innenteil: César Satz & Grafik GmbH, Köln
Druck und Bindung: CPI – Clausen & Bosse, Leck
Printed in Germany 2013
ISBN 978-3-95451-151-8
Landkrimi
Originalausgabe

Eins

Der Sepp ist nicht nach Hause gekommen, stellt euch vor!

Jeden Donnerstag geht er am frühen Abend in den »Löwen« zum Schafkopfen, kommt so gegen elf zurück, macht noch eine Kontrollrunde durch seine Gärtnerei und dann ab ins Bett, die zwei oder drei Maß ausschlafen, die er beim Kartenspielen getrunken hat. Normalerweise. Aber nicht gestern Abend.

Als er um drei viertel zwölf immer noch nicht da war, ist die Anni, seine Tochter, mit Fahrrad und Taschenlampe hinaus. Nach einer Stunde kam sie wieder, total aufgelöst. Danach stand sie die ganze Zeit am offenen Küchenfenster und hat in die Finsternis hinausgestarrt.

Um Viertel nach eins hörte man ein Auto am Straßenrand anhalten. Ein Taxischild leuchtete auf. Die Anni war ganz aufgeregt. Der Sepp? Für die paar Schritte von der Wirtschaft würde der doch kein Taxi nehmen! Nein, es war der Jens, Annis Mann.

»Anni, warum bist du noch nicht im Bett? Was ist los mit dir?«

Die Anni drehte ihr tränenüberströmtes Gesicht zu ihm hin. »I wui hörn, wenn der Vatter kimmt. Du woaßt doch, dass er oiwei scho um elfe do is. Und jetzt is er ned do, und der Hintergruber Hansi hot gsogt, er is scho vor elfe naus aus der Wirtschaft!«

»Vielleicht hat er sich in der dunklen, mondlosen Nacht ja auf den dreihundert Metern von der Wirtschaft bis nach Hause verirrt«, witzelte der Jens.

»Soi i des jetzt spaßig findn?«, würgte die Anni hervor.

»Reg dich doch nicht auf, der wird irgendwo betrunken in den Büschen liegen. Erfrieren kann er nicht, es ist ja sogar nachts warm. Glaub mir, morgen früh kommt er mit einem ordentlichen Kater ins Gewächshaus getorkelt.«

»Wia kost so was sogn vo meim Vatter! Du woaßt genau, dess er no nia so bsoffa wor, dess er den Hoamweg nimma gfunden hätt. Nia! Außerdem hob i scho des gonze Dorf abgradlt mit der Toschnlampn. Nix! Koa Spur vo eam.«

»Du wirst morgen schon sehen, dass die ganze Aufregung umsonst war. Geh jetzt schlafen.«

»Dei Schwiagervatter is verschwundn, und di interessiert's überhaupts ned! Oiso, wenn du nix unternimmst, i ruf jetzt bei der Polizei o.«

»Nein, nein, nein, das mach lieber ich. Hier, ich geh schon zum Telefon. – Hallo? Ja, wir vermissen einen Senior, Herrn Josef Schladerer aus Reindlfing. Er ist einundsiebzig Jahre alt, mittelgroß, graue Stoppelhaare und trägt wahrscheinlich eine grüne Hose und eine braune Jacke, wie immer. Er hätte eigentlich um elf Uhr zu Hause sein sollen. Jetzt ist er immer noch nicht da und irrt vermutlich irgendwo herum. Ich habe zu meiner Frau gesagt, dass sich das Ganze sicher von allein aufklären wird, aber sie gibt keine Ruhe.«

»Mei Vatter irrt ned rum wia so a dementer Senior. Wia kost du bloß so an Schmarren verzähln?«

»Beruhige dich doch. Die Polizei ist dran, und bei denen ist die Sache in den besten Händen. Jetzt kannst du dich wirklich schlafen legen.«

»Schlofa? Ned dro zum denka! Moanst vielleicht, i tat meinen Vatter eifach vergessn?«

Da ist der Jens allein ins Bett gegangen, und die Anni hat weiter aus dem Fenster gestarrt. Später hat sie sich auf einen Küchenstuhl gesetzt und ist dort eingeschlafen.

Ich habe von all dem erst heute Morgen erfahren, als in der ganzen Gärtnerei über nichts anderes mehr geredet wurde. Und ich muss sagen, dass ich Annis Sorge um den Sepp voll und ganz teile. Wie kann der Jens die Sache nur so auf die leichte Schulter nehmen? Er ist ein rücksichtsloser Kerl, das habe ich immer gewusst. Mit ihm stehe ich auf Kriegsfuß, seit es mich überhaupt gibt.

Als ich noch ein Baby war, packte er mich einmal im Vorbeilaufen mit seiner Pratze an meinem einzigen Zweiglein. Die ersten Haarwurzeln fingen schon an zu reißen, da kam, dem Himmel sei Dank, der Sepp aus der Gewächshaustür und brummte: »Geh, Jens, loß de Holunder stoa, a Holunder is de Apotheek vom liam

Herrgott! Den Herrgott gibt's zwoar ned, ober de Heilwirkunga, de hob i selber ausprobiert.«

Uff, das war damals Rettung in letzter Sekunde. Da kann sich keiner wundern, dass mir der Sepp viel bedeutet und der Jens wenig.

Seitdem bin ich an der hinteren Wand des kleinen Gewächshauses, wo mich ein Vogel als winziges Samenkorn hingekleckert hat, kräftig gewachsen. Das große Gewächshaus mit dem Heizungsraum, der Kasse und dem Giftschrank befindet sich an der Straße und das kleine dahinter, übers Eck vom Fahrzeugschuppen. Zwischen dem kleinen Gewächshaus, dem Fahrzeugschuppen und dem Zaun mit dem rückwärtigen Tor, wo es zur Kompostanlage hinausgeht, liegt das Rosenquartier, das Herz der Gärtnerei. Von meiner Position sieht es fast so aus, als stünden die Rosen vor mir Spalier, doch sie sehen mich ganz im Gegenteil eher als einen Bewunderer am Rand ihrer Bühne. Sie bilden sich nämlich mordsmäßig was darauf ein, dass der Sepp ihnen seine ganze Aufmerksamkeit widmet. Er zieht die Unterlagen, er besorgt die Edelreiser, er okuliert, verbindet und päppelt die Rosen, bis sie blühen und duften. Dabei sticht sich der Sepp nie. Denkt er. In Wirklichkeit stechen die Rosen ihn nicht, weil sie ihn lieben. Mit anderen gehen sie nicht so behutsam um. Übrigens haben Rosen keine Dornen, sondern Stacheln, aber das sage ich nur für die Ahnungslosen. Für Pflanzen und Gärtner versteht sich das von selbst.

In der Gärtnerei vom Sepp sucht man Allerweltssorten, die rote Salatköpfe ohne jeden Duft hervorbringen, den ganzen Sommer blühen, die welken Petalen sauber abwerfen und resistent gegen Mehltau sowie alle sonstigen Schädlinge sind, vergeblich. Da könnte man ja gleich Plastikrosen aufstellen. Der Sepp hat schon alte Rosensorten gesammelt und kultiviert, als sich in der Gegend noch weit und breit kein Mensch außer ihm dafür interessiert hat. Mittlerweile liegt er mit der Zucht dieser Sorten aber voll im Trend. Von weit her kommen die Schickimickis, um sich für ihre Villengärten die derzeit angesagtesten Pflanzen zu besorgen. Bei dieser Gelegenheit versuchen sie oft, sich beim Sepp einzuschleimen, indem sie mit ihm fachsimpeln. Da lässt er sie aber eiskalt abblitzen. Solche Leute waren ihm schon immer aus tiefster Seele zuwider.

Wenn der Sepp einen Rundgang durch das Rosenquartier macht, versuchen seine Schützlinge, einander durch ihre Attraktivität auszustechen.

»Er hat mich doppelt so lange angesehen wie dich. Ich bin seine eindeutige Favoritin!«, ruft die rote Rose von Lancaster dann der weißen Rose von York zu. Die lässt das natürlich nicht auf sich sitzen.

»Dafür hat er mich berührt und dich nicht! Er wollte sich an dir nicht die Finger schmutzig machen.«

Die weiß-rote »York and Lancaster« am Anfang der Reihe versucht, zu schlichten: »Kinder, vertragt euch, der Sepp liebt uns doch alle, wisst ihr das denn nicht?«

Dieser Vermittlungsversuch bewirkt jedoch nur, dass die beiden angriffslustigen Stachelgewächse mit vereinten Kräften auf die »York and Lancaster« losgehen.

Die weiße Rose von York wird noch etwas weißer vor Empörung und stänkert: »Für uns gilt das bestimmt, aber bist du dir wirklich sicher, dass er ausgerechnet *dich* ebenfalls liebt?«

Die rote Rose von Lancaster läuft purpurfarben an und keift: »Du nennst *uns* Kinder? Dabei wurdest du doch *nach* uns gezüchtet! Ohne uns beide gäbe es dich überhaupt nicht, du solltest wirklich ganz still sein.«

Als ob der Sepp verstehen könnte, worum es geht, bringt er die zänkischen Damen dann meist durch eine gebieterische Geste zum Verstummen und wendet sich der »Maiden's Blush« zu, die schüchtern ihre rosarote Knospe senkt. Als Einzige aus dieser Gesellschaft findet sie es eher unangenehm, intensiv begutachtet zu werden. Da läuft ihr immer eine zarte Schamesröte über die Petalen.

Das Benehmen der »Louise Odier« neben ihr ist das krasse Gegenteil: »Hier! Sepp! *Hier* bin ich! Schau doch endlich her!«, krakeelt sie hemmungslos. Am liebsten würde sie noch ein Stückchen höher klettern. Sie ist ja eine halbe Kletterrose, nur fehlt ihr das Rankgerüst. Was für ein Jammer! Sie schreit noch lauter. Aber der Sepp zieht nur kurz die Augenbrauen zusammen, und sofort beherrscht sich die »Louise Odier«. Manchmal habe ich wirklich den Eindruck, dass er der einzige Mensch ist, der die Pflanzensprache versteht. Wie weit dieses Verständnis geht, kann ich allerdings nicht sagen.

Am Ende der Reihe steht die »Annie Vibert«. Sie weiß, dass sie es nicht nötig hat, sich vorzudrängeln. Sie bekommt immer die volle Aufmerksamkeit vom Sepp. Früher oder später. Deshalb murmelt sie nur leise: »Ich verstehe nicht, warum ihr euch alle so aufregt. Ist schon mal eine zu kurz gekommen?« Dann schließt sie verträumt ihre zartrosa Kelchblätter und wartet geduldig, bis sie dran ist.

Die »Deuil de Paul Fontaine« dagegen, die ihren Platz in der Reihe kurz vor der »Annie Vibert« hat, jammert: »Immer muss ich so lange warten, bis der Sepp endlich zu mir kommt. Das ist doch wirklich zum Heulen!« Sie lässt trübsinnig ihre karminroten Blütenköpfe hängen, rappelt sich dann aber schnell wieder auf, um sich dem Sepp in ihrer besten Form zu zeigen.

So ist es jedes Mal. Unter den Rosen gibt es immer einen großen Trubel, wenn der Sepp anwesend ist. Allein seiner Autorität ist es zu verdanken, dass die zwischenpflanzlichen Querelen nicht in Blattgreiflichkeiten ausarten.

Die Rosen halten sich für die Schönsten, die Wertvollsten, die Herzblättchen vom Chef. Über alle anderen rümpfen sie ihre Kelchblätter. Jetzt, wo ich blühe, bekomme ich dauernd irgendwelche Kränkungen zu hören: »Was du da verströmst, kann man wirklich nicht als Duft bezeichnen. Hör endlich auf, uns mit deinem Gestank zu belästigen.« So oder so ähnlich, Tag für Tag.

Da dürfen sie sich kaum wundern, dass ich nicht klage, wenn mal ein paar von ihnen eingehen. Den aufgeblasenen Holländerinnen vor drei Jahren geschah es ganz recht, mal ehrlich. Da hatte der Sepp bei einer niederländischen Spezialgärtnerei eine Auswahl von ganz seltenen Rosensorten bestellt. Schon kurz nach ihrer Ankunft machten sie sich dermaßen unbeliebt, dass keiner mehr mit ihnen sprechen mochte. Im ersten Winter standen sie im kleinen Gewächshaus, zur Akklimatisierung. Dort haben sie sich breitgemacht und alle anderen pflanzlichen Bewohner der Gärtnerei mit spitzen Bemerkungen traktiert. Vor dem zweiten Winter hat der Sepp sie draußen eingepflanzt, schön angehäufelt, wie sich's gehört, aber es waren eben holländische Rosen. Die sind den bayrischen Winter nicht gewohnt.

Wie haben sie erbärmlich mit den Stacheln geklappert. Sie haben gejammert, geschlottert und geseufzt, doch der Frost hat nicht nachgelassen. Und irgendwann waren sie still. Tot. Der Sepp hat noch gehofft, dass sie im Frühjahr austreiben. Umsonst. Nie zuvor habe ich jemanden gesehen, der so in sich zusammengesunken dastand wie der Sepp damals im Frühling. Als ihm klar wurde, dass nichts mehr zu machen war, hat er sie ausgegraben und zu einem Haufen hinter dem kleinen Gewächshaus aufgeschichtet. Ein Rosenfriedhof, direkt vor meinen Augen. Sie ganz zu entsorgen hat er nicht übers Herz gebracht. Schließlich waren sie seine Schätzchen gewesen.

Noch heute bleibt der Sepp manchmal ganz niedergeschlagen vor dem Haufen stehen. Immer seltener allerdings, denn die lebenden Lieblinge beschäftigen ihn zur Genüge. Vor allem seine neueste Errungenschaft: Seit letztem Sommer haben wir Prominenz im Rosenquartier.

»Ich heiße ›Fürstin Tatjana Alexandrowna‹«, stellte sie sich vor. »Ich wurde schon im 18. Jahrhundert in Sankt Petersburg gezüchtet. Ich bin eine *Seltenheit*! Ich galt lange Zeit als verschollen, von mir waren nur noch zwei Exemplare übrig. Und der Sepp ist *bis nach Weißrussland* gereist, um *mich* zu holen!«

Dabei reckte sie ihre pfirsichfarbenen Blüten so hoch, wie sie konnte. Die sind nicht hässlich, das muss man zugeben. Mit ihrem Duft ist es jedoch nicht weit her, obwohl sie das glaubt. Mir wird ganz übel, wenn ich diese großspurigen Sprüche den ganzen Tag ertragen muss. Zum Glück regen sich die anderen Rosen auch darüber auf und stauchen die »Fürstin« von Zeit zu Zeit richtig zusammen. Ihre Petalen hält sie dann aber leider immer nur für kurze Zeit zugeklappt. Der Jens würde ihr am liebsten ganz das Maul stopfen. Er wollte sogar mit einem Gentest nachprüfen lassen, ob unsere Fürstin wirklich von den Sankt Petersburger Rosen abstammt, aus denen sie gezüchtet worden sein soll. Der gönnt dem Sepp nämlich seinen Erfolg mit der Auffindung nicht. Da hat er aber auf Granit gebissen: »Geh ma fort mit so am neimodischn Käs!«, hat der Sepp gesagt. »I *woaß*, dess die's is. I hob meine Gründ, de wo du ned verstehst.«

Auch wegen dieses Haufens aus dürren Rosen geraten der Gärtner und sein Schwiegersohn immer wieder aneinander. Der Jens wollte das Gestrüpp schon oft verbrennen, aber der Sepp hat ihn jedes Mal wütend daran gehindert.

»Wie sieht denn das aus, wenn wir einen Kunden durch die Gärtnerei führen, und da liegt ein Haufen von dürren Rosen? Da muss der Kunde ja denken, bei uns seien die Pflanzen nicht in den besten Händen«, argumentierte der Jens.

»Hinter meim Gwächshaus hot a Kunde überhaupts nix verlorn! Do hob bloß i Zutritt. Und du kost aa ned grod do rumlaufa, wia's dir passt, ohne mi zum frogn. De Rosen bleim, wo sie san, und basta.«

Das war das letzte Wort vom Sepp zu diesem Thema.

Deshalb bin ich auch kein bisschen überrascht, als ich den Jens jetzt, am Freitagvormittag, mit Zeitungspapier und einer Schachtel Streichhölzer in der Hand zum Rosenhaufen pirschen sehe. Der Sepp ist nämlich immer noch nicht wieder aufgetaucht. Und kaum ist die Katze aus dem Haus …

Der Jens hockt sich mit dem Rücken zu mir an den Haufen, hebt die untersten Stöcke ein bisschen an und schiebt wahrscheinlich zerknülltes Papier darunter. Ich kann es nicht sehen, weil alles von seinem Rücken verdeckt ist. Er zögert kurz. Dann höre ich das Zischen vom Streichholz, und Qualm steigt hoch. Aber keine Flammen. Der Jens flucht wie ein Rohrspatz. Er schmeißt ein Streichholz nach dem anderen in den Haufen, ohne Erfolg. Es hört sogar bald ganz auf zu qualmen. In diesem Augenblick kommt die Anni aus der Gewächshaustür.

»Wos stinktn do so? Jens? Du werst doch ned de Rosn vom Vatter verbrenna, ohne ean zu frogn? … Woart amoi, do grünt doch wos? Die wern doch ned no austreibn?«

Schon hockt die Anni neben dem Jens und stochert in dem Haufen herum. Gleich darauf lässt sie einen Schrei los, dass alle Bäume in Reindlfing vom obersten Zweigerl bis zum Kronenansatz erzittern. Sie zerrt an grünem Stoff, bis das Bein vom Sepp zum Vorschein kommt. Dann bleibt sie ein paar Sekunden wie gelähmt hocken. Und dann schreit sie: »Geh! Geh! *Geh!*«

Der Jens flüstert kaum hörbar: »Ich habe nichts damit zu tun, ich schwör's bei allem, was mir heilig ist.«

Die Anni schreit wieder, dass sich ihre Stimme überschlägt: »Geh fort, i wui di nie wieder seng!«

Sie starrt wie angewurzelt auf das Bein. Der Jens bleibt eine Weile stehen und verzieht sich dann still in Richtung Haus.

Als die beiden Polizeiautos und der Leichenwagen vor dem Fahrzeugschuppen parken, verharrt die Anni noch immer in der gleichen Bewegungslosigkeit wie das Bein vom Sepp.

Gestalten mit und ohne Uniform steigen aus den Fahrzeugen und schwärmen in die ganze Gärtnerei aus. Einer läuft herum und fotografiert. Die Übrigen schnüffeln an allem wie Hunde, die einen guten Platz zum Pinkeln suchen. Ein Grauhaariger in einer etwas abgewetzten leinenen Sommer-Trachtenjacke bleibt neben der Anni stehen, während seine Kollegen vorsichtig die toten Rosen wegräumen, bis der ganze Sepp zum Vorschein kommt. Einer in Schutzkleidung begutachtet ihn von allen Seiten, fingert an ihm herum und sagt: »Vermutlich Schädelbasisbruch. Stumpfer Gegenstand. Todeszeitpunkt etwa dreiundzwanzig Uhr.«

Nach ein paar Minuten kommt ein junger Kerl im kurzärmligen Karohemd und raunt dem mit der Trachtenjacke zu: »In der Garage liegt eine alte Brechstange auf dem Boden, wie es scheint, klebt Blut daran. Könnte also die Tatwaffe sein.«

Der Sepp sieht friedlich aus, friedlicher als sonst. Man würde gar nicht meinen, dass er tot ist, wenn nicht kleine dunkelrote Rinnsale aus seinen Nasenlöchern und Ohren über seine weißen Wangen und Schläfen laufen würden. Sein Gesicht erinnert an die weiß-rot gestreiften Petalen der »York and Lancaster«, die in der ersten Beetreihe steht und ihre Blätter erbärmlich hängen lässt, seit sie verstanden hat, was passiert ist. Ein paar ihrer Blüten sind ganz geknickt.

Einer der Uniformierten malt einen weißen Kranz um den Sepp. Dann bringt man eine Blechwanne, legt ihn hinein, macht den Deckel zu und trägt ihn fort.

Das war's also.

Zwei

Wie konnte so was bloß passieren? Und wieso können mir die Rosen nichts darüber sagen, *wie* es passiert ist? »Lärm ... heute Nacht«, »unverständliches Flüstern ... schaurig«, »Schlag ... Schleifen ... Knistern ... Taschenlampe«, »Furchtbar ... im Dunkeln«, »Hast du gehört?«, plappern sie alle durcheinander. Mehr ist aus ihnen nicht herauszukriegen.

»*Was* soll ich gehört haben? Ihr seht doch, dass ich erst seit dem Morgengrauen wieder höre!«

Wie bitte? Wundert sich da etwa jemand, dass wir Pflanzen hören und sehen können? Aber selbstverständlich können wir das! Die Schallwellen versetzen unsere Blätter in Schwingung, wodurch wir alles nachvollziehen, was so in der Luft liegt. Sofern wir dort, wo wir verwurzelt sind, den lokalen Dialekt beherrschen. Neulinge tun sich mit dem Reindlfingerischen oft ein wenig schwer. Für uns alteingesessene Pflanzen ist das kein Problem. Wir saugen es mit den Keimblättern auf.

Weil man zum Hören Blätter braucht, werden Laubbäume taub, wenn sie im Herbst ihr Laub abwerfen. Dann schlafen sie meistens aus lauter Langeweile bis zum Frühjahr durch. Wenn eine Pflanze ihrer Blätter auf andere Weise beraubt wird, ist es ganz genauso. Das ist mir vor ein paar Tagen passiert, weshalb ich jetzt dieses unsägliche Informationsdefizit zu kompensieren habe. Der Jens hat mich am Montag dermaßen gestutzt, dass kein belaubter Zweig mehr übrig blieb. Zum Glück treiben Holunder wie ich ziemlich schnell wieder aus, aber ein paar Tage dauert es schon, bis sich frische Blättchen entfalten. Bei mir war es heute früh so weit.

Sehen können wir Pflanzen erfreulicherweise auch ohne Laub. *Natürlich* haben wir Augen. Doch wozu unsere Augen gut sind, wenn sie gerade keine Knospen treiben, das wissen die Menschen nicht. Sie nennen sie dann »schlafende Augen«, was das genaue Gegenteil vom wahren Sachverhalt ist: Hellwach sehen wir mit unseren »schlafenden Augen« alles, was um uns herum passiert.

Und wir können sogar noch viel mehr als hören und sehen. Über beträchtliche Entfernungen hinweg senden wir einander chemische Signale zu. Diese Signale treten durch die Stomata, die Spaltöffnungen in der Blattoberfläche, aus und ein. Da es sich dabei um bestimmte Moleküle handelt, werden die chemischen Botschaften von allen Pflanzen weltweit verstanden. Toll, was? Die Molekülwolken übermitteln außer optischen und akustischen Eindrücken übrigens auch Gedanken und Gefühle von einer Pflanze zur anderen. Unsere Kommunikation mit den Menschen klappt leider nicht ganz so reibungslos. Nach einer Million Jahren Koexistenz mit uns Pflanzen haben sie gerade mal das bloße Vorhandensein der chemischen Signale entdeckt. Dass sie unsere Sprache je verstehen werden, halte ich für unwahrscheinlich. Sie können ja nicht einmal ihr eigenes Gekritzel entziffern. Für die Hieroglyphen haben sie anderthalb Jahrtausende gebraucht, und die Zeichen der Induskultur sind ihnen immer noch ein Rätsel. Wir hingegen können die Menschen sehen, hören und verstehen wie unseresgleichen. Viel weiter geht die Wahrnehmung aber leider nicht. Ihr Innenleben macht sich zwar durch die Absonderung von ganz charakteristischen Dünsten bemerkbar, die wir in unsere Blätter einsaugen und sorgfältig analysieren, doch mehr als ihre emotionale Grundstimmung können wir nicht herausfiltern.

Vielleicht ist es gut, dass die Menschen uns nicht verstehen. Wenn sie ihre Nasen in unsere Kommunikation hineinstecken würden, käme am Schluss sicher genau das gleiche Chaos heraus wie bei ihnen selbst. Manchmal hat man den Eindruck, dass die menschliche Kommunikation hauptsächlich aus Missverständnissen besteht. Das war aber sicher nicht der Grund, warum jemand den Sepp ermordet hat. Wenn er die anderen provozierte, hat er sich meistens ziemlich klar ausgedrückt.

Leider muss ich sagen: So gut der Sepp mit uns Pflanzen umgehen konnte, so schlecht hielt er es mit seinesgleichen. Friedliebend war er überhaupt nicht. Im Gegenteil: Er brach gern unnötigen Streit vom Gartenzaun, wann immer es ihm gerade einfiel. Da kochte des Öfteren die Wut in seinem Gegenüber hoch. Und

diesmal hat die Wut anscheinend bewirkt, was ich immer befürchtet hatte. Wie oft habe ich dem Sepp zugeflüstert, dass er sein Temperament ein bisschen zügeln soll! Aber er hat immer bloß auf seine Rosen gehört.

Jetzt erst kapiere ich, dass ich meinen alten Gärtner nie wiedersehen werde. Die Anni, die immer noch neben den toten Rosen hockt, fängt leise an zu weinen. Ich könnte mich ihr glatt anschließen, wenn ich Milchsaft zum Absondern hätte.

Der in der Trachtenjacke hockt sich neben sie und berührt vorsichtig ihren Arm. »Fühlen Sie sich imstande, ein paar Fragen zu beantworten? Wenn nicht, kommen wir später wieder.«

»Ja … Naa … doch, frogns ruhig.«

Die Anni und der Polizist stehen auf.

»Darf ich mich vorstellen? Kriminaloberkommissar Stuhlinger. Und das hier ist Kriminalhauptmeister Wellmann.« Damit meint er den Karierten.

»Sie sind Anna Schultes, die Tochter des Verstorbenen. Ist das richtig?«

Die Anni schnieft und nickt verschüchtert. Der Stuhlinger lächelt ihr aufmunternd zu und versucht, sie mit einem Scherzchen lockerer zu stimmen.

»Also, ich fange mal mit der Klischeefrage an, wie Sie sie aus dem Fernsehkrimi kennen: Hatte Ihr Vater Feinde?«

Die Anni nimmt das Scherzchen gar nicht wahr. »Wissen's, mei Vatter wor a bisserl schwierig. Ober die Leit hom gwusst, dess er's ned so moant. I tat sogn, wirkliche Feinde hatte er ned. I werd's nia versteng, wia der Jens so was hot toa kenna. Er hot doch ois kriagt bei uns, wos er braucht hot.«

»Der Jens?«

»Mei Ehemo.«

»Sie sind also überzeugt, dass Ihr Mann der Täter ist?«

»Mei Mo wollt den Vatter mitsamt dene Rosen verbrenna, und i hob ean auf frischer Tat ertappt. Wer soi's denn sonst gwesn sei? Mei Vatter is eam bei der Modernisierung vo dera Gärtnerei im Weg gstandn. Außerdem hot er grod erst am Montag a Ogebot vo aner hoiben Million obglehnt, auf des mei Mo gonz schoarf wor. Für mi is die Sach total kloar.«

»Ein Angebot von einer halben Million? Das ist ja interessant. Ich habe noch nie gehört, dass es in einer Gärtnerei etwas zu kaufen gibt, was eine halbe Million kosten würde. Was war denn das Besonderes? Oder wollte jemand die ganze Gärtnerei kaufen?«

Die Anni antwortet nicht. Sie starrt auf eine Lücke in den Rosenreihen und wird blass. »Sie is weg!«

»Wie, was, wer, weg?«, fragt der Stuhlinger irritiert.

»Die Fürstin!« Ihr Finger zeigt anklagend auf die Stelle zwischen der weißen Rose von York und der rosaroten »Maiden's Blush«. »Do is's gestern no gstondn, der Schlog soi mi treffa, wenn's ned woahr is!«

Tatsächlich. Und mir war es noch gar nicht aufgefallen! Dass ich ihre Angebereien heute Morgen nicht vermisst habe, kann man noch verstehen. Aber die anderen Rosen, haben die etwa nichts bemerkt? Das kann doch nicht sein! Ich gehe dem sofort auf den Grund.

»Weißt du, es war wirklich stockfinster heute Nacht«, gibt die »Louise Odier« zu bedenken. »Nur einmal ist eine Taschenlampe aufgeblitzt und hat uns alle geblendet. Sonst sahen wir nichts.«

»Wir haben nur dauernd irgendwelche schrecklichen Geräusche gehört«, entschuldigt sich die »Maiden's Blush« und errötet ein wenig.

»Die Fürstin wird doch um Hilfe gerufen haben«, widerspreche ich enrüstet. »Ich konnte es ja nicht hören, so, wie mir der Jens zugesetzt hat, aber ihr!«

»Sie ist sicher in Ohnmacht gefallen. Sie war doch so empfindlich«, wendet die »Annie Vibert« ein, und die rote Rose von Lancaster macht der weißen Rose von York Vorwürfe: »Du hättest besser auf sie aufpassen sollen. Du bist doch direkt neben ihr gestanden.«

»Aufpassen? Bin ich denn ihre Kindergärtnerin? Sie hat sich doch immer für die Allerklügste gehalten. So jemand wird wohl auf sich selbst aufpassen können. Außerdem standest du auch nicht viel weiter weg als ich.«

»Es macht doch keinen Sinn herumzustreiten«, beschwichtigt die »York and Lancaster«. »Niemanden trifft eine Schuld. Es ist eben passiert, und keiner kann es ungeschehen machen.«

Der Stuhlinger steht ein wenig auf dem Schlauch.

»Welche Fürstin? Haben Sie Feriengäste?«

»Die hot jemond gstohln. I muass die wiederkriagn. Alloa für dem Vatter sei Odenken.«

»Eine Fürstin, gestohlen?« Auch der Karierte guckt perplex.

»Ach so, des kenna's ned wissn. Des is a Rose, de wo scho praktisch ausgstorbn wor, und mei Vatter hot sie wiederentdeckt. Für die hot der Sprenger de hoibe Million gebotn, wo Sie sich vorhin gwundert hom.«

»Welcher Sprenger denn?«

»Des is a Kunde, a Rosenliebhober. Klaus Sprenger hoaßt er. Außerdem is er a großer Wohltäter vo Reindlfing. Er hot de Sanierung vo unsrer Kirch finanziert. Ober mei'm Vatter wor er trotzdem zwider. Oder grod deshoib. Eam wor's goar ned recht, dess der Sprenger so oft kemma is. De Rosenliebhober san manchmoi richtig fanatisch, des kenna's Eana goar ned vorstelln.«

»Und Ihr Vater hat ihm die Rose nicht überlassen.«

»Naa, hot er ned. Weil, mei Vatter is ned käuflich gwesn.«

»Meinen Sie nicht, dass dieser Herr Sprenger dann auch ein Motiv gehabt hätte, Ihren Vater zu ermorden?«

»Do hom's woi recht. Ober er hot ned versucht, mein Vatter zum verbrenna.«

»Da haben *Sie* recht. Wir werden der Sache trotzdem nachgehen.«

»Ach, dann kenna's dera Gräfin Lohberg aa glei nochgehn. De wor nämlich kurz noch dem Sprenger do und woit de Rosn aa unbedingt hom. Und der Vatter hot ihra gsogt, er hätt sie scho dem Sprenger versprocha, warum, woaß i ned. Weil des hot doch goar ned gstimmt.«

»Gräfin Lohberg?«

»Jo, so hoaßt die, aa a große Rosenliebhoberin. Sonst woaß i nix über sie.«

»Fällt Ihnen noch irgendetwas Besonderes ein, was in den letzten Tagen vorgefallen ist? Ein Streit oder so?«

»Naa ... woartn's amoi ... doch, do wor wos. I wor am Sonntag mit meim Mo Kaffee trinkn bei der Vilshoferin, oiso im ›Café am Anger‹. Mei Mo hot sich no a Bier bstellt, ober i bin dann ganga. Und wia i wieder hoamkimm, do hör i Stimmen am Fohrzeugschuppen. Des wor der Vatter und der Buchenwalder. Der Buchenwalder, des is a Freind vom Herrn Pfarrer, der kimmt ean manchmoi am Wochenend bsuchn. Und jetzat is er mit meim Vatter neben seim Auto gstandn, des wo vor unserm Schuppen geparkt wor. Und der Vatter sogt zu eam: ›Geb doch zua, dess du mit dene Urkunden vom Herrn Pfarrer hondelst und sie ois echt verkaufst.‹«

»Was für Urkunden?«

»De oide Urkundn, de der Herr Pfarrer ois Hobby nochmocht.«

»Als Hobby? Was macht er denn da genau, wissen Sie das?«

»Oiso, der Herr Pfarrer, des is so a richtiger Bücherwurm. Er hot a poar richtig wertvolle Bibeln und kennt sich mit so Zeig guat aus. Und er liebt des oide Papier so sehr, dess er historische Dokumente nochschreibt. Mit Pergament, Wochssiegeln und ollem Drum und Dran. Des mocht eam hoit an Heidenspaß, wenn ma so wos bei einem Pfarrer sogn ko. Ab und zua schenkt er dem Buchenwalder oane vo dene Urkundn.«

»Verstehe. Und was hat der Herr Buchenwalder auf die Anschuldigung Ihres Vaters geantwortet?«

»Goar nix. Der hot sich in sei Auto gsetzt und is davo.«

»Können Sie mir etwas Näheres über diesen Herrn Buchenwalder sagen?«

»Er wor a Schulkamerad vo meim Vatter. Am bestn kennt ean sicher der Herr Pfarrer.«

Der Stuhlinger macht sich ein paar Notizen. Dann blickt er wieder hoch. »Übrigens, wo waren Sie in der vergangenen Nacht?«

»Sie moana doch ned, dess i mein Vatter umbrocht hob? Spinna's?«, ruft die Anni schockiert.

»Ist nicht persönlich gemeint. Das frage ich jeden.«

»I hob den gonzn Obend dahoam auf ean woartet. Normolerweis hätt er spätestens um hoibe zwölf herinnen sei miassn. Er kimmt oiwei so kurz vor de elfe vom Schofkopfa hoam und mocht noch sein' Kontrollrundgong wia jeden Obend. Do schaugt er, ob ned noch irgendwo 's Wosser lauft, ob's Licht im Schuppen ausgschoitet is und im Winter, ob de Heizanlag richtig lauft.«

»Wer wusste davon, dass Ihr Vater jeden Abend einen Kontrollrundgang macht?«

»Mei Mo und i selbstverständlich. Und woahrscheinlich olle im Dorf, weil die hom eam jo dabei übern Zaun zuaschaugn kenna. Ober i woaß ned genau, weil des is koa Thema, über wos ma so redt.«

»Wissen Sie, wer gestern Abend mit Ihrem Vater beim Schafkopfen war? Können Sie mir die Namen nennen?«

»I wor jo ned dort, ober der Hansi Hintergruber, der bucklige Alois, Kreizmeier hoaßt er, und der Schorsch Brandl verpassn normolerweis koa oanzigs Schofkopfa.«

»Wellmann, haben Sie das?«, fragt der Stuhlinger den Karierten. »Wir müssen die Herren so bald wie möglich befragen. Frau Schultes, könnten Sie jetzt bitte ins Haus gehen und Ihren Mann zu uns schicken?«

Die Anni verschwindet.

»Ich glaube nicht, dass die Rosenliebhaber etwas mit dem Mord zu tun haben«, sagt der Wellmann, als sie allein sind. »Wenn der Schladerer einen Dieb oder eine Diebin auf frischer Tat ertappt hätte, dann hätten wir die Brechstange wohl eher im Rosenbeet gefunden. Noch dazu hätte derjenige sie dann in weiser Voraussicht dorthin mitnehmen müssen«, überlegt er.

Der Stuhlinger widerspricht. »Es könnte sich aber auch so abgespielt haben: Der Gärtner erwischt den Rosendieb. Er zerrt ihn in die Garage, will ihn einsperren und die Polizei holen. Der Dieb sieht die Brechstange – und rumms.«

Bevor der Wellmann seine Meinung zu dieser Theorie äußern kann, kommt schon der Jens.

»Also, Herr Schultes, ich fange gleich mit der Klischeefrage an, wie Sie sie aus dem Fernsehkrimi kennen«, wiederholt der Stuhlinger seinen Scherz von vorhin: »Hatte Ihr Schwiegervater Feinde?«

»Und ob. An jedem Finger zehn. Sie können fragen, wen Sie wollen, alle werden Ihnen das Gleiche erzählen. Außer meiner Frau, die hat ihn mit Heiligenschein gesehen. Der Sepp hat sich immer mit allen anlegen müssen. Ohne Streit war der nicht glücklich. Da hat er sich gelangweilt. Mich wundert es überhaupt nicht, dass ihn jemand ermordet hat. Aber *ich* war's nicht, dass Sie das wissen! Sonst hätte ich kaum selbst die Polizei geholt.«

»Wo waren Sie in der vergangenen Nacht?«

»Ich bin den ganzen Nachmittag und Abend im Zug gesessen. Siebeneinhalb Stunden, von Hamburg bis Penzberg. Von dort habe ich ein Taxi genommen, das mich um kurz nach eins hier abgesetzt hat. Sie können den Taxifahrer fragen. Xaver hieß er und hat mir den ganzen Weg das Ohr vollgequasselt. Es war die Rückfahrt von einer Geschäftsreise. Ich habe einen Spezialbetrieb in der Nähe von Hamburg besichtigt. Von

Dienstagmorgen bis heute Nacht um Viertel nach eins war ich unterwegs.«

»Welcher Betrieb war das?«

»Die Baumschule heißt ›Timm von Ehern‹. Sehr renommiert. Ich wurde dort von einem Herrn Jespersen herumgeführt. Rufen Sie ihn einfach an.«

»Haben Sie noch die Bahnfahrkarten von Ihrer Reise?«

»Natürlich, die kann ich Ihnen geben. Aber ich brauche sie zurück, für die Steuer.«

»Könnten Sie mir vielleicht noch erklären, warum Sie die Leiche Ihres Schwiegervaters verbrennen wollten?«

»Das wollte ich überhaupt nicht! Ich hatte keine Ahnung, dass er dort liegt. Ich habe mir nur gedacht, wenn er sich herumtreibt, nutze ich die Gelegenheit, um hier endlich Ordnung zu schaffen. Er hatte nämlich was dagegen, dass die erfrorenen Rosen entsorgt werden. Warum auch immer. Also, vernünftig war er selten. Sie müssen doch selbst zugeben, dass der Haufen fürchterlich ausgesehen hat. Außerdem, wenn ich den Schwiegervater hätte verbrennen wollen, dann hätte ich ihn doch oben auf den Scheiterhaufen gelegt und nicht darunter! Darunter wäre er wahrscheinlich überhaupt nicht richtig verbrannt.«

»Und als sie das Zeitungspapier unter die Rosen schoben, ist Ihnen da gar nichts aufgefallen?«

»Nein, gar nichts. Sie versuchen, mir irgendwas unterzuschieben, was vorne und hinten keine Logik hat!« Der Jens starrt dem Stuhlinger erbost in die Augen. Dann beruhigt er sich ein bisschen und wendet den Blick in eine andere Richtung. »Da! Sehen Sie, das war der Mörder«, ruft er plötzlich.

»Wie? Wo? Was meinen Sie? Ich sehe niemanden.«

»Dort hinten. Das Tor zum Kompost ist offen.«

»Das ist schon die ganze Zeit offen.«

»Normalerweise ist es aber durch eine Kette mit Vorhängeschloss abgesperrt. Vor meiner Abreise hing sie noch da, jetzt ist sie weg. Ich bin mir absolut sicher. Wer auch immer meinen Schwiegervater ermordet hat, muss das Schloss geknackt haben und ist dort hinten hereingekommen. So eine Kette hat man mit einem Bolzenschneider in zwei Sekunden durch. Ich sage Ihnen, Sie sind auf dem Holzweg, wenn Sie mich verdächtigen: Suchen Sie die Kette, dann haben Sie den Mörder. Mich würde es übrigens nicht wundern, wenn dieser Landwirt, der Berglmaier senior, dahintersteckt. Mit dem hatte der Schwiegervater dauernd Streit um ein paar Quadratmeter Land, auf die beide Anspruch erhoben, ohne den Besitz nachweisen zu können. Mein Schwiegervater hat das Grundstück genutzt, aber nach Berglmaiers Ansicht widerrechtlich.«

Ich nicke leicht im Wind. Dass der Sepp mit dem alten Berglmaier Streit hatte, ist noch weit untertrieben. Ein richtiger Kleinkrieg war das, wenn ihr mich fragt. Der Berglmaier ist der größte Bauer von Reindlfing. Er hat einen Riesenbetrieb mit mehreren supermodernen Ställen. Als Hobby betreibt er einen kleinen Stall ganz traditionell, mit Misthaufen und allem. Am Berglmaierhof wird für durchreisende Gäste eine zünftige bayrische Brotzeit angeboten; da soll es wenigstens in einer Hofecke so aussehen wie in der guten alten Zeit. Doch das liebste Hobby vom Berglmaier war bis heute der Kampf um das Kofel-Eck.

Das Kofel-Eck ist ungefähr drei Meter breit, zwölf Meter lang und liegt am besagten Kofel, einem Hügel, den irgendein Gletscher mal in Reindlfing vergessen hat. Das Land vom Berglmaier liegt auf der einen Seite vom Kofel-Eck, das Land vom Sepp liegt auf der anderen Seite. Wem das Kofel-Eck selbst gehört, ist nicht ganz klar. Irgendwie fehlen auf dem Grundbuchamt die Unterlagen darüber. Dem Sepp gehört es offiziell jedenfalls nicht. Aber dem Berglmaier auch nicht. Dem schon gleich gar nicht, fand der Sepp. Fürs Grundbuchamt existiert das Kofel-Eck überhaupt nicht. Umso mehr für den Sepp und den Berglmaier. Sie hatten sich in die Sache richtig verbissen. Vielleicht weil sie beide Witwer waren und deshalb auf beiden Seiten der mäßigende weibliche Einfluss fehlte.

Obwohl der Berglmaier als Großbauer im Dorf wesentlich mehr zu sagen hatte als der Sepp, war es diesem in den letzten Jahren gelungen, im Kofel-Eck so etwas wie vollendete Tatsachen zu schaffen. Aber das auch nur, weil der Berglmaier dort mit seinen Maschinen nicht richtig hinkam. Und sich mit den eigenen Händen abzuplagen, war ihm zu mühsam, bei seinem Übergewicht. Der Sepp hingegen pflanzte dort jedes Frühjahr im Schweiße seines Angesichts die Gemüsesetzlinge ein, die er nicht losgebracht hatte, und schmiss noch ein paar Samen dazu. Die armen Kreaturen, die dort ihr restliches Leben fristeten, wurden dann im Laufe des Jahres in der Küche massakriert. Jedes Mal, wenn er im Kofel-Eck zu tun hatte, fluchte der Sepp. Der Boden ist nur wenig fruchtbar, er besteht praktisch bloß aus Eiszeit-Geröll. Außerdem ist es ein steiler Nordwest-Hang, der kaum Sonne bekommt. Das Gemüse wächst dort miserabel. Besonders die Tomaten beschweren sich den ganzen Sommer über und zeigen eine beleidigte Blässe. Die gelben Rüben holen sich Dellen, wenn sie unter der Erde gegen die Steine knuffen.

Jedes Jahr spielt sich das gleiche Szenario ab. Kaum dass der Sepp im Kofel-Eck den Spaten angesetzt hat, ist auch schon der Berglmaier im Anmarsch, als ob er hinter dem Traktor gelauert hätte. Er schnauft den Kofel hinauf wie ein brünstiger Zuchtbulle, steigt mitten ins Gelbe-Rüben-Beet, dass die Rüben laut aufheulen, und brüllt: »Wos mochst auf meim Acker, du hinterfotziger Hund, du?«

»Schleich di aus meim Beet, Kreizkruzitürkenhimmiherrgottsackzementnoamoi!«, antwortet dann der Sepp. Der Berglmaier ballt die Faust drohend um den Mistgabelstiel, und der Sepp holt die Hippe aus seiner Arschtasche.

»Schladerer! Dohergelaufne Eesterreicher worn deine Vorfoahrn, die hom hier gor koan Grund bsessen, überhaupts koan«, siebt der Berglmaier zwischen seinen Zähnen durch.

Der Sepp richtet sich auf und drückt stolz die Brust raus: »Jawoi, meine Vorfoahrn hom aus Eesterreich de Gartenkultur do herbrocht, und zwoar vor dera Gegenreformation, do wo deine Vorfoahrn noch mit eanara Fingernägeln die Erdn aufkratzt hom.«

Die beiden hätten übereinander herfallen können, doch sie wussten, dass jeder von ihnen dem anderen genauso schaden würde wie dieser ihm. Einmal hat der Berglmaier einfach mit

seinem Traktor das Gemüse vom Sepp untergepflügt. Die Tomaten, die Kohlrabis, die Salatköpfe und die gelben Rüben hatten nicht mal Zeit für einen letzten Seufzer. Der Berglmaier wäre dabei fast mitsamt seinem Traktor umgekippt, doch das nahm er in Kauf. Daraufhin hat der Sepp genau an der Grenze entlang, da, wo es zum Acker vom Berglmaier den Hang hinuntergeht, Unkrautvertilger ausgegossen. Den hat der Regen so verteilt, dass auf der Seite vom Berglmaier in einem meterbreiten Streifen zwei Jahre lang nichts gewachsen ist. Seither beschränkten sich ihre Auseinandersetzungen auf die verbale Ebene. Aber nachgegeben hätte keiner von ihnen. Niemals.

Die kümmerlichen gelben Rüben hörten bei den gegenseitigen Beschimpfungen schon gar nicht mehr hin, sie waren zu sehr damit beschäftigt, über ihr trauriges Schicksal nachzusinnen. Neulich haben sie dann aber doch aufgepasst, denn das Gespräch hat eine unerwartete Wendung genommen. Wie gewohnt hatte sich der Berglmaier den Hügel hinaufgewälzt und sich vor dem Sepp aufgestellt, der gerade versuchte, die steinige Erde mit einer Hacke zu lockern.

»Du scho wiader«, legte er los. »Du host hier goar nix verlorn. Moch, dess d'weiderkimmst, sonst verklog i di wega unerlaubtem Betretn eines Privatgrundstücks, zum Deifi no amoi!«

»Deine fodnscheinign Osprüch kost da boid obschminka, du aufgeblosner Haderlump«, schlug der Sepp zurück. »Des is *mei* Land! Und du werst es demnächst zuagebn miassn, ob's dir passt oder ned.«

Die dünnen Fiederblättchen der gelben Rüben schreckten aus ihrer düsteren Lethargie. »Wie? Soll der Streit etwa bald entschieden werden? Das wäre ja unglaublich!« Die Nachricht verbreitete sich wie ein Lauffeuer über alle Gemüsebeete von Reindlfing und schließlich auch zu mir. Ich war ganz baff. Wie wollte der Sepp das bloß anstellen?

Der Berglmaier warf sich in die Brust. »Do locha jo de Henna! Wos wuist dir denn aus de Fingern saugn? Hier is seit Urzeitn Berglmaier-Land und basta.«

Der Sepp grinste bloß hämisch. »Werst scho seng.«

Es sah bedrohlich danach aus, als ob der Berglmaier gleich platzen würde. Mit etwas Phantasie konnte man förmlich den Dampf unter seinem Tirolerhut hervorzischen hören. Die Lautstärke der Auseinandersetzung hatte sich von Satz zu Satz dermaßen gesteigert, dass die Tomaten beobachten konnten, wie die Friseurin von Reindlfing, die in einiger Entfernung am Rain entlanglief, erschrocken stehen blieb und zu den beiden hinaufblickte.

»*Wos* werd i seng? Goar nix werd i seng! Pass du bloß auf, dess du nix osteist, wos du nocha bereien müsstst«, donnerte der Berglmaier.

Der Sepp drehte ihm wortlos den Rücken zu und hackte weiter, ein selbstzufriedenes Lächeln auf den Lippen. Der Berglmaier ist dann geräuschvoll davongestampft, weil ihm keine weitere Drohung einfiel. Aber sauer war er wie noch nie zuvor. Ich kann mir sehr gut vorstellen, dass der Jens recht hat und der Berglmaier in der Mordgeschichte drinsteckt. Doch ohne Beweise ist das nichts weiter als eine Spekulation.

Drei

Wenn erst einmal alle mitbekommen haben, dass der Sepp tot ist, werden sie sicher mit schlauen Sprüchen aufwarten wie »Das hat sich ja schon eine Weile abgezeichnet« oder »Ich hab's ja kommen sehen« und so weiter. Hinterher weiß schließlich immer jeder alles besser.

Konnte man es kommen sehen? Eigentlich nicht. Der Sepp war wohl schon seit seiner Geburt ziemlich streitlustig. Dass es in letzter Zeit schlimmer war als früher, kann man nicht wirklich behaupten. Und doch muss irgendeine der Auseinandersetzungen der letzten Tage zu dem Mord geführt haben. Ich versuche, mich zu erinnern.

Zum Beispiel an vergangenen Samstag. Eigentlich fing alles ganz normal an. Die Anni lud wie jeden Samstagmorgen die Topfpflanzen in den Lieferwagen, um sie in Penzberg an einem Stand vor dem Friedhofseingang zu verkaufen. Im kleinen Gewächshaus stehen manchmal Hunderte von Topfpflanzen. Bei offener Türe kann ich hineinlugen und sie sehen. Ziemlich beschränkte Geschöpfe, wenn ihr mich fragt. Jede interessiert sich nur dafür, ob sie ein paar Zentimeter höher oder breiter ist oder ob sie eine offene Blüte mehr hat als ihre Nachbarinnen links und rechts. Im Frühjahr sind es die Stiefmütterchen für die Vorgärten und Grabbepflanzungen. Gleichzeitig die Balkon-Hängegeranien, für die der Sepp in der ganzen Gegend berühmt ist. Dann die Wasserbegonien, die auf die Gräber gesetzt werden, wenn die Stiefmütterchen nicht mehr so reichlich blühen und auf dem Friedhofskompost landen. Im Herbst, wenn die Begonien weg sind, noch mal Stiefmütterchen und Erika, mit denen die Gärtnerei an Allerheiligen ein Mordsgeschäft macht.

Als die Anni kam, um einige Stiegen mit Wasserbegonien ins Auto zu packen, tuschelten sie ganz aufgeregt: »Nach Penzberg, nach Penzberg!«

»Nach Penzberg auf den Friedhofskompost«, hätte ich ergänzen können, aber ich wollte ihnen nicht die Laune verderben. Dann patschte die Anni auch schon den Wagenschlag zu, und das Getuschel verstummte.

Das leiser werdende Motorgeräusch war noch zu hören, da sah ich den Jens in Richtung Gärtnereitor pirschen. Was hatte er vor? Der Sepp schien sein Weggehen nicht zu bemerken. Er war gerade völlig in der Betrachtung des Rosenbeetes versunken.

Ich spitzte meine Blätter, um zu hören, wo in Reindlfing der Jens wieder auftauchen würde. Da! Die Fichte am Sporthaus Eisinger hatte ihn geortet. Sie besitzt den größten Weitblick, weil sie der höchste Baum im Dorf ist und außerdem ohne Hindernisse die Landstraße, an der sich das »Sporthaus Eisinger« befindet, hinauf- und hinunterschaut. Früher war das Sportgeschäft ein bisschen ab vom Schuss. Seit der Anger verkehrsberuhigt wurde, liegt es jedoch direkt an der Ortskern-Umgehung, die als Landstraße weiter zu den Skigebieten um Mittenwald führt. Und zwar so, dass jeder, der von Norden kommt, dem Eisinger praktisch ins Schaufenster fährt. Da halten viele an und kaufen noch schnell Skibrillen oder Handschuhe, die sie daheim vergessen haben. Manche kaufen hier sogar die komplette Ausrüstung für ihre Kinder, die aus der vom letzten Winter herausgewachsen sind. Und wenn die pubertäre Tochter den Anorak mit dem rosa Pelzkragen sieht, dann nervt sie so lange, bis sie den auch noch kaufen. Das erzählt mir die Fichte alles bei Saisonende, im Frühjahr. Ich bekomme vom Wintertrubel nichts mit, weil ich nicht immergrün bin. So ein Mist.

Einen Umsatz wie der »Sport Scheck« in München macht der Eisinger zwar nicht, aber er kann gut davon leben. Besonders seine Frau. Auf einem Business-Seminar hat er sie getroffen. So eine zugezogene Norddeutsche. Also, zugezogen von auswärts, nicht zugezogen kleidungsmäßig. Da eher das Gegenteil. Dennoch benötigt sie ein ziemlich üppiges Budget für ihre Garderobe. In den teuren Boutiquen kosten ja die Kleider desto mehr, je weniger Stoff dran ist.

Der Jens betrat das Sportgeschäft durch die automatische Glasschiebetüre, die an diesem Samstag glücklicherweise klemmte.

So konnte die Fichte mit ihren untersten Ästen nicht nur beobachten, sondern auch belauschen, was im Verkaufsraum vor sich ging.

Durch den langen Hauptgang sah man die Chefin im Hintergrund an der Kassentheke stehen. Sie trug ein ärmelloses Stretch-Kleid mit Leopardenmuster. Selbst auf die Entfernung leuchtete der fette Fleck ihrer geschminkten Lippen in ihrem Gesicht. Farbe: »Sonnenuntergang über der Serengeti«. Wie in den Reiseprospekten, die die Anni manchmal sehnsuchtsvoll durchblättert. Die Brüste der Eisingerin ragten vor wie zwei stattliche Termitenhügel, die das Raubtierfell eher verdeckten, als von ihm verdeckt zu werden. Die Fichte hätte es passend gefunden, wenn der Jens an diesem Tag einen Tropenhelm gekauft hätte. Leider hat das Sportgeschäft so etwas nicht im Sortiment.

Kurz bevor der Jens die Kasse erreichte, hüpfte der Eisinger unverhofft zwischen zwei Kleiderstangen links des Hauptgangs hervor und versperrte ihm den Weg. »Ach, Jens, grüß Gott, du brauchst doch sicher eine passende Hose zu der Jacke, die du neulich gekauft hast. Ich hätte hier was: genauso wasserdicht und atmungsaktiv, nur einen Ton dunkler. Da sieht man die Schlammflecken nicht so. Der nächste Herbst kommt bestimmt.«

»Die sieht ganz brauchbar aus. Kann ich sie mal anprobieren?«

Der Jens trat in die Umkleide und wieder heraus. Die Eisingerin war inzwischen mit weiteren Hosen über dem Arm herbeigeeilt. »Klasse steht sie dir. Siehst aus wie ein aristokratischer Großwildjäger.«

»Na, das ist wohl ein bisschen übertrieben, aber es wäre die optimale Arbeitshose«, dämpfte der Eisinger die Begeisterung seiner Frau.

Der Kunde nörgelte: »Sie kneift im Schritt.«

»Wir haben noch drei andere Modelle, probier die doch mal.«

Der Jens hatte keine rechte Lust dazu. »Na ja, ich weiß nicht, vielleicht ist es für so was doch noch ein bisschen zu früh, jetzt, bei fast dreißig Grad im Schatten.«

»Diese Hosen sind alle aus ganz leichtem Stoff! Und außerdem kann man bei zwei Modellen die Beine mit einem Reißverschluss abtrennen – und schwupp, schon hat man Shorts.«

Der Eisinger machte es gleich vor.

»Ja, ja, sehr praktisch. Ich muss noch mal darüber nachdenken. Also dann, tschüss und schönes Wochenende!« Der Jens verließ eilig das Sportgeschäft.

Wenige Meter vom Sporthaus entfernt, noch innerhalb des Blickfeldes der Fichte, fing der Sepp ihn ab.

»So, do treibst di oiso rum. Des hätt i ma denka kenna. Do muass's jo wos mords wos Interessants gebn in dera Hüttn vom oiden Eisinger, so wia du do oiwei umanandschwanzlst. Ober für d'Oarbeit host koa Zeit. In aner Gärtnerei is fei a Samstog koa Feiertog. Do kimmt de meiste Kundschoft. Des sollt'st eigntlich wissn, wo du oiwei so schoarf aufs Geld bist.«

»Ich habe die Gärtnerei ja wenigstens nicht unbeaufsichtigt gelassen. Die Kundschaft, die kommt, während du mich hier vollschwafelst, steht dagegen mutterseelenallein an der Kasse und kann ihr Geld nicht loswerden. Womöglich klaut sogar jemand was. In der Zeit, in der du mir nachspionierst, könntest du zwanzig Begonien verkaufen. Ich brauche eine neue Hose und kann nichts dafür, dass das Sporthaus die gleichen Öffnungszeiten hat wie wir. Außerdem bin ich dir überhaupt keine Rechenschaft schuldig.«

Die zwei standen sich eine Weile zähnefletschend gegenüber wie zwei Serengeti-Hyänen. Schließlich kehrten sie gemeinsam zur Gärtnerei zurück. Griesgrämig stapften sie nebeneinander her, ohne sich anzuschauen. Als die Anni abends heimkam, war die Stimmung immer noch ziemlich angespannt.

Ungefähr zur gleichen Zeit, als der aus Penzberg zurückkehrende Lieferwagen durch das Gärtnereitor fuhr, kam am anderen Ende von Reindlfing ein älteres, ziemlich dürres und graues Männchen in Kaschmirpullunder, Polohemd und Bügelfaltenhose aus englischem Tweed den Herrn Pfarrer besuchen. Es war der Anton Buchenwalder. Die Pfarrhauspflanzen erkannten ihn sofort.

Im »heiligen Bezirk« von Reindlfing leben drei Pflanzen, die alle anderen über dortige Vorgänge informieren: Der schmächtige Bergahorn fristet sein Dasein zwischen dem Hinterausgang des Pfarrhauses, dem Sakristei-Eingang der Kirche und einer Seitengasse zum Anger. Die Kirchenmauer und die Pfarrhausmauer klemmen seine Krone so ein, dass sie sich nur zur Gasse hin entfalten kann. Seine Wurzeln werden von allen Seiten durch Fundamente bedrängt. Allein seine große Frömmigkeit erlaubt es ihm, die irdischen Unannehmlichkeiten geduldig zu ertragen. Er ist ein lausiger Korrespondent. Damit meine ich nicht, dass er Blattläuse hat. Die hat er zwar auch, doch ich beziehe mich auf die Qualität seiner Äußerungen. Zum einen schweifen seine Gedanken meistens weit vom Hier und Jetzt ab, weil er sich dem Himmelreich nahe wähnt. Total verpeilt, finden die jungen Kolkwitzien, die im Rahmen der Angerverschönerung am Seitenstreifen vor der Kirche gepflanzt wurden. Zum anderen ist er ganz und gar zugunsten der Pfarrhausbewohner voreingenommen.

Die Pfarrhausbewohner, das sind der Herr Pfarrer selbst und seine Haushälterin, die Gerti. Und der Buchenwalder zählt auch schon fast dazu.

Also, wenn man hört, der Pfarrer hat eine Haushälterin, dann denken die meisten gleich: »Aha, der Pfarrer und die Haushälterin …« Da denken sie in diesem Fall aber ganz falsch. Die Reindlfinger glauben das nur, wir Pflanzen wissen es. Nicht etwa, weil es der Bergahorn behauptet. Der würde sowieso nichts durchsickern lassen, selbst wenn im Pfarrhaus Zustände wie in Sodom und Gomorra herrschen würden. Etwas Negatives über die Pfarrhausbewohner kommt niemals über seine Stomaränder. Aber wir haben einen Spion, der direkt an der Quelle sitzt: den Christusdorn im Schlafzimmer des Herrn Pfarrers. Der würde im Gegensatz zum Ahorn sehr zuverlässig berichten, wenn es etwas zu berichten gäbe.

Eine besonders glühende Gläubige, die auch die Deckchen für die Seitenaltäre häkelt, hat den Christusdorn vor Jahren dem Herrn Pfarrer fürs Pfarrbüro geschenkt, weil sie fand, diese Pflanze würde alle Besucher an das Leiden Jesu erinnern und indirekt auch daran, wie sich der Herr Pfarrer für seine Gemeinde

aufopfert. Dort stand er zunächst auch auf dem Schreibtisch des Pfarrers und waltete seines Amtes. Doch eines Tages ist ein verdientes Mitglied des Posaunenchors gestolpert, mit dem Arm in die Dornen gefallen und konnte wochenlang nicht spielen. Daraufhin wurde der Christusdorn ins priesterliche Schlafzimmer strafversetzt. Der kann einem wirklich leidtun. Es gibt in Reindlfing keinen Ort, wo weniger los wäre als im Schlafzimmer vom Herrn Pfarrer.

Natürlich gibt es da auch noch den Olivenbaum, der in einem Terrakottakübel unter dem Vordach des Pfarrhauses steht. Er hat einen erstklassigen Blick durch die Glasscheiben der Eichenholztüre in die Eingangshalle und auf alles, was sich zwischen Kirche, Pfarrhaus und Anger abspielt. Manchmal ist er zwar ein bisschen dünkelhaft, von wegen »Pflanze der Bibel«, aber meistens kann man gut mit ihm auskommen. Das muss ich auch, weil er den Winter bei uns im Gewächshaus verbringt. Und von ihm erfahre ich dann immer eine Menge, solange ich noch die Herbstblätter trage.

Eins möchte ich an dieser Stelle klarstellen: Aus dem bisher Gesagten könnte der Eindruck entstanden sein, dass Pflanzen furchtbar neugierig sind – oder gar, dass sie den Menschen regelrecht hinterherspionieren. Aber was soll man auch den ganzen Tag machen, wenn man seine Nahrung nicht jagen muss und sich von seinem Standort nicht fortbewegen kann? Die Langeweile ist unser größtes Übel. Sobald einen niemand frisst und das Wasser- und Nährstoffproblem gelöst ist, kommt auch schon das Langeweileproblem. Das muss man doch verstehen. Wir meinen es nicht böse. Vermutlich wäre es fair, überall Warnschilder mit der Aufschrift *»A plant is watching you!«* anzubringen, damit die Menschen besser aufpassen, was sie so anstellen. Aber die würden das sowieso nicht glauben.

Am letzten Samstag haben wir durch den Olivenbaum von der Ankunft des Besuchers erfahren. Wie immer hat der Buchenwalder den Herrn Pfarrer herzlich umarmt. Der Olivenbaum würde das verhindern, wenn er könnte. In der Bibel steht doch ganz klar und deutlich: Körperliche Beziehungen zwischen Männern sind eine Todsünde. Die Gerti hat die Stelle schon oft zitiert. Der Herr Pfarrer ist natürlich völlig unschuldig. Alles geht von diesem Wüstling Buchenwalder aus, meint der Olivenbaum. Ich versuche erfolglos, ihm klarzumachen, dass er sich völlig unnötig aufregt, weil die Menschen einander heutzutage bei jeder Gelegenheit ohne Hintergedanken abschmatzen, egal ob Männchen oder Weibchen. Vielleicht nicht gerade in Reindlfing, aber wenn sich in der Gärtnerei Kunden aus der Stadt treffen, dann läuft das immer so ab.

Der Buchenwalder Anton ist ein langjähriger Freund vom Herrn Pfarrer und außerdem Leiter des Stadtarchivs von Penzberg. Die beiden sind vor langer Zeit durch ihre gemeinsame Leidenschaft für historische Urkunden zusammengekommen. Der Herr Pfarrer hat schon in der Schule Schönschrift gelernt. Während der Buchenwalder seine Ausbildung zum Archivar absolvierte, fing der Herr Pfarrer an, in seiner freien Zeit alte Urkunden nachzuzeichnen. Kurz darauf hat er den Buchenwalder am Tag der offenen Türe im Penzberger Stadtarchiv kennengelernt.

Je weniger fromm die Reindlfinger werden, desto mehr Zeit hat der Herr Pfarrer für seine Urkunden. Er lässt sich aus China Spezialpapier kommen und behandelt es so, dass es aussieht, als sei es mindestens zweihundert Jahre alt. Sogar Pergament besorgt er sich. Auch die Siegel, die am unteren Rand mancher Urkunden hängen, imitiert er so, dass sie wie echt aussehen. Ein richtiger Fachmann würde sich dadurch natürlich nicht täuschen lassen. Das ist ja auch nicht die Absicht vom Herrn Pfarrer. Er arbeitet einzig und allein zum Vergnügen an den »Faksimiles«, wie er sie nennt. Die fertigen Werke lässt er aufwendig rahmen und hängt sie in der Eingangshalle des Pfarrhauses auf. Obwohl die Halle recht geräumig ist, wird der Platz an den Wänden in letzter Zeit allmählich knapp. So fleißig arbeitet der Herr Pfarrer.

Die Gerti ist von seiner Produktion nicht sonderlich begeistert. Geradezu magisch ziehen die Bilderrahmen den Staub an, vor allem die glänzend schwarz lackierten. Kaum hat man sie abgewedelt, schon tummeln sich darauf neue Flusen. Zum Glück schenkt der Herr Pfarrer aus alter Freundschaft – und um ein wenig Platz zu schaffen – ab und zu dem Anton ein paar der gerahmten Kunstwerke, von denen der Archivar die meisten seinerseits bei entsprechenden Anlässen an Freunde in aller Welt weiterverschenkt. Mit der Billigung des Urhebers natürlich.

Als der Sepp noch lebte, lästerte er gern über den Buchenwalder, wenn er abends müßig in der Küche saß. Der Weihnachtskaktus, der dort steht, gab das immer brühwarm an die anderen Gärtnereipflanzen weiter. Daher kennt jede von uns die Lebensgeschichte des Archivars, auch wenn dieser selbst gar nicht gern an sie erinnert wird.

Heute verkehrt der Buchenwalder in internationalen Fachkreisen. Das war nicht immer so. Aufgewachsen ist er mit sechs Geschwistern auf einem ärmlichen Einödhof in der Nähe von Reindlfing. Seine Eltern legten keinerlei Wert auf Bildung, aber zur Volksschule mussten sie ihn wohl oder übel schicken. Dort haben er und der Sepp sich kennengelernt. Der Buchenwalder war der Klassenstreber gewesen, von allen Mitschülern gemieden. Sein ganzes Leben hat er damit verbracht, sich den heimischen

Dialekt abzugewöhnen und möglichst viel »Hochkultur« in seinen Kopf hineinzustopfen. Heute tut er so, als würde er sich an seine Kindheit gar nicht mehr erinnern, und hat alle alten Kontakte so gut es geht abgebrochen. Ein studierter Theologe passt seiner Meinung nach besser in seinen Freundeskreis als ein alter Schulkamerad, der ihn früher wegen seines Lerneifers gehänselt hat und bloß Gärtner geworden ist. Einmal hat der Buchenwalder zum Herrn Pfarrer gesagt: »Ich danke Gott jeden Tag dafür, dass ich diesem Milieu entwachsen bin.« Das hat der Sepp zufällig mitgehört und enorm amüsant gefunden. Als er in der Küche darüber berichtete, ahmte er die betont hochdeutsche Aussprache vom Buchenwalder nach und kugelte sich dabei vor Lachen, wie uns der Weihnachtskaktus sehr lebhaft zu schildern wusste.

Dass der Sepp und der Buchenwalder einander nicht leiden konnten, wusste das ganze Dorf schon seit ihrer Jugend. Und jetzt noch diese Anschuldigung, von der die Anni der Polizei erzählt hat. Wäre das ein ausreichendes Mordmotiv? Ich denke schon.

Manche Reindlfinger meinen, das mit den Urkunden sei doch ein komisches Hobby. Andere wenden ein, zu einem »Mann des Buches« würde es doch ganz gut passen. Die meisten von ihnen sind mit ihrem geistlichen Hirten sehr zufrieden. Am Altar macht er eine gute Figur. Er hat eine schöne Singstimme. Und fesch ist er auch, selbst noch in seinem Alter. Nicht, dass es bei einem Pfarrer wichtig gewesen wäre, wie attraktiv er ist, aber schließlich müssen ihn die Kirchenbesucher jeden Sonntag mehr als eine Stunde lang anschauen. Bevor sich die Geheimratsecken immer weiter in seinen Schopf hineingefressen haben, waren besonders seine dichten, gewellten braunen Haare ein Blickfang. Niemand im Dorf hatte je so schöne Haare, außer vielleicht die Anni, die ja ohnehin ein ganz liebreizendes Geschöpf ist. Das hat mir der Olivenbaum mal in einem nostalgischen Anfall erzählt. Ich lebe noch nicht so lange und kenne den Herrn Pfarrer nur mit seinem spärlichen Haarkranz.

Es ist aber kein Wunder, dass unser Herr Pfarrer ein so schöner Pfarrer ist: Er hat seinen Namen von einer Rose. Paul Fontane heißt er, wie die Moosrose »Deuil de Paul Fontaine«, die die Mutter von der Anni in die Gärtnerei gebracht hat. »Deuil« bedeutet ja »Trauer«. Eigentlich passt das gar nicht, denn ein Trauerkloß ist der Herr Pfarrer keineswegs. Im Gegenteil, alle kennen ihn als einen gut gelaunten, umgänglichen Mann, der mit jedem wunderbar auskommt.

Das heißt: mit fast jedem. Doch daran war nicht der Pfarrer schuld, sondern der Sepp. Der Sepp war der einzige bekennende Atheist von Reindlfing. Seit seiner Hochzeit hat er seinen Fuß nie mehr in die Kirche gesetzt. Am liebsten hätte er auch damals nur standesamtlich geheiratet. Die Rosi, seine Braut, hat jedoch resolut auf einer katholischen Trauung bestanden. Sie war nämlich im Gegensatz zu ihm sehr fromm. Da hat er sich zähneknirschend gefügt. An seiner Einstellung zur Religion hat es nichts geändert.

Den Blumenschmuck ließ der Sepp immer von der Anni in die Kirche bringen. Dass sie zur Messe geht, duldete er eher widerwillig. Am Sonntagvormittag schlief er immer aus und tat so, als würde er es nicht merken. Aber recht war es ihm nicht. Der Herr Pfarrer hätte schon längst eine andere Gärtnerei mit der Aufgabe betraut, wenn sie nicht alle so weit weg wären. Außerdem wollte er als Mann Gottes großzügig sein. Die andere Wange hinhalten. Vielleicht würde sich der Sepp eines Tages doch noch auf den rechten Weg zurückführen lassen. Es soll ja schon so manche gegeben haben, die bei der letzten Ölung plötzlich fromm geworden sind. Aber beim Sepp gab es keine letzte Ölung. Und jetzt ist es für alle Bekehrungsversuche zu spät.

Wenn ich so zurückblicke, muss ich feststellen, dass der Herr Pfarrer und der Sepp nicht das allerbeste Verhältnis hatten. Aber von einem handfesten Streit zwischen ihnen habe ich nie etwas gehört. Und dass sich jemand der Kirche verweigert, ist ja noch kein Grund, ihn umzubringen. Jedenfalls nicht für einen so sanftmütigen Gottesmann wie den Herrn Pfarrer Fontane. Ich glaube, den Mörder muss man woanders suchen.

Vier

Am vergangenen Sonntagmorgen war die Anni wie jeden Sonntag in der Kirche, nachdem sie die Blumen für den Altar in aller Herrgottsfrühe mit dem Lieferwagen hingebracht hatte, damit in dem selbst gebundenen Gesteck auch nichts durcheinanderkommt. Sie hat das Auto wieder in den Fahrzeugschuppen gestellt und ist zu Fuß zur Messe gegangen, wie immer ohne den Jens. Nicht dass der Jens was gegen die Religion hätte, die ist ihm ziemlich wurscht. Aber er würde sich von den ganzen alteingesessenen Reindlfingern bloß beobachtet fühlen. Für sie wird er immer »a Zuagroaster« bleiben, ein »Zugereister«, ein Fremdkörper im Dorf.

Die Anni hat er auf einem Düngerlehrgang in Westfalen kennengelernt. Er wohnte dort in der Nähe und fand ihren Dialekt so niedlich, dazu noch die Grübchen in ihren Wangen und die wuscheligen braunen Haare. Und als der Jens gehört hat, dass sie eine Gärtnerei erben wird, da hat er nicht lange gezögert.

Die Anni fand den Jens auch ziemlich fesch: Groß ist er, blond und blauäugig, so ein richtiger Edelgermane. Außerdem war sie froh, einen gefunden zu haben, der bereit war, nach Reindlfing zu ziehen. Noch dazu einen vom Fach. Mordsfleißig ist der Jens auch. Er will es zu was bringen. Das ist noch ein Grund, warum er sonntags nicht in die Kirche geht. In der Zeit kann er allen möglichen Kleinkram erledigen, zu dem er unter der Woche nicht gekommen ist. Natürlich so, dass es keiner der Nachbarn mitbekommt. Den Tag des Herrn entweihen? Da würden sich die Reindlfinger die Mäuler zerreißen, bis es sogar die Penzberger wüssten!

Nach der Messe lief die Anni schnell heim, um das Mittagessen zu kochen. Der Sepp lag noch im Bett und stellte sich schlafend. Den Jens hörte ich im Fahrzeugschuppen rumoren. Die Anni kam mit einem Korb und einer Schere um die Gewächshausecke und schnitt ein paar von meinen Blüten ab. Ihr stelle ich sie gern zur Verfügung, auch wenn es natürlich etwas zwickt. Einer Pflanze macht es nicht viel aus, ein paar Triebe oder Blüten zu verlieren. Es ist nur ein bisschen unangenehm, aber nicht lebensbedrohlich.

Die Anni ging zurück ins Haus und machte das Küchenfenster weit auf, bevor sie mit der Zubereitung der Hollerkücherl begann. Dadurch gab sie dem Weihnachtskaktus auf dem Fensterbrett die Gelegenheit, uns anderen Pflanzen in der Gärtnerei zu übermitteln, was in der Küche passierte.

Der Weihnachtskaktus ist unser einziger Berichterstatter aus dem Gärtnerhaus. Außerdem überblickt er vom Fensterbrett aus die Einfahrt und den Hauseingang. Der Sepp und der Jens würden ihn am liebsten wegschmeißen. Da sind sie sich ausnahmsweise mal einig. Aber das ginge nur über Annis Leiche. Den Weihnachtskaktus hat die Mama von der Anni aus einem Steckling gezogen, und die Anni würde ihn niemals hergeben. Die Mama von der Anni, die Rosi, ist an Krebs gestorben, als die Anni neun Jahre alt war. Der Arzt hat gemeint, es sei die Spätfolge vom Gifteinsatz in der Gärtnerei gewesen. Dem Sepp haben die

Spritzmittel anscheinend wenig ausgemacht. »Den bringt nix um«, haben die Reindlfinger immer gesagt. Da haben sie sich getäuscht.

Vielleicht ist die Rosi auch wegen der Chemikalien erst so spät schwanger geworden, mit fünfunddreißig. Sie und der Sepp haben es jahrelang versucht mit dem Kinderkriegen, doch nie hat es geklappt. Und mit künstlicher Befruchtung oder so einem widernatürlichen Zeugs wollten sie nichts zu tun haben. So was soll man dem lieben Gott überlassen, fand die Rosi. Der liebe Gott hat es schließlich auch gerichtet. Ihnen wurde die Anni geboren. Und dann wurde die Anni eine Halbwaise. Das war lange vor meiner Zeit.

Der Weihnachtskaktus liebt es, in seinen frühkindlichen Erinnerungen an die Rosi zu schwelgen, aber am Sonntag fand er das Tischgespräch der Gärtnerfamilie interessanter.

»Pfui Teufel, der Holundermist, hast du nicht was Vernünftiges zum Essen?«, moserte der Jens. Seine Stimmung sank auf den Nullpunkt. Pflanzen verzehrt der Jens nur im äußersten Notfall. Man hat doch schon dadurch genug von dem Grünzeug, dass man Gärtner ist, findet er. Ihn macht nur ein saftiges Steak glücklich, am liebsten mit noch etwas mehr Steak als Beilage. Der Sepp mochte zwar die Hollerkücherl auch nicht, er verzog jedoch keine Miene, als sie vor ihm auf dem Teller lagen, und schluckte brav einen Bissen nach dem anderen herunter. Der Jens beobachtete ihn aufmerksam, ob er nicht doch irgendein Zeichen des Widerwillens erkennen ließe. Für diesen Fall hatte er schon eine Stichelei parat, die er beim bloßen Anflug eines Stirnrunzelns unter Sepps Haaransatz auch sogleich vorbrachte: »Soso, der Holunder ist also die Apotheke vom lieben Gott, weshalb du ihn dort hinten blöd herumstehen und unseren Wasserbegonien das Licht wegnehmen lässt. Aber schmecken tut er dir nicht. Der ist eben zu überhaupt nichts gut.«

Doch der Sepp reagierte nicht. Eine solche Genugtuung wollte er dem Jens nicht bieten. Weil dieser Schachzug nicht funktionierte, schnitt der Jens ein anderes Thema an, von dem er wusste, dass es den Sepp ärgern würde.

»Bis jetzt haben wir diese Saison keinen schlechten Umsatz gemacht. Geld wäre also da. Ich habe mich wegen der Topfmaschinen erkundigt und schon eine ausgesucht, die genau auf unseren Betrieb zugeschnitten ist. Damit könnten wir unsere Leistung um ein Vielfaches steigern, Land dazukaufen und vielleicht bald ein neues Gewächshaus bauen.«

»Geh ma fort mit deine Topfmaschinen. Wo wuist'n de ganzen Pflonzn verkaufa? Do foahrst nacha im Mercedes und Anzügerl mit Krawattn umanand und mochst Werbung, und de Anni liefert aus, und i hock alloa an dera Topfmaschin! Naa, des kommt ma ned in mei Gärtnerei.«

»Vergiss bitte nicht, dass wir Partner sind und dass es auch Annis und meine Gärtnerei ist. Und die Anni ist sicher meiner Meinung. Oder?«

Die Anni schwieg. Der Jens deutete das als Zustimmung und fuhr mit seiner Ansprache fort.

»Wir müssen uns *spezialisieren*, wir müssen *investieren*, wir müssen *modernisieren*, sonst sind wir nicht konkurrenzfähig. Wer seine Marktanteile nicht ausbauen kann, wird verdrängt. Expandieren oder kapitulieren. Kapier's doch endlich, Mensch!«

Alle Gärtnereipflanzen kennen Jens' Kritik an der »Konzeptlosigkeit« vom Sepp so gut wie auswendig. Ihm missfällt, dass es in der Gärtnerei eine kunterbunte Mischung von allem Möglichen gibt. Der Sepp beschäftigt sich durchaus nicht nur mit seinen Rosen, sondern vermehrt auch mal für den Förster die heimischen Buchen, hat ein paar japanische Schlitzahorne für die anspruchsvollen Kunden und ein paar Flieder für die Besitzer der bescheidenen Vorgärten stehen, dazu ein paar Zuckerhutfichten für den Friedhof, kultiviert ein eher zufälliges Sortiment von Stauden und verkauft im Frühjahr Gemüse-Jungpflanzen. Außerdem führt er noch die übliche Massenware, Stiefmütterchen, Geranien und so weiter. Der Jens hält genau das für den Grund, warum der Laden so wenig abwirft. Heutzutage können doch nur Spezialbetriebe überleben, glaubt er: Container-Baumschulen, Sortiment-Baumschulen, Forst-Baumschulen, Blumenzwiebelgärtnereien, Staudengärtnereien, Anzuchtbetriebe, Bio-Gemüsegärtnereien,

Gift-Gemüsegärtnereien und so weiter. »Aber versuch das mal dem alten Querkopf beizubringen«, sagte der Jens oft, wenn der Sepp nicht in der Nähe war.

Vor Aufregung redete der Jens immer schneller. Der Sepp dagegen antwortete betont langsam und brummig: »Geh schleich di mit deine Marktanteile. Wo wuistn noch a Standl aufbaun, auf'm Viktualienmarkt? Langt dir Penzberg nimma? San mir denn im Kriag mi'm Explodieren und Kapitulieren, du geldgiariger Sackl? Mei Dochter host kriagt, mein hoiben Betrieb host kriagt, und den Rest kriagst aa no, wenn i verreck. Langt dir des ned?«

»Baba, sei doch ned so grantig. Der Jens moant's doch bloß guat«, versuchte die Anni zu vermitteln.

»Aha, guat moant er's? Des Gegenteil von guat is ned bees, sondern guat gmoant! Merkt eich des.« Dann hörte der Weihnachtskaktus die Küchentüre knallen.

Um die Laune vom Jens zu retten, schlug die Anni vor, zum »Café am Anger« zu gehen.

Früher hieß das Café »Bäckerei Vilshofer«. Eine Bäckerei ist ein Laden, in dem die Menschen allen möglichen Firlefanz aus den zermalmten Leichen von Gräsersamen kaufen, den sie dann fressen. Zum Glück empfinden Samen nichts und merken nicht, wie man sie behandelt.

Der Bäcker und seine Frau haben sich vor Kurzem so eine supermoderne Espresso-Cappuccino-Latte-macchiato-Maschine gekauft, in der verkohlte Arabica-Kaffeesamen ihre letzten Duftstoffe aushauchen. Daraufhin wurde die Bäckerei umbenannt. Auf dem Gehsteig haben die Vilshofers ihre Gartenstühle um ein paar modische, runde weiße Plastiktischchen mit Aluminiumbeinen positioniert. Auch in Reindlfing muss die Gastronomie schließlich mit der Zeit gehen. Sie haben auf die Touristen spekuliert, aber was will ein Tourist schon in Reindlfing? Höchstens, dass mal ein paar Mountainbiker vorbeikommen, die für echte »Mountains« nicht fit genug sind. Den Einheimischen dient der Aufenthalt im Café üblicherweise als Vorwand zu einer längeren Angerbeobachtung. Die alteingesessenen Reindlfinger mögen nämlich lieber Filterkaffee, doch den kriegen sie bloß noch zu Hause.

Der Jens war glücklich, aus der stickigen Atmosphäre des Gärtnerhauses herauszukommen, obwohl er sie selbst mit verursacht hatte, und freute sich schon auf eine italienische Kaffeespezialität.

Die Anni und er spazierten also halbwegs einträchtig unter den wachsamen Augen der alten Linden vorbei, die am Reindlfinger Anger wachsen. Von der anderen Angerseite her spazierte ihnen die Birgit mit ihrem Kinderwagen entgegen.

Die Birgit ist die Frau vom Berglmaier junior. Er hat lange suchen müssen, bis er eine gefunden hat, die auf einen Hof will. Aus dem Sauerland ist sie, selbst vom Hof, den aber ihr ältester Bruder erbt. Und gleich nachdem sie hierhergezogen ist – bums, schwanger! Ob das nach der Hochzeit war oder schon vorher, das weiß nur der liebe Gott.

Am Sonntag schob also die Birgit ganz stolz den Nachwuchs über den Anger, bis sie auf den Jens und die Anni traf. Die Anni musste stehen bleiben, sie konnte nicht anders. Die alten Linden beugten sich mit ihr über das hellblaue Plüschdeckchen.

»Ach, schaug, Jens, wos für a liabs Zwergerl. Dutzidutzidutzi, bist du siaß! Und wia's mi olächelt.«

Der Jens versuchte, sie möglichst unauffällig vom Kinderwagen wegzubugsieren: »Anni, komm, wir haben's eilig.«

Sie wehrte sich, ebenfalls möglichst unauffällig. Endlich ließ sie aber vom Baby ab und dackelte frustriert dem Jens hinterher. Als die beiden vor dem »Café am Anger« an einem Tischchen Platz genommen hatten, zischte ihr der Jens ins Ohr: »Sag mal, ist dir das gar nicht peinlich? Du bist ja fast in den Kinderwagen gekrochen! Ich würde mich schämen an deiner Stelle.«

Die Anni lächelte verträumt in die Lindenkronen hinauf. »Ach, Jens, wär des ned schee, so a kloans Spatzerl? Gib doch zua, dess des schee wär.«

»Bist du verrückt? Weißt du eigentlich, was Kinder so kosten? Noch dazu wenn sie studieren. Oder willst du etwa, dass sie in der Erde wühlen müssen wie wir? Solange wir den Alten nicht zur Vernunft gebracht haben, ist überhaupt nicht daran zu denken.«

Die Anni sagte nichts und träumte weiter vor sich hin.

Unterdessen bekam der Sepp in der Gärtnerei unerwarteten Besuch. Der Kühlergrill einer schwarzen Limousine lugte argwöhnisch um die Ecke des kleinen Gewächshauses und blieb wenige Zentimeter vor dem Fahrzeugschuppen stehen. Der Wagenschlag öffnete sich mit einem sanften Seufzer, und der Buchenwalder stieg aus. Er warf energisch die Türe zu, die mit einem satten, volltönenden »Rumms« ins Schloss fiel.

Der Sepp machte gerade einen Rundgang durch das Rosenquartier. Er war sehr zufrieden mit seinen Pflanzen und sehr unzufrieden, dass ihn hier jemand störte. »Ned amoi am heilgen Sonntog hot ma sei Ruah«, murrte er und knirschte verdrossen mit den Zähnen.

Der Buchenwalder war wirklich der Allerletzte, auf den der Sepp in diesem Augenblick neugierig war. Schnösel wie ihn hasste er von allen Leuten am meisten, obwohl der Buchenwalder ihm bis dahin persönlich keinen konkreten Anlass dazu geboten hatte. Das hat er an besagtem Sonntag aber gleich nachgeholt. Er baute sich vor dem Sepp auf und ging mit Siegessicherheit in den Augen auf ihn los: »Tut mir leid, dass ich Sie am Sonntag störe. Aber ich muss Ihnen mitteilen, dass Ihre Tochter heute Morgen vor der Kirche meinen Wagen beschädigt und danach Fahrerflucht begangen hat.«

»Bschädigt, soso, der siagt ober no ziemlich ganz aus.«

Der Buchenwalder schob den Sepp zum Auto und zeterte: »Hier, sehen Sie sich das an!«

»I siag nix«, brummte der Sepp. Trotz meiner Nähe zum Auto sah ich auch nichts.

Da hätte man wohl ein Fernrohr gebraucht.

»*Hiiier!* Sind sie blind?«, quietschte der Buchenwalder.

»Do brauchst jo a Lupe, um des zum seng.«

»Na, da wird der Sachverständige anderer Meinung sein.«

»Und woher wuist überhaupts wissen, dess des mei Anni wor?«, wandte der Sepp ein.

Der Buchenwalder zerrte den Sepp in den Fahrzeugschuppen. Von drinnen hörte man ihn kreischen: »Da, das ist eine Spur von meinem schwarzen Lack! Ich werde veranlassen, dass die Polizei das Fahrzeug sicherstellt. Die chemische Analyse wird es schon zeigen.«

»Do brauchst jo an Mikroskop, um des zum seng. De Anni hot jo goar ned merka kenna, dess do a poar Molekül vo deim Karren zu ihrm nübergsprunga san. Und sichergestellt werd hier goar nix, dess des woaßt.«

Die beiden kamen wieder aus dem Fahrzeugschuppen heraus, der Buchenwalder rosenrot im Gesicht, der Sepp ungerührt. Wie sie da so nebeneinanderstanden, fiel mir auf, wie viel älter der Buchenwalder wirkte, obwohl er im gleichen Jahr geboren ist wie der Sepp. Richtig verstaubt, trotz seiner makellosen, teuren Kleidung.

»Und wia ko sich so a oarmseliger Papierheini wia du überhaupts so an BMW F01 leistn? Des geht ja goar ned, ohne dess oaner Dreck am Stecka hot«, schleuderte der Sepp dem Buchenwalder mit jugendlichem Elan entgegen.

Dessen Gesichtsfarbe wandelte sich von Rosenrot zu Holundergrün, und die Augen vom Sepp blitzten vor Befriedigung. So schlecht er auch mit den Menschen auskam, er hatte für sie eine ähnlich gute Empfangsmethode entwickelt wie wir Pflanzen. Der Sepp besaß ein spezielles Riechorgan für die charakteristischen Moleküle, die ein Mensch ausdünstet, wenn er sich unwohl fühlt oder was zu verheimlichen hat. Beim Buchenwalder war ihm optisch wie chemisch sofort klar, dass er ins Blaue geschossen und ins Schwarze getroffen hatte. Er versuchte, einen zweiten Treffer zu landen.

»Geb doch zua, dess du mit dene Urkunden, die wo der Pfaff dir aus christlicher Nächstenliebe schenkt, an flottn Handel treibst und sie ois echt verkaufst!«

Das hatte gesessen. Die Lippen vom Buchenwalder, die noch etwas Röte bewahrt hatten, glichen sich dem Holundergrün an.

»Un-Un-Un-Unverschämtheit! Un-Un-Un-Unterstellung! Un-Un-Un-Un…«

Ich habe keine Ahnung, was er sonst noch gekreischt hätte, wenn nicht gerade die Anni vom Kaffeetrinken zurückgekommen wäre.

Jetzt stürzt er sich gleich wütend auf sie, dachte ich, aber nein, er stürzte sich stattdessen in seine Karosse, patschte lieblos die Türe zu und legte einen kolossalen Kavaliersstart rückwärts in Richtung Straße hin. Bloß ohne Staubwolke, weil der Vorplatz des Fahrzeugschuppens asphaltiert ist.

Fünf

Am Montag gab es gleich noch einen Überraschungsbesuch. Ein königsblauer BMW der Oberklasse schnurrte am Gärtnerhaus vorbei und blieb mitten in der Einfahrt stehen, sodass garantiert weder rechts noch links davon ein anderes Auto vorbeikommen konnte.

Der Jens putzte gerade mit der Anni die leeren Tische im großen Gewächshaus. Beim Anblick des Fahrzeugs wusste er natürlich sofort, was es geschlagen hatte, und stürzte ins Freie. Er nahm sich nicht einmal die Zeit, seine schmuddeligen, am Rand zerfransten gelben Gummihandschuhe auszuziehen. Dienstbeflissen streckte er den Arm zum Gruß aus. »Ach, der Herr Sprenger! Schön, dass Sie uns mal wieder beehren. Willkommen in unserer Gärtnerei. Was kann ich für Sie tun?«

Der braun gebrannte, sehnige Graumelierte in Marken-Jeans und lässigem Seidenhemd, den die Wasserbegonien vom letzten Tisch neben der Türe aus regelrecht anhimmelten, schaute verächtlich auf den Handschuh herab. »*Sie* können gar nichts für mich tun. Wo ist Herr Schladerer?«

»Keine Ahnung. Sie werden ihn schon finden«, antwortete der Jens eingeschnappt.

Die Begonien verdrehten die Augen. »Wie kann man einem so eleganten und gepflegten Mann nur eine so schäbig umhüllte Pfote entgegenstrecken?«, mokierten sie sich leise und gaben diese peinliche Szene an alle anderen Gärtnereipflanzen weiter.

Klaus Sprenger verdient sein Geld als Manager bei BMW. Er bewohnt mit seiner Gattin und Tochter eine bombastische Jugendstilvilla mit Riesengarten in Münchens Nobelviertel Bogenhausen. Deshalb hat er auch wahrhaftig genug Platz für Rosen. Die Sommerwochenenden verbringen Sprengers in einem nur wenig kleineren Jugendstil-Ferienhaus am Starnberger See, dafür mit einem etwas größeren Garten, die Winterwochenenden in einem Chalet in den Schweizer Alpen. Wo sie den Urlaub verbringen, kann sich ein Normalverdiener überhaupt nicht vorstellen. Aber der Sprenger kommt immer wieder gern heim zu seinen Prachtstücken. Das sind im Münchener Garten die historischen Rosen, die er dem Sepp abgekauft hat, und im Haus Antiquitäten, die aus jeder Ecke quellen. Stühle, Sekretäre, Gemälde, Truhen, Spiegel, Uhren, Statuen, Tapisserien, Bücher und so fort.

Der Sprenger stolzierte nun zwischen dem kleinen Gewächshaus und dem Fahrzeugschuppen durch direkt auf den Sepp zu. Der war von diesem Besuch bei Weitem nicht so angetan wie der Jens.

»Ach, der Sprenger. Wos wolln's denn do? Sie wissn doch genau, dess ma jetzat koane Rosen verpflonzn ko.«

»Das weiß ich wohl. Trotzdem muss ich es versuchen. Übermorgen heiratet meine Tochter. Den Dieter Henke, den Stardesigner, von dem haben Sie doch sicher schon gehört?«

»Naa, von so Leit heer i grundsätzlich nix.«

Aber der Sprenger redete schon weiter. »Zur Hochzeit schenke ich ihr die Originalausgabe des ›*Examen eorum, qui odiuntur ante ritum publicae ordinationis, qua commendatur eis ministerium evangelii*‹ von Melanchton aus dem Jahre 1554. Jeder denkt, das hätte nur diese obskure polnische Bibliothek, doch nein, mir ist es gelungen, das einzige weitere Exemplar aufzutreiben. Ich habe da so meine Beziehungen, wissen Sie?«

»Hauptsoch Eana Beziehungen beziagn sich ned auf mi.«

Aber der Sprenger redete wieder einfach weiter. »Natürlich habe ich die Echtheit von einem anerkannten Fachmann prüfen lassen. Einwandfrei. So ein Geschenk bekommt keine zweite Braut auf der Welt, das können Sie mir glauben. Aber fragen Sie nicht, was mich das gekostet hat.«

»Des wor aa goar ned mei Absicht.«

Aber der Sprenger redete auch diesmal einfach weiter. »Das wird ein rauschendes Fest! Den Mittagsimbiss nach der kirchlichen Trauung gibt es bei uns zu Hause. Die Feierlichkeiten am Abend finden dann im Nymphenburger Schloss statt, das ist an dem Tag für Besucher gesperrt. Der gesamte bayrische Hochadel und alles, was in der Politik Rang und Namen hat, wird anwesend sein.«

»Aha. Und wos hot de Hochzeit vo Eanara Dochter mit meine Rosen zum toa?«

»Meine Tochter hat sich gewünscht, dass an ihrem Hochzeitstag links und rechts der Terrasse je eine Rose von York und eine Rose von Lancaster steht. Damit sie in ihrer Duftwolke mit ihrem Bräutigam, also dann mit ihrem Mann, den ersten Tango als Ehefrau tanzen kann. Und die nehme ich heute mit.«

»Spinna's denn total? Sie wissn doch selber, oiso *wenn* ma scho a Rosn zur foischen Zeit verpflanzt, na muaß ma sie so zsammaschneidn, dess koa einzig Blütn drobleibt. Und woahrscheinlich verreckt sie dann trotzdem.«

»Ich nehme sie dennoch mit und versuche es ohne Schneiden. Die zwei Tage werden sie schon durchhalten.«

Die weiße Rose von York und die rote Rose von Lancaster erstarrten vor Schreck. Wenn der Sepp dem Sprenger diesen Wunsch erfüllen würde, wären sie dem Tod geweiht. So etwas konnte ihr Papa ihnen doch nicht antun?

»Und dann?«, fragte der Sepp, ohne den Sprenger eines Blickes zu würdigen.

»Dann? Das ist egal. Sie haben Ihr Geld ja dann bekommen.«

»Des is überhaupts ned egal. Und deshoib nemman's heit goar nix mit. Sie kenna de Rosen stattdessn vielleicht scho amoi für die Scheidung vo Eanara Dochter vorbestelln.«

Die beiden Rosen atmeten erleichtert auf. Wir anderen hatten gewusst, dass der Sepp sie nicht im Stich lassen würde. Von diesem gefühllosen Pflanzenquäler ließ der sich nicht herumkommandieren.

Zum Sprenger will sowieso keine Rose gern. Wie es in seinen Parks zugeht, hat sich längst herumgesprochen. Er beschäftigt zwar einen hervorragend ausgebildeten Vollzeitgärtner und zwei Gelegenheitsgehilfen, doch für die Rosen hat er kein Herz. Nur wenn er gegenüber einem Gast angeben will, wendet er sich ihnen zu. Sonst sind sie ihm egal.

»Das ist doch die Höhe. Diese geschmacklose Bemerkung nehmen Sie sofort zurück. Und was soll das heißen, ›Sie nehmen gar nichts mit‹? Ich bin seit Jahrzehnten Ihr treuer Kunde, da darf ich wohl ein bisschen Entgegenkommen verlangen. Sonst bin ich die längste Zeit Ihr treuer Kunde gewesen!«

»Wenn's nimma mei Kunde sei wolln, bittschee. Do miassn's hoit schaugn, wo Sie a ondre Gärtnerei findn, de wo Eana die Rosen liefern ko, die Sie woin, und zwoar solche, die wo den boarischen Winter aa überlebn. Wia zum Beispiel die do, die ›Fürstin Tatjana Alexandrowna‹. Die is absolut winterhoart.«

Der Sprenger stand ein bisschen belämmert da. Am liebsten hätte er dem Sepp so richtig die Meinung gegeigt, doch jetzt begann er sich für die Fürstin zu interessieren.

»Das ist ja eine ganz ungewöhnliche Blütenfarbe. Sehr schön. Aber duften tut sie nicht besonders. Sind Sie ganz sicher, dass es die ›Fürstin Tatjana Alexandrowna‹ ist? Ich habe gelesen, die sei verschollen.«

»Freili bin i mir sicher. I hob ja aa Johre braucht, um die zum findn bei so am oiden Depp. Ober der oide Depp hot bloß oa oanzigs Edelreis rausgerückt. Vo dem hob i letztes Joahr okuliert, und bloß de oane do is wos wordn. Dies Joahr ko i's endlich vermehrn.«

»Und wo haben Sie sie dann schließlich gefunden?«

»Des werd i Eana grod auf d'Nosn bindn.«

Es entstand eine peinliche Pause.

»Das ist also das einzige Exemplar von der ›Fürstin Tatjana Alexandrowna‹, das zurzeit verkäuflich ist?« Der Sprenger beäugte sie mit gierigem Blick.

Die Fürstin stieß einen spitzen Schrei aus und erlitt einen Schwächeanfall. Wollte dieses Monster sie etwa von hier fortreißen?

»Die is ned verkäuflich. I hob Eana doch gsogt, dess i's vermehrn wui.«

Schweigen.

»Hören Sie, Schladerer«, sagte der Sprenger dann in einem drängenden Tonfall, »ich biete Ihnen Hunderttausend, wenn Sie das mit dem Vermehren lassen und die Rose für mich exklusiv reservieren, damit ich sie im Herbst holen kann.«

»Jetzt hom's den Verstand vollends verloarn. Wenn i die ned vermehr und wenn der oide Depp stirbt und wenn die Rosn bei Eana verreckt, dann ist's endgültig ausgstorbn. Des kenna's doch ned woin? I hob denkt, Sie liabn Rosen!«

»In ein paar Jahren überlasse ich Ihnen dann Edelreiser, das verspreche ich Ihnen. Sie müssen verstehen, was es für mich bedeuten würde, der exklusive Besitzer des einzigen Exemplars einer verschollenen Rosensorte zu sein. Also gut, ich biete *eine halbe Million*.«

»I brauch Eana Geid ned. I bin Gärtner und koa Spekulant. Und jetzat schaugn's, des'z weiderkemma.«

Ihre Nachbarinnen tätschelten der Fürstin, die allmählich wieder zu sich kam, die gelblich verblassten Wangen. Das ganze Rosenquartier atmete ein zweites Mal auf. Jetzt konnte nichts mehr passieren.

»Wollen Sie mich etwa hinauswerfen? Das wird Ihnen noch leidtun, Schladerer, verlassen Sie sich darauf! Ich bekomme immer das, was ich fordere.«

»I wui Eana ned nausschmeißn, i *schmeiß* Eana naus. Des is *mei* Gärtnerei, und jetzat schleichn's Eana und lossn's Eana nia wieder do blicka.«

Der Sprenger war wie vom Donner gerührt. Er durchbohrte den Sepp mit mörderischen Blicken, machte auf dem Absatz kehrt und stürmte zu seinem Wagen.

Das Ehepaar Schultes, das inzwischen im kleinen Gewächshaus beschäftigt war, hatte die Sache mit der halben Million gehört. Die Anni eher nebenher. Der Jens dagegen war bei dieser Zahl ganz zappelig geworden.

»Ich prüfe kurz was an der Kasse«, warf er der Anni hin und lief davon. Er schlich dem Sprenger mit vorsichtigem Abstand nach. Kurz vor dem BMW holte er ihn ein. »Auf ein Wort, Herr Sprenger. Kommen Sie doch kurz mit hinein.«

Endlich zog der Jens diese hässlichen Handschuhe aus, legte sie auf den gewohnten Platz neben der Kasse und fuhr mit gedämpfter Stimme fort: »Ich muss mich für den Alten entschuldigen, der ist immer so furchtbar unvernünftig. Aber ich werde ihn schon noch herumkriegen. Kommen Sie doch im Herbst wieder, dann werde ich dafür sorgen, dass Sie die Rose bekommen und dass die okulierten Pflanzen verschwinden.«

Die beiden glaubten sich unbeobachtet, doch die Anni war dem Sprenger auch hinterhergeschlichen, weil ihr Jens' plötzliche Eile spanisch vorgekommen war.

»Ich werde mal darüber nachdenken und melde mich zu gegebener Zeit bei Ihnen«, sagte der Sprenger und schien sich etwas zu beruhigen. »Geben Sie mir doch Ihre Handynummer.« Er tippte die Nummer in sein Smartphone und stieg ein. Dann raste er los. Das war an dem Tag schon der zweite Kavaliersstart.

Wir Gärtnereipflanzen dachten eigentlich, jetzt genügt es mit den Überraschungsbesuchen, doch nein, aller guten Dinge sind drei. Kaum war der Sprenger fort, fuhr schon die nächste Edelkarosse vor. Ein Mercedes 190 SL, cremefarben, Baujahr 1955, wie die Insassin dem Jens erklärte, der gleich angetanzt kam und durch die Zähne pfiff. Die Insassin muss wohl ein ähnliches Baujahr gewesen sein. Jedenfalls war sie selbstkritisch genug, den Pfiff auf das Auto und nicht auf sich zu beziehen. Dabei war sie durchaus so gekleidet, als würde sie gern männliche Pfiffe entgegennehmen: Sonnenbrille, Seidenschal, Trägerhemdchen, hautenge weiße Hose. Ihre Rinde war genauso versengt und schrumpelig wie die vom Sprenger, nur sah man etwas mehr davon. Nachdem der Jens ihren fahrbaren Untersatz gebührend bewundert hatte, ließ sie beide, Mensch und Auto, achtlos stehen und marschierte schnurstracks zum Rosenquartier durch.

»Ach, de Gräfin Lohberg. Wos wolln's denn do? Sie wissn doch genau, dess ma jetzat koane Rosen verpflonzn ko«, grüßte der Sepp mit wenig Begeisterung.

»Das will ich auch gar nicht. Ich möchte mir Ihre Rosen nur einmal in voller Blüte ansehen. Ach, ist das eine Augenweide! Und der Duft! Hinreißend. Ich komme gern auch mal einfach so zu Ihnen. Wissen Sie, in den Kreisen, in denen ich mich bewege, ist manchmal alles so ... so ein bisschen steif ... und künstlich. Hier dagegen, hier fühle ich mich der Erde nahe. Hier ist alles so authentisch.«

»Bei uns is koaner geisteskronk.«

»Wie? Was meinen Sie? Ich sagte nicht ›autistisch‹, sondern ›authentisch‹, das bedeutet so viel wie ›echt‹, wissen Sie?«

»Ah so, do hom's fei recht, bei mir is ois echt, ober Eana Hoar seng wirklich a bisserl künstlich aus.«

Der Bubikopf leuchtete in einem unnatürlichen Mahagonirot. Das hatte der Sepp richtig beobachtet, muss jeder zugeben. Der Gräfin allerdings fiel das Gesicht ein Stückchen runter. Doch dann sah sie auf das Rosenbeet, und sofort zog sie die Mundwinkel wieder zu ihrem honigsüßen Dauerlächeln hoch.

»Ach, und was ist das? So eine Blütenfarbe habe ich ja noch nie gesehen. Ist das eine neue Sorte?«

»I hob bloß oide Rosen. Passend zu meiner Kundschoft.«

Jetzt brauchte das Lächeln ein bisschen länger, um das heruntergefallene Gesicht wieder hochzuziehen. Die Gräfin ließ dennoch nicht locker: »Wo haben Sie die her? Und wie heißt sie?«

Also, es wäre wohl nicht ganz richtig zu behaupten, dass der Sepp nicht eitel war. Das traf nur auf sein eigenes Äußeres zu. Wenn es dagegen um seine Rosen ging ...

»Des is die ›Fürstin Tatjana Alexandrowna‹. I hob ewig braucht, bis i die gfundn hob.«

»Ach nein. Über die habe ich mal etwas gelesen. Galt sie nicht als verschollen? Dann ist das ja eine richtige Kostbarkeit! Haben Sie nur diese eine hier?«

»Dies Joahr wui i's vermehrn.«

»Also, ich würde diese eine gern für mich reservieren. Fürstin und Gräfin, das passt doch wunderbar zusammen, finden Sie nicht?«

Die Fürstin fand das überhaupt nicht. Die kreischende Haarfarbe der Gräfin biss sich entsetzlich mit ihrem dezenten Pfirsichton. Diese Schnepfe hatte keinen Deut Feingefühl für eine edle Pflanze, so viel war klar. Der Sepp wusste das auch. Mit einem breiten Grinsen verpasste er der Gräfin noch eine letzte kalte Dusche.

»Do kemma's zu spät, weil die hob i scho dem Sprenger versprocha.«

Diesmal stürzte der Gräfin das Gesicht in den Keller und wollte gar nicht mehr hochkommen. Ihre Contenance war dahin.

»Dem Klaus Sprenger? Diesem schmierigen Emporkömmling?«

»Genau dem.«

Die Gräfin machte den Mund auf, doch ihr fiel nicht ein, was sie darauf sagen sollte.

Dafür fiel dem Sepp was ein. »Dann kenna's jo eigentlich wiada ganga, jetzat wo's ois gseng hom.«

Wie ein begossener Pudel zog sich die Gräfin in ihr Fahrzeug zurück. Die mahagoniroten Borsten hingen schlaff herunter. Ihr lief der Jens nicht hinterher. Sie hatte ja kein Angebot unterbreitet.

Nach diesen beiden Besuchen packte der Jens am Mittag seine Sachen. Dienstag früh wollte er los. Für seine Geschäftsreise hatte er drei Tage freigenommen, und das mitten in der Saison. Er hatte vor, in einer vorbildlichen norddeutschen Jungpflanzen-Baumschule die Möglichkeiten auszuloten, wie man einen solchen Betrieb in Reindlfing etablieren könnte. Das hatte er der Anni eröffnet. Dem Sepp natürlich nicht, ihm tischte er eine Ausrede auf. Eigentlich komisch, dass der Sepp darauf hereingefallen ist.

Er hätte sicher alles getan, um die Reise zu verhindern, wenn er gewusst hätte, worauf sein Schwiegersohn abzielt.

Der Jens hat nämlich große Pläne, die nicht nur die Topfmaschine betreffen, wegen der er vom Sepp immer so abgebügelt wurde. Seine Zukunftsvision versucht er der Anni schon seit Längerem schmackhaft zu machen. Deshalb sind wir Gärtnereipflanzen darüber im Bilde.

Irgendwann, wenn der Alte den Löffel abgegeben hat – so was sollte man nicht sagen, sagt der Jens immer und sagt es trotzdem –, will er Land vom Berglmaier dazukaufen und eine richtig große Jungpflanzen-Sache aufziehen. Der Bauer wird sich zwar vermutlich nicht ganz bereitwillig darauf einlassen, aber der Jens ist sicher, ihn gewogen zu stimmen, wenn er im Gegenzug allen Ansprüchen auf das Kofel-Eck abschwört. Diese Geste müsste dem Berglmaier einiges wert sein, so wie er sich immer in den Streit mit dem Sepp hineinsteigert, mutmaßt der Jens. Und dann kann eine strahlende Zukunft für die Gärtnerei beginnen. Das Klima in Reindlfing hält er für ideal, die Pflanzen wären für den gesamten alpenländischen Raum akklimatisiert, eine echte Konkurrenz für die Norddeutschen und die Holländer. Das muss der Jens denen in der Baumschule natürlich nicht auf die Nase binden; er will eher so tun, als würde er sich dort um eine Stelle bewerben. So hat er sich's überlegt.

Dass ich ihn während seiner Abwesenheit nicht vermisste, dafür sorgte der Jens, wie schon erwähnt, am Montagabend selbst. Immer wenn er besonders schlechte Laune hat, kommt er mit der Ratschenschere daher und verstümmelt mich so, dass nur noch Astansätze übrig bleiben. Weil die Menschen kaum etwas über den Wahrnehmungsapparat der Pflanzen wissen, denken sie sich nichts dabei, wenn sie einen Strauch so schneiden, dass er alle Blätter verliert. Doch der Jens macht das nicht aus Nachlässigkeit, sondern aus purer Bosheit. Er behauptet, ich würde zu viel Schatten ins Gewächshaus werfen, obwohl das nur ganz spät am Nachmittag der Fall ist. Jeder Depp merkt sofort, dass ihm mein Schatten nur als Vorwand dient, sich auf meine Kosten abzureagieren. Und dieses Bedürfnis überkam ihn am Montagabend ganz besonders intensiv. Weil ihm der Sepp dauernd Steine in den Weg legte. Weil ihn die Anni mit ihrem Kinderwunsch nervte. Weil ihn die Rosenheinis ignorierten.

Als ich ihn mit der Schere um die Ecke biegen sah, wusste ich gleich, was mich erwartet.

Au! Autsch! Aua! Ein Ast nach dem anderen fiel herab, nicht nur mit allen Blättern, sondern auch mit meiner ganzen Blütenpracht. Aus dem Rosenquartier tönte es schadenfroh herüber: »Ach, welch ein Segen, bald sind wir von diesem widerwärtigen Gestank befreit!«

Zwischen dem Gewächshaus und dem Fahrzeugschuppen sah ich die Anni zu meiner Rettung herbeieilen. Aber es waren bloß noch zwei belaubte Äste an mir übrig. Schnipp: nur noch einer. Die Anni rief entsetzt: »Jens, wia kost du den Holunder so zsammasäbeln, wo der doch in voller Blütn …« Schnipp: Da fiel der letzte Ast. Schlagartig wurde es still um mich. Die Anni bewegte weiter die Lippen zu meiner Verteidigung, für die es zu spät war. Ich konnte sie nicht hören. Ebenso wenig konnte ich irgendwelche chemischen Signale empfangen.

Zum Glück hatte der Schuft ein Seitenzweiglein ganz unten vergessen, wo gerade ein Blattbüschel am Knospen war. Es würde also nur wenige Tage dauern, bis ich wieder Anschluss an die Welt bekam. Dass es drei Tage und vier Nächte werden sollten, in denen meine ganze Aufmerksamkeit gefragt gewesen wäre, konnte ich doch nicht wissen!

Sechs

Bis zum Freitagmorgen vegetierte ich in einem Dämmerzustand vor mich hin. Ab und zu sah ich die Anni oder den Sepp auf geräuschlosen Sohlen vorbeikommen, dann wieder nur das immer gleiche Bild der Rosen, die sich stumm im Luftzug wiegten. Nachts schlief ich wie ein Murmeltier in totaler Stille und Dunkelheit.

In der Nacht zum Freitag weckte mich ein Leuchten wie von einer Taschenlampe und ließ mich blinzeln. Ich dachte: Was will der Sepp mit einer Taschenlampe? Es wäre doch viel einfacher, wenn er die Außenbeleuchtung des Fahrzeugschuppens anschalten würde. Bevor ich lange darüber nachdenken konnte, war ich schon wieder weggedämmert.

Die ersten Sonnenstrahlen des nächsten Morgens weckten mich endgültig und brachten meine einzige überlebende Knospe zur Entfaltung.

So ziemlich die erste Neuigkeit, die mir meine wiedergewonnenen Sinne vermittelten, war die, dass mein geliebter Gärtner verschwunden war. Darauf hätte ich gerne verzichtet. Aber was war vorher los gewesen, in der Zeit meiner Isolation? Über die Vorgänge in der Küche wusste der Weihnachtskaktus Bescheid.

Am Dienstagmorgen war der Jens im Anzug beim Frühstück erschienen. Nachdem er den Kaffee mit einem Zuckertütchen aus seiner Sammlung gesüßt und leer getrunken hatte, ging er zur Türe. Er hatte ein blechernes Aktenkofferl in der Hand wie die Vertreter der Spritzmittelfirmen, die ab und zu in der Gärtnerei vorbeischauen.

»Bringt mich jemand zum Bahnhof?«, fragte er in den Raum hinein. Doch er kannte die Antwort schon, und die kam auch prompt: »Naa, i hob koa Zeit und de Anni aa ned.«

»Gut, dann nehme ich eben ein Taxi. Ihr müsst es ja wissen. Es ist schließlich nicht nur mein Geld, sondern auch eures.«

Die Anni schaute ganz betreten, doch gesagt hat sie nichts. Und dann war der Jens weg.

Der Sepp und die Anni sind die folgenden Tage ganz normal ihrer Arbeit nachgegangen, das bestätigten auch die Rosen. Aber ab Donnerstagabend war nichts mehr normal. Der Weihnachtskaktus wiederholte extra für mich die Ereignisse der Nacht: wie die Anni vergeblich auf den Sepp gewartet hat und wie der Jens mitten in der Nacht heimkam und überhaupt nicht beunruhigt war.

Der Kaktus konnte mich sogar den Geschmack der Tränen nachfühlen lassen, die von Annis Wangen auf seine Gliederblätter getropft waren.

Und am Ende hat sich ihre Sorge leider bewahrheitet, wie wir alle soeben miterleben mussten.

Ich höre den Leichenwagen, der den Sepp auf Nimmerwiedersehen fortbringt, durch das Gärtnereitor fahren. Der Polizei-Einsatztrupp steigt in den Mannschaftswagen und verschwindet ebenfalls. Nur der Stuhlinger und der Wellmann dümpeln noch zwischen den Rosen herum.

»Wellmann, sobald wir wieder auf dem Kommissariat sind, überprüfen Sie, ob Herr Schultes wirklich in der Baumschule ›Timm von Ehern‹ war, und wenn ja, wie lange. Jetzt schauen wir erst mal beim ›Café am Anger‹ vorbei, ob die Eheleute Schultes dort waren und was man dort sonst noch weiß. So ein Café ist oft ein Umschlagplatz für Informationen.«

Eigentlich wäre das für die Ermittlungen nicht unbedingt notwendig, doch der Stuhlinger hat jetzt richtig Lust auf einen klassisch geschmacksneutralen Filterkaffee wie bei Muttern. Aus seinen Poren steigt ein Hauch der Erinnerung an diesen lieblichen Duft, der uns Pflanzen nicht verborgen bleibt.

»Außerdem gibt es hier sicher noch echten Filterkaffee. Den kriegt man ja kaum noch in der Stadt. Dafür muss man in ein Kaff wie dieses.«

Ich könnte ihm sagen, dass er sich falsche Hoffnungen macht, denn im »Café am Anger« hat der Fortschritt Einzug gehalten. Aber er würde mich nicht verstehen.

Die beiden Kriminalisten verlassen mein Blickfeld und werden auf ihrem Weg von keiner Pflanze mehr beobachtet, bis der kümmerliche Bergahorn hinten am Pfarrhaus einen kurzen Blick auf sie erhascht, wie sie durch die Seitengasse zum Anger spazieren. Dort angekommen, bieten sie ein begehrtes neues Ziel für die Aufmerksamkeit der Angerlinden. Im Blätterdach rauscht es sofort: »Fremde in Reindlfing! Haben sie wohl etwas mit den schrecklich aufgeregten Molekülen zu tun, die aus der Gärtnerei zu uns herüberwehen?«

Ich kläre die Linden darüber auf, was heute Morgen bei uns passiert ist. Die Reindlfinger Angerlinden sind auch unter normalen Umständen leicht erregbare Wesen. Es überrascht mich nicht, dass sie nach einer so schrecklichen Nachricht eine ganze Weile brauchen, um sich einigermaßen zu beruhigen und ihre Aufmerkamkeit wieder auf das Geschehen unter ihren Wipfeln zu lenken.

Die staatlich besoldeten Schnüffler haben inzwischen im Straßencafé Platz genommen. Außer dem Stuhlinger und dem Wellmann sitzen dort noch drei Seniorinnen. Dank ihrer identischen silbergrauen, frisch gelegten Dauerwellen mit einem leichten Stich ins Violette sehen sie auf den ersten Blick wie eineiige Drillinge aus. Sie unterhalten sich mit gedämpften Stimmen. Der Stuhlinger versucht, von ihrem Gespräch ein paar Fetzen zu erhaschen. Man weiß ja nie, wozu das gut sein könnte. Die Linden sehen, wie er seine Ohren lang macht. Was bekommt er zu hören?

»Mei Arthrosn is wiader schlimmer worn, furchtboar, i ko mi goar ned richtig um meine Bluama kümmern.«

»Und ich kann kaum noch laufen wegen meiner eingewachsenen Zehennägel. Schon fünfmal war ich diesen Monat bei der Fußpflege, aber es wird nicht besser. Alles muss ich selber zahlen, weil ich nicht zuckerkrank bin. Ein Vermögen kostet das, ein *Vermögen*!«

»Eire Sorgn möcht i hom. Der Herr Chefoarzt hot gsogt, i muass vielleicht wega meim Überbein *operiert* wern.«

»Schlimm. Aber wenigstens zahlt's deine private Krankenversicherung. Da hast du ja immer was Besseres gehabt als wir normalen Sterblichen. Deine Lodenmäntel hast du auch schon immer in München gekauft und nicht in Penzberg. Und übrigens, wo ich bei der Garderobe bin, habt ihr eigentlich schon das neue Kleid von der Madam Eisinger gesehen? Ich meine das rote.«

»Des hot jo am Rücken goar nix! Wenn ma's vo hintn siagt, kannt ma moana, ma is am Nackertenstrand in der Pupplinger Au.«

»Woher woaßt'n, dess's in der Pupplinger Au an Nackertenstrand gibt?«

»Des hob i in der Zeitung glesn. Wos moanst denn du?«

Dieses Gespräch trägt zur Lösung des Mordfalls vermutlich nicht sehr viel bei. Der Stuhlinger lenkt seine Gedanken wieder auf den Kaffee, den er zu trinken beabsichtigt.

Die Vilshoferin schaut aus der Bäckerei heraus. Ihr überraschter Gesichtsausdruck verrät den Linden, was ihr wohl gerade durch den Kopf geht: auswärtiger Besuch? Na so was! Die zwei sehen nicht gerade aus wie erschöpfte Mountainbiker. Keine Spur von Fahrrädern. Und für die Sehenswürdigkeiten von Reindlfing scheinen sie sich auch nicht zu interessieren. Ich könnte wetten, die Vilshoferin ahnt schon, dass es sich um Polizisten handelt. Gerade sie als fleißige »Tatort«-Guckerin. Und sie wird sicher nicht lockerlassen, bis sie alles über die beiden herausgefunden hat. Sie tritt an das Tischchen.

»Ich hätte gern einen Filterkaffee«, verkündet der Stuhlinger.

»Tuat ma leid, des hamma ned. Espresso, Capuccino oder Latte macchiato, wenn Sie woin. Durchpresst mit genau neun Komma drei Bar, wia's sei muass. Des is fei a Genuss!«

Der Stuhlinger bestellt sich frustriert einen Espresso, die kleinstmögliche Flüssigkeitsmenge.

Selbst in die letzten Reservate der Bürgerlichkeit hat sich dieses modische Gesöff also schon hineingeschlichen. Die Welt ist eben nicht mehr so, wie sie mal war. Der Wellmann hingegen freut sich, dass man heutzutage sogar im abgelegensten Winkel von Oberbayern einen gescheiten Kaffee bekommt, und bestellt das Gleiche.

Die Vilshoferin zieht sich hinter ihre Theke zurück und wirft die Espressomaschine an. Auf der Theke steht so ein gezwirbelter Deko-Bambus, der zaghafte hellgrüne Schösslinge treibt. Er

kann zwar nur Chinesisch, weil er noch nicht lange da ist, doch zumindest im Nachplappern erweist er sich als ausgesprochen talentiert, wenn er auch nicht versteht, was er da weitergibt. Seine chemischen Nachrichten sind sogar ausgesprochen wertvoll. Der Bambus hat den Verkaufsraum der Bäckerei mitsamt den Nebenräumen im Blick und meldet ohne Verzug, dass der Wellmann gerade für kleine Jungs geht. Als die Spülung zu hören ist, bezieht die Vilshoferin Position vor dem WC-Ausgang.

»Herr Kommissar, brauchn's a Seifn zum Händwoschn? Gell,

die Seif is aus? Do, i hob Eana a neie mitbrocht. Is wos passiert bei uns im Dorf?«, stellt sie den Wellmann ohne Umschweife zur Rede.

»Ich bin kein Kommissar.« Der Wellmann versucht, beiläufig zu klingen und sich an der Vilshoferin vorbeizuzwängen. Doch sie ist ziemlich füllig und der Gang ziemlich eng. Ohne Handgreiflichkeiten, die man bei bösem Willen als unsittliche Annäherungsversuche deuten könnte, kommt er nicht durch.

»Ober vo der Polizei san's scho, gell? Des siagt ma. Und ohne an Grund kimmt koa Polizei noch Reindlfing. Gwiss is jemond ermordet worn.«

Die Vilshoferin pokert hoch, zu hoch, wie sie selber fühlt. Ihre Ausdünstungen zeigen Anzeichen von Unsicherheit. Aber der Gesichtsausdruck vom Wellmann ist ihr ein untrügliches Zeichen, dass diese Runde an sie geht. Wirklich und wahrhaftig, ein echter Mord in Reindlfing! Wer hätte das je zu hoffen gewagt? Und sie darf dabei sein! Der Bambus empfängt von ihr eine Adrenalinwelle nach der anderen. Jetzt muss sie sich einen soliden Informationsvorsprung vor der Metzgerin verschaffen. Die Metzger-Zenzi ist nämlich ihre Hauptkonkurrentin auf allen Gebieten. Um ihr Ziel zu erreichen, rückt die Bäckerin etwas näher an den Wellmann heran. Der ist schon ganz in ihren Dunst aus Erregungsschweiß, Gebäckduft und Maiglöckchenparfüm eingehüllt und weiß gar nicht mehr, wie er hier je wieder herauskommen soll. Seine Bedrängnis-Moleküle überfluten den Bambus wie ein Tsunami.

»Wer wor's denn, wo ermordet worn is? Lossn's mi roten! Hot der jung Berglmaier sein' Vatter mit'm Traktor überfoahrn, domit der ean nimma rumscheichn ko?«

Ihre Blicke scannen Wellmanns Gesicht. Aber diesmal sagen ihr die geschärften Sinneswahrnehmungen, dass sie danebengegriffen hat. Der Berglmaier war es also nicht.

»Oder hot der Metzger sei Zenzi mit'm Beil hiigmocht?«

Die Frage entspringt natürlich dem Wunschdenken der Vilshoferin. Andererseits: Ohne die Metzgerin würde sie sich zu Tode langweilen, wie alle Menschen und Pflanzen in Reindlfing wissen. Da ist sie sogar ein bisschen erleichtert, als sie an der Miene vom Wellmann abliest, dass sie auch damit falschliegt.

»Aha, jetzat woaß i's! Der Sepp is tot! Des wär fei einigen Leitn sehr recht.«

Der Wellmann schluckt.

Das genügt der Vilshoferin als Bestätigung. Durch ihren Erfolg richtig in Fahrt gekommen, bohrt sie weiter, bis der Wellmann alle näheren Umstände ausgespuckt hat. Dann entlässt sie ihn ins Freie und macht sich an der Kaffeemaschine neben dem gezwirbelten Bambus zu schaffen.

»Das hat ja lange gedauert. Haben Sie Verdauungsbeschwerden, Wellmann? Vom Zustand der Leiche kann Ihnen kaum übel geworden sein, da haben wir wahrhaftig schon Schlimmeres erlebt.«

Der Wellmann zieht es vor, nicht zu antworten. Das findet der Stuhlinger zwar ein bisschen verdächtig, aber er ist ja nicht hier, um seinen Kollegen auszufragen. Sobald die Vilshoferin mit dem Tablett ankommt, bittet er sie freundlich, sich an das Plastiktischchen zu setzen.

»Darf ich mich vorstellen? Kriminaloberkommissar Stuhlinger. Und das hier ist Kriminalhauptmeister Wellmann.«

Die Vilshoferin guckt ein bisschen enttäuscht. Da hätte sie sich also die Mühe sparen können, dem Wellmann zu entlocken, dass er bei der Polizei arbeitet. Am liebsten würde sie den Stuhlinger auch noch aushorchen, doch sie weiß ohnehin schon alles und ist bereit, ihrerseits Auskunft zu geben.

»In Ihrem netten Café trifft sich sicher das ganze Dorf. Gehören auch die Leute aus der Gärtnerei zu Ihren Stammgästen?«

»Der Sepp wor nia bei uns im Café. Ober sei Anni, die wor ab und zua do, und sei Schwiagersohn, der Schultes Jens, sogoar ziemlich oft. Oamoi hob i ean fost nausgschmissn. Stelln's Eana vor, der hot zwoa vo meine Zuckertüterln in sei Hosntoschn gsteckt! Beinoh hätt i ean ozeigt und eam Hausverbot erteilt. Ober er hot gschworn, dess er's nia wiada mocht. Und a guater Kunde is er aa, do hob i a Aug zuadrückt. Oiso, wega mir brauchn's ean ned für den Diebstohl belanga. Do hom's jetzat mit dem Mord gwiss wos Wichtigers zum toa.«

Der Stuhlinger wirft dem Wellmann einen strafenden Blick

zu. Jetzt ist ihm klar, warum der vorhin so lange verschwunden war. Dieser Dame muss man wohl nicht mehr erklären, worum es geht. Deshalb fragt er knapp: »Sie wohnen hier im Haus?«

»Jowoi, direkt über dem Café. Und gestern Nocht wor i mit mei'm Mo dahoam.«

»Ist Ihnen in den Stunden vor Mitternacht irgendetwas aufgefallen? Ein vorbeifahrendes Fahrzeug vielleicht?«

»Naa. Mir gehn oiwei zeitig ins Bett. Wissen's, mei Mo muass doch so früh aufstehn.«

»Und in letzter Zeit? Irgendwas Ungewöhnliches in Zusammenhang mit Herrn Schladerer? Irgendein Streit oder etwas Ähnliches?«

»Jo mei, der Sepp, der wor doch dauernd am Streitn. Mit jedem. Ober direkt mitkriagt hob i des ned, weil er jo nia bei uns vorbeikemma is. Do ko i Eana leider ned weiderheifa, so gern i des auch tat.«

»Trotzdem danke für Ihre Auskünfte«, schließt der Stuhlinger das Gespräch höflich ab. Die Polizisten trinken ihre Tassen leer, bezahlen und machen sich auf den Weg zu ihrem Dienstfahrzeug.

Der Wellmann trottet zerknirscht hinter dem Stuhlinger her und findet dessen finstere Miene ganz schön selbstgerecht. Der Chef hat ja keine Ahnung, wie es ist, von der Bäckerin in die Zange genommen zu werden. Von ihr könnte sich jeder Kriminalist eine Scheibe abschneiden. Heute hat die Vilshoferin jedenfalls aus der Polizei deutlich mehr herausgekriegt als die Polizei aus ihr.

Die Linden rauschen aufgeregt den Polizisten hinterher, so weit sie sie sehen können. Dann wenden sie ihre Aufmerksamkeit wieder dem Anger zu. Im Café sitzen nur noch die drei Dauerwellen. Wie langweilig. Die Cäcilie, die Theresa und die Berta sind die notorischen Tratschtanten von Reindlfing. Ihre Gesprächsthemen kennt man seit Jahrzehnten.

»Des wor fei a Glück, dess ma heit Morgen bei der Friseurin worn, jetzat, wo fremde Monna noch Reindlfing kemma san. Do möcht ma jo ned grod ausschaugn wia de Geierwally. Wos de woi gwoit hom?«, überlegt die Cäcilie.

»Das waren sicher Detektive«, presst die Berta zwischen ihren dünnen Lippen hervor. Die Cäcilie ist skeptisch.

»Moanst? Oiso, se hom zwoar genau so ausgschaugt, wia i ma Detektive vorstell, ober wos hättn denn Detektive in Reindlfing zum suacha?«

»Es werd doch nix Schlimms passiert sei?«, lechzt die Theresa sensationslüstern.

Mit einem Seitenblick auf die Vilshoferin, die sich zum Abkassieren nähert, konstatiert die Berta: »Das werden wir gleich wissen.«

»So, die Damen! Des mocht je zwoa fuchzig.«

Die Dauerwellen kramen in ihren Geldbeuteln und klimpern mit den Münzen. Dann sitzen sie erwartungsvoll da. Es entsteht eine unerträglich spannungsgeladene Stille. Die Vilshoferin kostet sie aus und zieht sie noch ein wenig in die Länge. Wie lange wird sie es aushalten zu schweigen? Die drei Damen wissen ihre Neugier diszipliniert zu zügeln. Jetzt die gewünschte Frage zu stellen, gliche einem Offenbarungseid. Die Vilshoferin platzt bald. Schließlich kann sie sich nicht mehr beherrschen.

»Wos i eich jetzat sog, des bleibt unter uns, gell? Vor ollem der Metzger-Zenzi, der dürfat ihr nix verrotn! Die tat's jo sofort an de große Glockn hänga.« Sie beugt sich vor und raunt verschwörerisch: »Ob ihr's glaubt oder ned, in Reindlfing is a woschechter Mord passiert. Und i woaß ois drüber! Vo der Polizei, aus erster Hond.«

Die Cäcilie ist sprachlos. Um die Mundwinkel ihrer Freundin Theresa legt sich eine schadenfrohe Falte. »Hob i's gsogt, dess wos Schlimms passiert is, oder hob i's ned gsogt?«

»Wer war's?«, fragt die Berta im Tonfall eines Stasi-Offiziers, der seine Lampe auf den Befragten richtet.

Die Vilshoferin zieht ihre Stirn kraus. »Wos moanst, wer's wor? De Leich oder der Mörder?«

»Ist dir denn beides bekannt?«

»Der Mörder natürlich ned. Sonst brauchat ma jo koa Polizei. Ober de Leich, des is der Sepp aus der Gärtnerei, stellt's eich vor.«

Die Theresa und die Cäcilie halten vor Aufregung die Luft an.

»Das wundert mich kein bisschen«, erwidert die Berta, ohne mit der Wimper zu zucken.

Nachdem die Vilshoferin ihre Geheimnisse losgeworden ist, humpeln die drei Damen trotz der Erkrankungen ihres Bewegungsapparates erstaunlich flott nach Hause.

Es wird ruhig auf dem Anger. Die Bäckerin setzt sich an eines ihrer Tischchen und beginnt, sich zu langweilen. Wenn doch wenigstens die Friseurin herauskäme. Der würde sie sogar eine Tasse Kaffee spendieren, damit sie eine Weile sitzen bleibt und ihr Gesellschaft leistet. Aber nicht, ohne vorher sicherzustellen, dass der Bäcker immer noch schläft. Der braucht seinen Schlaf nach der Frühschicht in der Backstube, und gesünder ist es auch für sie.

Einmal hat der Vilshofer seine Frau erwischt, wie sie der Friseurin eine Runde Espresso ausgegeben hat. »Kaffee umsonst? Und wovon soll' ma dann lebn, bittschee? Mir hom nix zum verschenka, merk dir des«, hat er am Abend getobt. Es fehlte nicht viel, und er wäre handgreiflich geworden.

Mit der Friseurin unterhält sich die Bäckerin am liebsten. Die ist nämlich fast so gut informiert wie sie selbst, hat jedoch ein etwas anderes Spektrum, weil sich ihre Kundschaft nicht ganz mit der Kundschaft des Cafés deckt. Doch die Friseurin schneidet gerade dem buckligen Alois, der mal wieder unangemeldet vorbeigekommen ist, die weißen Zotteln. Das wird eine Weile dauern, denn der Alois hat an allem etwas auszusetzen. Bei ihm darf nach dem Friseurbesuch kein Härchen aus der Reihe tanzen.

Als die Bäckerin schon am Einnicken ist und die Linden mit ihr, hört man nebenan die Glastüre der Metzgerei Sauder quietschen. Geht da etwa jemand so spät noch Weißwürste kaufen? Nein, es ist die Metzgerin, die auch mal ein paar Sonnenstrahlen abkriegen möchte.

Die Metzgerei ist ein noch viel traurigerer Ort als die Bäckerei. Wenn Menschen Pflanzen verschlingen, muss man ihnen zugutehalten, dass sie nicht wissen, welches Leid sie damit verursachen. Wenn sie das Gleiche den Tieren antun, wissen sie es dagegen sehr wohl. Aber es kümmert sie nicht.

In der Metzgerei steht die Metzger-Zenzi den ganzen Tag in ihrer blutverschmierten Schürze hinter der Theke, auch wenn stundenlang keiner kommt. Am liebsten würde sie sich zur Vilshoferin setzen und ein bisschen palavern, doch seit die Bäckers und die Metzgers verfeindet sind, geht das nicht mehr. Der Sauder hat nämlich vom Vilshofer für die Semmeln, in die er seinen warmen Leberkäs legt, Mengenrabatt verlangt. Da hat der aber nicht mitspielen wollen. Der Metzger hat geknurrt »Werst scho seng, wos davo host« und holt jetzt seine Semmeln in der Großbäckerei in Penzberg. Der Bäcker und der Metzger reden nicht mehr miteinander und verlangen das Gleiche von ihren Frauen. Nur feindselige Kommunikation ist erlaubt. Ein paar von den Linden haben die Metzger-Partei und ein paar die Bäcker-Partei ergriffen. Den übrigen Reindlfinger Pflanzen ist dieser Grabenkrieg ziemlich egal.

Die Metzger-Zenzi schaut sich um, mit wem sie ein paar Worte wechseln könnte. Nur die Vilshoferin sitzt da. Soll sie zu ihr hingehen? Die Bäckerin döst und würde wahrscheinlich gar nicht merken, wenn sich die Metzgerin wortlos wieder verzieht. Das heißt, doch nicht. Jetzt ist die Vilshoferin leider aufgewacht und schaut die Zenzi unverwandt an. Ein Rückzug in dieser Situation wäre Feigheit vor dem Feind. Weil Angriff die beste Verteidigung ist, marschiert die Metzgerin geradlinig auf das Plastiktischchen zu, stellt sich mit verschränkten Armen vor die Bäckerin und bläst zur Attacke.

»Host gestern de Nochrichtn gseng? Do is a Bericht über an Rechtsstreit kemma, wo mei Lukas ois Star-Anwoit auftritt. Sei Kanzlei is inzwischn in gonz Deitschlond berühmt«, säuselt sie.

Die Vilshoferin pariert diesen Erstschlag sofort. »Des is goar nix gegen die Praxis vo meim Jakob. De gonze Prominenz von Müncha gibt sich dort de Klinkn in d'Hond. Neilich wor der Beckenbauer do. Der ist nämlich sei Stammpatient. Do schaugst, gell?«, flötet sie.

Die übrigen Bäcker- und Metzgerkinder, die allesamt aus Reindlfing in die weite Welt gezogen sind, werden jetzt in der Steilheit ihrer Karrieren entsprechend absteigender Reihenfolge durchgenommen. Anschließend kommen die Enkel dran, nach schulischen Leistungen sortiert, sofern sie bereits zur Schule gehen. Als trauriges Ergebnis bleibt bestehen, dass die Vilshoferin immer noch mit zwei Stück im Rückstand ist. Seit Jahren liegt sie ihren Söhnen und Töchtern in den Ohren, die Fortpflanzungsfreude ein bisschen zu steigern, doch vergebens. Sie beißt sich auf die Lippe. Soll sie jetzt ihren nuklearen Sprengkopf abfeuern oder nicht? Schnell ist's entschieden: Den Makel von zwei fehlenden Enkeln kann sie nicht ohne Gegenwehr auf sich sitzen lassen.

»Gwiss host no ned gheert, wos im Dorf passiert is.«

»Naa, wos denn?« Die Zenzi versucht, so gleichgültig wie möglich zu klingen. Meistens ist der Tratsch von der Vilshoferin sowieso unbedeutend. Diesmal könnte es jedoch was Besonderes sein. Die Metzgerin hat da so eine Ahnung.

»Woaßt du echt goar nix?«

Die Zenzi schüttelt den Kopf. Noch einmal zieht die Vilshoferin die Erwartung so weit in die Länge, wie es nur geht.

»A Mord. An Mord hot's gebn. Hier in Reindlfing! Und i woaß ois.«

»Ois? Soso. Sog bloß, der Sepp is tot.«

Jetzt zeigt die Bäckerin den Linden ein völlig verdattertes Gesicht. Das war nicht gerade die Reaktion, die sie sich erhofft hatte. Woher kann die einfältige Kuh das nur wissen? Kann sie hellsehen?

»Jo, genau, der Sepp …« Was anderes fällt ihr als Antwort nicht ein.

»Des hob i ma hoiber denkt. Do passt ois zsamma«, murmelt die Zenzi gedankenverloren vor sich hin.

Aus der Kehle der Vilshoferin drängt sich ein unterdrückter Schrei. Er klingt wie ein Gurgeln. »*Wos* passt zsamma?«

»Nix, nix.« Die Zenzi dreht sich um und verschwindet hinter ihrer Glastüre, ohne die Vilshoferin weiter zu beachten.

Sieben

Die Nachricht vom Tod des alten Gärtners fährt wie ein Sturm durch den Blätterwald von Reindlfing. Die Pflanzen rufen, stöhnen und tuscheln alle so kreuz und quer, dass ich überhaupt nichts verstehe. Ich bin selbst noch ganz verwirrt. Schon am Samstag wird der Sepp beerdigt. Man wollte ihn nicht über den Sonntag liegen lassen. Sonst hätte ihm womöglich der eine oder andere aus altem Zorn ins Gesicht gespuckt. Und dagegen hätte er sich nicht mehr wehren können.

Über das Begräbnis erstatten die Friedhofsthujen Bericht. Endlich passiert bei ihnen mal wieder was. Ich finde es ein bisschen schäbig von ihnen, dass sie sich über jeden toten Reindlfinger freuen, doch man kann es auch verstehen, so, wie sie sich immer langweilen müssen.

Ganz Reindlfing ist heute bei ihnen versammelt. Der Posaunenchor setzt mit einem melancholischen Kiekser zum Trauermarsch an. Dann spricht der Herr Pfarrer. Er vergisst völlig, in seiner Rede zu erwähnen, dass der Sepp der einzige Atheist von Reindlfing war. Die Anni ist ihm dankbar. Sie hört nur mit einem halben Ohr zu. Ihre dicken braunen Locken sind ganz aufgelöst. Sie hätte wirklich vor der Beerdigung zur Friseurin gehen sollen, finden die Reindlfinger Seniorinnen. Aber die Anni denkt nicht an so was, wenn ihr Vater gerade ermordet wurde. Sie hat ihn eben geliebt, und jetzt im Moment ist ihr alles andere egal.

Von der Ansprache des Pfarrers, die so wohlwollend ist, wie man es für einen alten Streithammel wie den Sepp nur fertigbringen kann, bekommen auch die anderen Trauergäste nicht viel mit, weil das Baby, das die Birgit auf dem Arm hält, die ganze Zeit fröhlich dazwischenquäkt.

»Schschsch ... schschsch ...«, macht die Birgit, doch der Sohnemann lässt sich überhaupt nicht davon beeindrucken. Das bringt die Anni noch mehr zum Weinen.

Als das Gequäke gerade alle anderen Geräusche übertönt,

flüstert der Berglmaier junior seinem Vater ins Ohr: »Jetzt hod'n endlich der Deifi ghoit, den sturn Esel.«

Die Anni wirft einen Strauß, in dem die Blüten jeder Rosensorte vom Sepp vertreten sind, ins offene Grab. Aus der Ferne verfolgen die Rosen das Begräbnis und sind stolz, durch das Opfer einer Blüte zur Feierlichkeit der Zeremonie beigetragen zu haben. Dann verschwindet der Sarg mit dem Sträußchen allmählich unter der Erde.

Die Trauergäste marschieren zum »Löwen«, wo die Anni einen Leichenschmaus hat richten lassen. Sie schüttelt an der Friedhofspforte jedem die Hand. Neben ihr steht der Jens und schüttelt ebenfalls jedem die Hand. Jetzt ist die Familie Berglmaier dran.

»Beileid, Anni. Und wos mochst jetzat mi'm Kofel-Eck?«

Die Anni gibt schluchzend zurück: »Des überlass i eich endgültig. Wos soll i mi drum streitn? Jetzt, wo der Vatter nimma do is, hot eh ois koan Sinn mehr.«

Der Jens zuckt zusammen und packt die Anni am Handgelenk, dass die Friedhofsthujen vor lauter ausgesendeten Molekülen aufschreien. Mit dem Kofel-Eck hatte er wahrhaftig etwas anderes vor. »Augenblick mal, darüber muss ich erst mit meiner Frau reden. Ohne mich kann sie das nicht entscheiden«, beeilt er sich, den angerichteten Schaden rückgängig zu machen, und zischt der Anni zu: »Habe ich dir nicht oft genug erklärt, wozu wir das Kofel-Eck brauchen?«

»I hob hoit nimma an deine großoartigen Plän denkt«, flüstert die Anni zurück. »Im Moment hob i grod ondre …« Ihre letzten Worte verlieren sich in Tränen.

Die Fenster der Gaststube im »Löwen« sind heute weit offen, damit der laue Sommerwind den Bierdunst vom Freitagabend ein bisschen verdünnen kann. Der Luftzug streicht an den Sansevierien vorbei, die die untere Hälfte der Fensteröffnungen füllen. »Schwiegermutterzungen« nennen sie die Menschen, die dahinter sitzen. Die Schwiegermutterzungen haben den Zweck, die Männer in der Wirtschaft vor den Blicken der Schwiegermütter und Gattinnen, die draußen an den Fenstern vorbeilaufen, zu verstecken. Sie sind so dicht und hoch gewachsen, dass keine von den Frauen sagen kann: »Do schaug her, hockt der scho wieda im Wirtshaus und sauft!«

Heute jedoch bevölkert eine respektable Gesellschaft die Gaststube. Jeder, der in Reindlfing was auf sich hält, ist gekommen, um ein Glas auf das Andenken vom Sepp zu heben. Den Sansevierien sausen die Stomata vor so vielen menschlichen Ausdünstungen. Alle sind guter Dinge, bis auf die Anni. Die sitzt schweigsam und niedergeschlagen am Stammtisch. Der Jens sagt auch nicht viel. Aber die anderen umso mehr. Der Hintergruber Hansi beispielsweise meint: »Der Jung, der hot's jetzt guat, jetz ko er schoitn und woitn, wia er wui.«

Der Metzger gibt zurück: »Teisch di ned, de Anni hot aa wos zum sogn. Die losst sich ned unterkriagn. Ober ohne den Sepp hot's der Jung freili leichter.«

»De Polizei hot gsogt, dess ean oaner mit aner Brechstong derschlogn hot. In seiner Garasch. Des hot ma de Vilshoferin verzählt. Die hot des aus'm Stift vom Kommissar aussiquetscht, wia's bei ihra an Kaffee trunken hom.«

»Der Jung werd's gwesn sei.«

»Naa, sonst hättn's ean scho mitgnomma. Der hot a *A-li-bi*«, hat es der Hintergruber Hansi ganz wichtig.

Die Berta am Nebentisch hat extra für die Beerdigung noch etwas mehr Lila in ihr Silbergrau färben lassen. »Das war bestimmt eine Frauengeschichte«, meint sie mit spitzen Lippen.

Die Theresa ist nicht überzeugt: »Ah geh ma fort, dozu wor der doch vui zu oit!«

»Oiso, i hob ean ned unattraktiv gfundn. Rüstig ...«, wirft die Cäcilie schüchtern ein.

Die Friseurin und die Vilshoferin dürfen endlich mal zusammenhocken, ohne dass sich der Vilshofer gleich aufregt. Es wird ein längeres Gespräch. Da muss der ganze Klatsch von den letzten Wochen durchgeackert werden. Schließlich kommt die Vilshoferin doch auf das Thema Nummer eins zu sprechen: »Mi wundert's ned, dess ois so kemma is. Der oide Geizkrogn, der hot nia bei uns an Kaffee trunken. Und sein'n Schwiagasohn hot er zu uns gschickt, domit der unsre Zuckertüterln klaut.«

»Was? Das hat der gemacht? Wer Zuckertütchen klauen kann, der kann auch jemanden umbringen, so viel ist sicher. Aber ich denke trotzdem, dass es ein anderer war.«

»So? Wer denn?«

»Die Polizei wird es schon herausfinden.« Mehr will die Friseurin nicht preisgeben. Information ist schließlich ihr Kapital. Das wissen sogar wir Pflanzen.

Der Vilshofer tönt: »I glaub, dess des a Auswärtiger wor. So a Rosenfreind. Mit dene is er umgsprunga wia mit dem reinsten Gsindl. Mol hot er eana wos verkauft und mol ned, wie's eam grod passt hot. Und do hot sich des halt amoi oaner ned bieten lossn, der wo unbedingt a bestimmte Rosn woit.«

»Ja, genau so wird's gewesen sein«, pflichtet ihm der Eisinger bei.

Seine Frau hält dagegen: »Also hör mal, man ermordet doch niemanden wegen einer Pflanze.«

»Leit, die wo Rosen wirklich liebn, würdn des gwiss toa«, wendet die Cäcilie ein. Sie hat die schönsten Balkonkästen von Reindlfing und viel Verständnis für solche Leidenschaften.

In der Wirtschaft wird es immer lauter und immer lustiger. Die Striche auf den Bierdeckeln mehren sich rasend. Jeder gibt seine Theorie über den Mord zum Besten. Der Herr Pfarrer versucht als Einziger, das Thema zu meiden. Keine Chance. Nicht mal die Gerti hält ihm da die Treue.

»Ich glaube, der Schladerer hat jemanden erpresst«, sagt sie. »Der wusste doch über einen jeden was Schlimmes. Manchmal hatte ich geradezu den Eindruck, dass er Gedanken lesen kann. Irgendwie war das unheimlich.« Etwas leiser fügt sie hinzu: »Der war mit dem Teufel im Bunde, glaubt mir's!«

»Gerti«, fällt ihr der Pfarrer empört ins Wort, »wie können Sie so einen Unsinn reden? Josef Schladerer war zwar kein besonders frommer Mensch, aber er hatte auch seine guten Seiten. Von uns weiß niemand, wie ihn der Herr eines Tages richten wird.«

Hinten in der Ecke flüstert der Hintergruber Hansi kaum

hörbar in die Runde seiner Schafkopf-Spezln, bei denen bis vor Kurzem auch der Sepp dabei gewesen war: »Der oide Berglmaier wor's. Des is so kloar wia's Amen in der Kirchn. De hom doch scho oiwei Streit ghobt wega dem Kofel-Eck.«

Am entgegengesetzten Ende der Gaststube steht der alte Berglmaier auf und wirft sich in Pose. »Wos host gsogt?«, brüllt er über das Stimmengewirr hinweg.

Schlagartig wird es totenstill im Raum. Der Hintergruber Hansi erstarrt. Dass der alte Fettsack noch so gut hört, das hätte er niemals gedacht. Aber das Wort »Kofel-Eck« besitzt für den Berglmaier eine ähnliche Signalwirkung wie für andere Leute ihr Handy-Klingelton, selbst wenn es ganz leise kommt.

Der Berglmaier bahnt sich mit seinem eindrucksvollen Leibesumfang eine Schneise zwischen den Gästen hindurch. Am Schafkopftisch angekommen, haut er mit der Faust auf die Bretter, dass die Hirschgeweihe an den Wänden wackeln.

»Wos host gsogt? Sog des no amoi!«

Der Hintergruber Hansi hängt, am ganzen Körper zitternd, schon halb unter der Tischplatte. Das könnte jetzt eine richtig schöne klassische Wirtshausschlägerei geben, wenn nicht in diesem Augenblick die Birgit beschließen würde, dem Alten das Kind in die Arme zu drücken.

»Pass doch bitte kurz auf deinen Enkel auf, ich verschwinde mal.«

Die Stimmung entspannt sich, und die Gespräche kommen wieder in Schwung. Nur machen es jetzt die meisten dem Herrn Pfarrer nach und reden über was anderes. Aber nicht alle. Die Metzger-Zenzi hat schon einige Enzian intus und wird ziemlich geräuschvoll. Sie steht auf und jodelt quer durch den ganzen Gastraum: »Mi wundert's ned, dess den Sepp oaner umbrocht hot. Der hot's doch ned onders woin. Und *i* woaß aa, *wer*.«

Der Metzger schrickt zusammen und zieht sie mit einem kräftigen Ruck am Ärmel wieder herunter. »Geh, Zenzi, sei staad!«

Er schaut sich um, ob es jemand gehört hat. Alle haben es gehört. Wieder herrscht Totenstille. Er packt seine Zenzi am Arm und hat es auf einmal ganz eilig, nach Hause zu kommen.

Ab jetzt will irgendwie keine richtige Stimmung mehr aufkommen. Die Gäste verabschieden sich einer nach dem anderen. Am Ende sitzen nur noch der Jens und die Anni schweigend zwischen leeren Bierkrügen, vollen Aschenbechern, zerknüllten Papierservietten, Bröseln und Soßenklecksen. Der Wirt kommt mit der Rechnung, und endlich können sich die Sansevierien ein bisschen von dem Trubel erholen.

Acht

Jetzt ist der Sepp also unter der Erde. Und das Reindlfinger Leben geht weiter, als ob nichts gewesen wäre. Die Menschen sind eben im Großen und Ganzen ziemlich wenig empfindsame Wesen: aus den Augen, aus dem Sinn.

Die Sonntagsmesse ist gerade vorbei. Die Kirchgänger treten aus dem Portal, wo sie der Olivenbaum genau im Visier hat. Früher hat sich der Herr Pfarrer nach der Messe in die Sakristei zurückgezogen, doch seit die Schar der Gläubigen so überschaubar geworden ist, stellt er sich am Portal auf, um jeden einzeln zu verabschieden. Gerade drängeln sich die Theresa, die Cäcilie und des Pfarrers Gerti gleichzeitig aus der Türöffnung. Von der Berta, der Dritten im Dauerwellenbunde, fehlt im Moment jede Spur. Gott sei Dank stammt die Kirche aus einer Epoche, in der die Türöffnungen für große Menschenmengen ausgelegt waren, sonst würden sich die drei Damen gegenseitig schmerzhafte Blessuren zufügen. Sie setzen zu einem Spurt an, der ans Ziel führen und gleichzeitig nicht würdelos aussehen, ja möglichst sogar unbemerkt bleiben soll. Eine schwierige Aufgabe. Wer wird zuerst beim Pfarrer ankommen? Die Theresa macht das Rennen. Mit einem sonnigen Sonntagslächeln streckt sie ihm die runzelige Hand entgegen.

»Des wor a rechte Predigt, Herr Pforrer. Se hom olle Leit klipp und kloar zoagt, wos ma darf und wos ned. Wo kemmat ma sonst hii?«

»Eigentlich wollte ich eher auf die Gewissensnöte hinweisen, auf die Zwangslagen, die manchmal zu sündhaften Handlungen führen, auf die Schwierigkeit des moralischen Urteilens …« Der Pfarrer fühlt sich unverstanden. Aber solchen Kummer ist er gewohnt.

Die Cäcilie hat geduldig gewartet, bis die Theresa fertig ist. »Mei, worn de Bluama am Oltar schee. Hot wiada de Anni de Gestecke gmocht, Herr Pforrer?«, fragt sie entzückt.

»Ja, freilich, wie sonst auch.«

Die Miene von der Gerti verfinstert sich immer mehr. Die vorwitzigen Schnallen haben ihr den Ehrenplatz in der Schlange der Händeschüttler weggeschnappt. So eine Frechheit! Der Olivenbaum kann genau mitverfolgen, wie sie überlegt, ob sie nicht mit erhobenem Kopf am Pfarrer vorbeigehen soll, ohne ihn eines Blickes zu würdigen. Aber der Herr Pfarrer kann doch gar nichts dafür! Es ist wirklich nicht seine Schuld, sondern einzig und allein die von der Theresa. Die Cäcilie ist nur eine Mitläuferin, der Herr Pfarrer nur ein Opfer finsterer Machenschaften. Also ringt sich die Gerti ein süßsaures Lächeln ab, als sie endlich an der Reihe ist. Der Olivenbaum und ich fühlen uns durch das Benehmen der drei Damen unangenehm an das Getue der Rosen bei den Inspektionen vom Sepp erinnert. Damals, als er noch lebte. Es ist erst drei Tage her, und doch kommt es mir vor wie eine längst verlorene Welt.

Nach der Gerti defilieren die restlichen Frommen, die Reindlfing noch aufzubieten hat, am Herrn Pfarrer vorbei. Die Anni bekommt ein paar mitfühlende Worte extra. Seit der Sepp tot ist, braucht sie ihre Frömmigkeit nicht mehr zu verstecken. Das ist ihr aber nur ein schwacher Trost. Unterdessen spitzt die Berta hinter dem Türrahmen hervor, ob die Luft rein ist. Jawohl, der Herr Pfarrer richtet gerade den buckligen Alois seelisch auf. Er schaut nicht zum Portal. Die Berta schlüpft behände hinaus und drückt sich an der Mauer entlang, am Ahorn vorbei in die Seitengasse.

Am liebsten wäre ihr wohl, wenn der Herr Pfarrer gar nicht bemerkt, dass sie in der Messe war, denkt der Ahorn, der Bertas schändliches Verhalten allen Reindlfinger Pflanzen missbilligend bekannt gibt.

Die Berta ist auf den Herrn Pfarrer nicht gut zu sprechen. Früher war sie seine ergebene Jüngerin und hat ihn genauestens über alle Pfarrkinder informiert, die sich auf die eine oder andere Weise gotteslästerlich geäußert hatten. Irgendwann meinte der Herr Pfarrer jedoch, die Nächsten zu bespitzeln sei auch nicht besonders christlich. Seine Worte zeugten zwar von Nächstenliebe, aber nicht von Diplomatie. Er hat sich dadurch Bertas ewigen Groll zugezogen, gegen den der Zorn Gottes ein harmloses Geplänkel sein dürfte. Sie dachte sogar daran, seine Messe zu boykottieren. Doch wie sollte sie am Sonntag in einen anderen Ort kommen? Sonntags fahren kaum Busse, und als arme Küsterwitwe kann sie sich kein Auto leisten. Sie muss ja ihr ganzes Geld im Friseursalon lassen, wenn sie nicht wie eine Vogelscheuche aussehen will. Ja, früher, zu den Zeiten ihrer Mutter, da haben die Frauen ab der Hochzeit ein Kopftuch getragen. Das war viel billiger. Heute reicht es nach der Dauerwelle kaum noch für die öffentlichen Verkehrsmittel. Und gar nicht in die Kirche gehen? Da hat sie zuletzt doch um ihr Seelenheil gefürchtet.

Sie geht also zähneknirschend hin, sitzt immer in der hintersten Bank, macht eine betont distanzierte Miene und stiehlt sich nach der Messe klammheimlich davon. Unentwegt sinnt sie auf Rache. Könnte diese Mord-Affäre eine Gelegenheit dazu bieten?

Bertas Abneigung gegen den Herrn Pfarrer schließt dessen Haushälterin jedoch nicht mit ein. Im Gegenteil, die beiden Damen haben ein gemeinsames Interesse, was die Beobachtung der Pfarrkinder angeht. Seit der Herr Pfarrer die Nachrichten aus dem Reindlfinger Sündenpfuhl nicht mehr hören will, erzählt die Berta sie eben der Gerti.

Neun

Nach dem Wochenende ist der Stuhlinger wieder in Reindlfing präsent. Er hat anscheinend vor, die nächste Zeugenbefragung zwischen den Rosen vom Sepp durchzuführen. Ich finde das aus meiner Sicht sehr praktisch und aus seiner Sicht sehr naheliegend. Das Wetter ist prächtig, die Rosen haben ihr Blühmaximum erreicht und duften wie verrückt. Außerdem ist es eines der verschwiegensten Plätzchen von Reindlfing. Kein Haus in Hörweite, nicht mal das Gärtnerhaus. Die chemischen Pflanzensignale, die aus viel größeren Entfernungen kommen, bleiben den Menschen ja verborgen, wenn sie nicht gerade irgendwelche speziellen Messgeräte dabeihaben. Von der Straße ist das Rosenquartier durch die Gewächshäuser abgeschirmt. Der nächste öffentliche Fußweg verläuft weit jenseits der Gärtnerei am Reindlbach, dort wo die alte Kopfweide steht, und ist hinter einem Hügel versteckt. Die Anni und der Jens ziehen sich diskret zurück, wenn der Herr Kriminaloberkommissar jemanden erwartet. Das hat er vorhin mit ihnen so vereinbart. Mein Glück, dass es ihm hier gut gefällt. Dadurch bekomme ich alles rindennah mit.

Nach kurzer Zeit kommt der Wellmann und verkündet: »Ich habe die Zeugin hergebeten. Sie müsste gleich da sein.«

»Gut. Rekapitulieren wir doch mal, was wir bisher von der Spurensicherung erfahren haben und wohin uns das führt«, sagt der Stuhlinger. »Also. Die Schleif- und Blutspuren zwischen Garage und Gewächshaus stammen alle vom Opfer, ebenso wie die Blutspuren an der Brechstange. Aber es gibt keine Fremd-DNS weit und breit, also hilft uns das nicht weiter. Zumindest ist jetzt sicher, dass das Opfer tatsächlich in der Garage ermordet wurde. Leider gibt es nirgends Fuß- oder Reifenspuren. Der Rost an der Brechstange ist zudem so rau und blättert so stark ab, dass an Fingerabdrücke nicht zu denken war. Zwar befinden sich am Kopf des Toten ebenfalls deutliche Rostspuren, aber die Suche nach dem Täter erleichtert das nicht.«

»Die Person, die die Rosen auf die Leiche gestapelt hat,

könnte Kratzer an den Händen haben«, gibt der Wellmann zu bedenken.

»Vielleicht trug sie auch Handschuhe. In der Garage habe ich einen ganzen Stapel gesehen. Solche aus Leder mit Stoffrücken. Fragen Sie doch bitte die Eheleute Schultes, ob welche fehlen.«

»Das habe ich schon, gleich am Freitag.«

»Was haben sie geantwortet?«

»Sie meinten beide, das könnten sie nicht genau sagen. Sie würden die Handschuhe selten benützen. Ich habe trotzdem alles ins Labor geschickt. Vielleicht findet sich ja doch was.«

»Mh, das ist alles nicht berauschend. Hat dieser Jespersen aus der Hamburger Baumschule endlich zurückgerufen?«, möchte der Stuhlinger wissen. »Der ist ja verdammt schwer aufzutreiben.«

»Ja, gerade vorhin. Er konnte sich sehr gut an Schultes erinnern und beschrieb ihn vollkommen korrekt als einen jungen, großen, blonden Mann mit westfälischem Akzent. Er fand ihn so sympathisch, dass er ihn sogar noch zum Bahnhof Altona auf den ICE um sechzehn Uhr vierzig gebracht hat. Scheint alles zu stimmen.« Nach einer kurzen Pause fügt er hinzu: »Mich würde ja interessieren, wer es war, der heute Morgen bei uns angerufen und uns das von der Metzgerin erzählt hat. Ein älterer Mann, der Stimme nach.«

»Dann spitzen Sie mal die Ohren, Wellmann, vielleicht hören Sie die Stimme während der Zeugenbefragungen irgendwo wieder.«

»Normalerweise höre ich keine Stimmen.«

»Werden Sie bloß nicht frech, Wellmann.«

Bevor die Diskussion ins Übersinnliche abgleitet, schickt der Stuhlinger seinen Kollegen zu weiteren Ermittlungen ins Dorf. Er selbst steht im Beet, wartet und starrt auf die Rose von Lancaster. Die starrt missmutig zurück. Wenn sie diesen Blick mit der liebevollen Aufmerksamkeit vom Sepp vergleicht, kann sie nur depressiv werden. Der Stuhlinger scheint nachzudenken. Fast hätte er nicht gemerkt, dass die Metzger-Zenzi an seine Seite getreten ist.

»Ach, grüß Gott, Frau Sauder. Wie schön, dass Sie Zeit für

mich haben. Sie können sich ja sicher denken, warum ich mit Ihnen sprechen will.«

Die Zenzi errötet wie die Rose von Lancaster. »Jo do im ›Löwen‹, do hob i woi a Glaserl zu vui trunken«, gesteht sie verlegen. »I woit eigentlich goar koa so Unruhe stiftn. Und i woaß aa goar nix, glaubn's ma's! Des wor bloß der Alkohoi.«

»Aber Sie haben doch einen konkreten Verdacht, oder?«

»Naa, goar ned. Und i wui koan' ohne Grund beschuidign, der wo's nocha vielleicht doch ned wor. Und außerdem, i woaß von nix.«

Der Stuhlinger macht eine ernste Miene. »Frau Sauder, ist Ihnen eigentlich bewusst, dass Sie in Lebensgefahr schweben? Sie mögen vielleicht tatsächlich nichts wissen, aber der Mörder oder die Mörderin glaubt jetzt sicher, *dass* Sie etwas wissen. Und wer einen Menschen tötet, tötet auch zwei, wenn es sein muss – aus seiner Sicht.«

Die Metzger-Zenzi schaut erschrocken und wechselt die Farbe von Lancaster nach York. »Oiso – so hob i des no goar ned gseng.«

»Wenn Sie mir nicht erzählen, was Sie wissen, dann muss ich für Sie Personenschutz beantragen. Wenn Sie es mir doch erzählen und ich erzähle allen, dass Sie es mir erzählt haben – aber natürlich nicht, *was* Sie erzählt haben –, dann sind Sie außer Lebensgefahr. Dann hätte ja ein Mord an Ihnen keinen Zweck mehr.«

»Oiso – so hob i des no goar ned gseng«, wiederholt die Zenzi.

»Dann fangen Sie am besten gleich an.«

»Jo, wenn des so is ... Des wor am Donnerstogobend, do san de Schafkopfer so noch und noch zum ›Löwen‹ eini. I hob grod die Thekn putzt, weil i bin noch Lodenschluss ned glei dazu kemma. I denk, jetzat san die scho bestimmt olle drin im ›Löwen‹, ober do kimmt noch der Sepp. Und grod wia er vor unserm Schaufenster vorbeilauft, do kimmt ihm der Eisinger entgegn. Der Eisinger vom Sporthaus, wissen's? Und de zwoa bleibn vorm Schaufenster stoa. Mi hom's ned gseng, weil i koa Licht oghabt hob. Außerdem hob i mi glei hinter die Thekn duckt. Des wor wia so a Vorahnung, wissen's?«

»Eine Vorahnung wovon?«

»Oiso, dess es bei dene zwoa um wos Schlimms geht. Zuerst hot der Sepp wos gsogt: ›Do schaug her, der Eisinger Franzl. Kimmst nimma zum Schofkopfa? Bevor du de preißische Madam do hergschleift host, bist oiwei kemma. Und gredt host aa wia deine Spezln. Ober jetzat, do muaßt redn wia a Preiß, dess sie di überhaupts versteng ko. San mir dir jetzt nimma guat gnua?

Zu boarisch? Zu oit vielleicht? Zu vertrottelt? Du bist zwoar zwonzig Joahr jünger wia i, ober gscheiter bist ned. Loßt da de Hörner aufsetzn, du Hirsch, du damischer! Wos host ober aa onders erwoartet, wo du des Luader gheirot host, wo zwonzig Joahr jünger is wia du?‹ – ›Was willst denn damit sagen?‹, hot der Eisinger gsogt. – ›Lauf schnei hoam und find's raus, wenn'st es no ned woaßt. Boid werdn's dir olle verzähln, dene, wo i's verzähln werd‹, hot der Sepp gsogt. Do is der Eisinger gonz rot worn. ›Ich weiß nicht, was du dir einbildest. Alles Lügen. Wenn du über mich und meine Frau üble Nachrede verbreitest, dann kannst was erleben! Das werde ich schon zu verhindern wissen.‹ Genau so hot er's gsogt, der Eisinger. I hob ma zuerst goar nix denkt, weil der Sepp, der hot ja mit jedem an Streit ogfanga. Ober nocha, wo er tot wor …«

»Mit wem die Frau Eisinger ihren Mann betrügt, das hat er aber nicht gesagt?«

»Naa, des hätt i mir sonst merkt.«

»Verstehe. Es war eine sehr vernünftige Entscheidung von Ihnen, mir den Vorfall zu schildern, Frau Sauder. Jetzt können Sie beruhigt nach Hause gehen. Wir kümmern uns um den Rest.«

Unterdessen hat der Wellmann den Kreizmeier Alois als letzten der Schafkopfbrüder besucht und kehrt, zufrieden über die eindeutigen Aussagen der Männer, durch eine verwinkelte Seitengasse des Angers zu seinem Chef zurück. Auf einmal steht wie ein Kaninchen, das man aus dem Hut gezaubert hat, die Friseurin neben ihm.

»Wo kommen Sie denn so plötzlich her?«, rutscht es ihm heraus. »Und wer sind Sie?«

Die rosaroten Petunien, die gleich gegenüber sensationshungrig aus dem Blumenkasten hängen, wissen natürlich, dass die Friseurin dem Wellmann in Wirklichkeit schon einige Zeit hinter einer Hausecke aufgelauert hat.

»Wer ich bin, tut nichts zur Sache. Ich muss Ihnen etwas sagen. Aber ganz im Vertrauen. Normalerweise verbreite ich nämlich kein Gerede über andere Leute. Besonders nicht über ehrbare

Bürger. Ich glaube an das Gute im Menschen und in der Welt. Andererseits kann das, was hier im Dorf passiert ist, diesen Glauben schon erschüttern.«

»Das verstehe ich natürlich. Was wollen Sie mir sagen?«

»Sie dürfen aber niemandem verraten, von wem Sie es wissen.«

»Ich weiß doch gar nicht, mit wem ich es zu tun habe. Möchten Sie sich nicht vorstellen?«

Die Friseurin blickt prüfend um sich. Alles menschenleer.

»Es ist besser, wenn Sie meinen Namen nicht kennen. Und jetzt hören Sie zu: Vor etwa zwei Wochen bin ich am Rain spazieren gegangen und habe den Sepp und den alten Berglmaier auf dem Kofel-Eck gesehen. Sie haben doch sicher schon von dem Streit um das Kofel-Eck gehört?«

»Ja, Herr Schultes hat uns davon erzählt.«

»Die zwei haben mal wieder gestritten. Ich war zu weit weg, um etwas zu verstehen. Aber den letzten Satz hat der Berglmaier ganz laut gebrüllt: ›Pass auf, dass du nichts tust, was du später bereuen könntest!‹ Das klingt doch wie eine Drohung, finden Sie nicht? Vielleicht täusche ich mich ja auch. Die Berglmaiers sind eine unbescholtene Familie. Und sie haben enormen Einfluss im Dorf. Auf jeden hier. Ich denke nur, Sie sollten das wissen.«

»Vielen Dank. Es war sehr richtig, dass Sie mir das erzählt haben. Wir werden Herrn Berglmaier darauf ansprechen.«

»Aber erwähnen Sie mich ja nicht!«

»Das lässt sich sicher vermeiden, allerdings müssten Sie mir trotzdem noch Ihren Namen …« Doch bevor er den Satz zu Ende gesprochen hat, ist die Friseurin verschwunden.

Als der Wellmann bald darauf die Gärtnerei erreicht, berichtet er dem Stuhlinger, was ihm eben zugetragen wurde.

»Aha, interessant. Die Hinweise scheinen sich zu verdichten. Den Landwirt müssen wir uns gleich vornehmen. Und was hat die Schafkopfrunde ausgesagt?«

»Sie waren sich alle sicher, dass der Schladerer das Lokal ziemlich genau um halb elf verlassen hat. Das passt ja ganz gut zum Ergebnis der gerichtsmedizinischen Untersuchung, nach dem der Todeszeitpunkt zwischen zehn und halb zwölf Uhr liegt. Ansonsten ist keinem der Männer etwas Ungewöhnliches aufgefallen. Der Hintergruber meinte nur, dass der Schladerer an dem fraglichen Abend besonders gute Laune hatte.«

»Das lässt sich möglicherweise durch die Aussage der Metzgerin erklären: Vor dem Schafkopfen hatte der Schladerer den hiesigen Sporthausbesitzer so richtig ins Schwitzen gebracht. Er behauptete, dessen Frau hätte eine Affäre, und wollte es anscheinend überall herumerzählen.«

Der Wellmann sieht sofort den Zusammenhang. »Das hat den Schladerer sicher tief befriedigt, so wie ihn sein Schwiegersohn geschildert hat. Und es belastet den Sporthausbesitzer.«

Der Stuhlinger nickt und verteilt die Aufgaben.

»Jetzt, wo wir den Todeszeitpunkt sicher eingrenzen können, sollten wir prüfen, ob die Hauptverdächtigen ein Alibi haben. Könnten Sie sich um diesen Landwirt kümmern, den Berglmaier? Den Sporthausbesitzer nehme ich mir vor.«

»Also, wenn's Ihnen nichts ausmacht, würde ich gerne mit Ihnen tauschen. Ihnen dürfte der Besuch eines Betriebs, in dem Tiere zum Abschlachten herangezogen werden, deutlich weniger ausmachen als mir.«

Ich horche auf. Der Wellmann ist Vegetarier. Soll ich seine Ernährungsweise positiv bewerten? Das ist für eine Pflanze eine knifflige ethische Frage. Ich glaube, ich konzentriere mich lieber auf den Mordfall.

»Außerdem ziehe ich eine pikante Affäre der pikanten Landluft eindeutig vor«, bekräftigt der Wellmann seine Bitte.

»Nichts da. Ich bin über das, was der Sporthausbesitzer gesagt hat, besser unterrichtet als Sie. Also traben Sie mal schön zum Bauernhof. Und werden Sie bloß nicht frech, Wellmann.«

Die beiden begeben sich zu ihren Verdächtigen, und im Rosenquartier kehrt bleierne Ruhe ein. Nur hier und da ertönt ein leiser Seufzer. Mir selbst ist auch gerade überhaupt nicht lustig zumute. In diesem Augenblick der Stille kommt in uns allen wieder das Gefühl der Leere hoch. Wie sehr uns doch der Sepp fehlt! Ich bin so deprimiert, dass ich ganz vergesse, Berglmaiers Hofbuche und die Fichte am Sportgeschäft über die Aktivitäten der Ermittler auszufragen. Das macht aber nichts, denn die beiden kehren bald zurück und liefern einander Berichte darüber ab, wie es ihnen ergangen ist.

Zuerst kommt der Wellmann. Er vertreibt sich die Zeit, indem er etwas lustlos da und dort an einer Rosenblüte schnüffelt. Dass die Rosen viel trauriger und schwächer riechen als sonst, fällt ihm natürlich nicht auf. Sie wollen ihre Duftmoleküle nicht an diesen Banausen verschwenden. Seit der Sepp nicht mehr da ist, meint jeder dahergelaufene Trottel, sich an sie heranmachen zu dürfen. Das wäre früher nicht vorgekommen.

Dann trampelt auch noch der Stuhlinger durch die Rosenreihen.

»Und, was war?«, verlangt er zu wissen.

»Der Alte hat mich am Misthaufen empfangen. In voller Montur: Kittel, Handschuhe, Gummistiefel, Trachtenhut, Gamsbart, Mistgabel. Welch ein Duft! Da machen die Ermittlungen wirklich Spaß. Er war so zuvorkommend, dass ich schon Angst hatte, er schmeißt mir eine Gabel voll Mist ins Gesicht. Gott sei Dank hat er die Mistgabel stattdessen in den Misthaufen gespießt, bis nur noch das obere Ende vom Schaft rausgeguckt hat. Trotzdem wäre er beinahe explodiert vor lauter Wut, dass ich es überhaupt wage, ihn mit dem Mord in Zusammenhang zu bringen. Gegen den hätte ich keine Chance gehabt. Der hat vielleicht was auf den Rippen! Jedenfalls waren sich Vater und Sohn einig. Der Aussage der beiden zufolge hat die ganze Familie in der Mordnacht vor dem Fernseher gesessen und die Wiederholung vom ›Tatort‹ geguckt. Die Schwiegertochter hat dazu genickt. Ich habe im Fernsehprogramm nachgesehen, der ›Tatort‹ wurde von halb elf bis Mitternacht ausgestrahlt.« Der Wellmann grinst. »Den Krimi hätten sie allerdings auch live haben können, wenn sie sich nur zur Gärtnerei bemüht hätten. Das sind kaum zweihundert Meter Luftlinie. Zu ihrem Hof bin ich von der Straße her gekommen, aber ich habe gesehen, dass es nach hinten hinaus einen Feldweg gibt, der um eine Wiese herum zur Kompostanlage der Gärtnerei führt.«

»Der Eisinger vom Sporthaus hat kein Alibi«, berichtet nun im Gegenzug der Stuhliger. »Er war allein zu Hause, sagt er. Seine Frau war verreist. Sie hat für ein paar Tage ihre Mutter in Paderborn besucht und ist erst Freitagmittag mit dem Auto zurückgekommen. Der Eisinger hat so getan, als würde er überhaupt nicht verstehen, was ich von ihm will. Seine Frau machte hingegen einen ziemlich verunsicherten Eindruck. Da müssen wir später noch mal nachhaken. Als Nächstes sollten wir uns aber um die gestohlene Rose kümmern.«

Mir kann die Fürstin, ehrlich gesagt, gestohlen bleiben, meinetwegen bis in alle Ewigkeit. Ich wünsche ihr gewiss nichts Böses. Aber wer auch immer sie geklaut hat, behandelt sie sicher tadellos. Um die Fürstin braucht man sich keine Sorgen zu machen.

Die beiden finden den Jens beim Umtopfen.

»Morgen werden wir in den Gärten von Herrn Sprenger und Frau Lohberg nach der Fürstin suchen. Könnten Sie uns dabei unterstützen?«, bittet der Stuhlinger.

»Für die Rosen ist meine Frau zuständig. Nicht dass sie mehr Ahnung davon hätte als ich, das nicht. Aber sie hat es eben schon immer gemacht, gemeinsam mit ihrem Vater, und jetzt macht sie es aus Gewohnheit weiter.«

»Ach so. Wo ist denn Ihre Frau gerade?«

Da kommt die Anni schon.

»Morgen wollen wir versuchen, Ihre gestohlene Fürstin zu finden. Haben Sie vielleicht ein Bild, damit wir sie erkennen?«, fragt der Stuhlinger.

Die Anni lacht auf. »Die erkennas goar ned, weil ma a Rose total zurückschneidet, wenn ma's verpflonzt. Und erst recht im Sommer, wo ma so was eigentlich überhaupts ned mocha soi. Ober i tat's trotzdem kenna, weil vo der kenn i jeden einzelnen Triebansatz. Ohne mi findn's de Fürstin auf koan Foi.«

»Also gut, dann kommen Sie eben mit. Sie haben doch morgen Zeit?«

»Freili. Wenn's um die Fürstin geht, hob i oiwei Zeit. Bloß jetzat ned. Weil jetzat muaß i zum Herrn Pfarrer, um de Bluama für de Mess nächstn Sonntog zu besprecha, des wor ausgemacht.«

»Ach, dann könnten Sie doch den Herrn Pfarrer nach der Besprechung gleich mitbringen.«

Es dauert nicht lange, da kommt die Anni mit dem Herrn Pfarrer im Schlepptau zurück.

»Grüß Gott, Herr Fontane«, empfängt ihn der Stuhlinger. »Vielen Dank, dass Sie sich zu uns bemühen. Ich komme am besten gleich zur Sache: Herr Schladerer hatte am Sonntag, bevor er ermordet wurde, einen Streit mit Herrn Buchenwalder. Herr Buchenwalder ist doch öfter bei Ihnen zu Besuch, nicht wahr? Hat er sich Ihnen gegenüber irgendwie zu diesem Streit geäußert?«

»Seit besagtem Sonntag war er nicht mehr hier. Aber an dem Morgen schon, ja. Und er war tatsächlich ziemlich aufgeregt. Vor der Messe hat die Frau Schultes den Blumenschmuck für den Altar in ihrem Lieferwagen gebracht. Dabei hat sie wohl sein Auto gestreift. Mir ist nichts aufgefallen, obwohl ich sie kommen sah. Aber er nimmt solche Dinge sehr genau. Ihm ist sein Wagen eben wichtig. Das muss man ja verstehen. Es ist ein BMW, ein Oberklassemodell, und war sicher nicht ganz billig. Nachmittags ist er in die Gärtnerei gefahren, um die Sache zu klären. Und dabei ist er wohl mit dem Herrn Schladerer aneinandergeraten. Ermordet hat der Anton, also der Herr Buchenwalder, ihn aber sicher nicht. Für den Anton würde ich meine Hand ins Feuer legen. Das ist ein grundanständiger Mensch.«

»Dann können Sie den Vorwurf, den Herr Schladerer ihm gemacht hat, sicher widerlegen?«

»Vorwurf? Welchen Vorwurf? Der Anton hat doch dem Schladerer etwas vorgeworfen, nicht umgekehrt.«

»Herr Schladerer hat ihm vorgeworfen, die Urkunden, die Sie ihm geschenkt haben, als echt zu verkaufen.«

»Wie? Davon weiß ich nichts. Doch das wäre absurd, das würde er niemals machen. Und wegen so einer Absurdität würde er sich auch niemals aufregen.«

»Was wissen Sie über den Verbleib Ihrer Faksimiles?«

»Nicht viel. Ich kontrolliere ihn doch nicht! Einige wenige hat er selbst behalten. Die meisten anderen waren Geschenke an Freunde. Er hat sehr viele gute Bekannte, auch im Ausland. Der Anton ist ein sehr geselliger Mensch, müssen Sie wissen.«

»Und wie war Ihr eigenes Verhältnis zu Herrn Schladerer?«

»Ich sage es ganz offen: nicht besonders gut. Er war ja ausgesprochen antikirchlich eingestellt. Im Nachhinein denke ich, ein bisschen mehr Christlichkeit hätte ihm vielleicht das Leben gerettet. Aber man muss die Leute so nehmen, wie sie sind. Die Kirche wurde ja schon immer angefeindet, von Anfang an. So etwas sollte ein guter Christ mit Gleichmut ertragen. Es wäre kaum zu entschuldigen, wenn man da die Beherrschung verlieren würde. Ich war ihm dankbar, dass er wenigstens seine Tochter nicht vom Glauben abgehalten hat. Ansonsten sind wir uns aus dem Weg gegangen und haben friedlich nebeneinanderher gelebt. Direkten Streit gab es nicht.«

»Frau Schultes hat ausgesagt, dass ein gewisser Klaus Sprenger, ein Rosenfreund und häufiger Kunde der Gärtnerei, die Restaurierung Ihrer Kirche finanziert hat. Sie werden ihn doch sicher kennen?«

»Herrn Sprenger? Ja natürlich. Anton hat ihn mal ins Pfarrhaus mitgebracht. Seither kommt er, wenn er in Reindlfing ist, meistens zu mir herüber, um zu sehen, woran ich gerade arbeite. Er interessiert sich sehr für Antiquitäten aller Art. Dass er die Kosten der Restaurierung allein bestritten hat, ist nicht ganz richtig, aber er hat für diesen Zweck gespendet, und zwar keine kleinen Beträge, das sage ich Ihnen. Da bin ich ihm sehr dankbar. So ein Barockgebäude, das ist ein Fass ohne Boden. Ich wollte ihm als Zeichen der Anerkennung mal ein Faksimile schenken, doch er hat es abgelehnt. Er war geradezu ein bisschen beleidigt. Ein Mann wie er würde sich niemals Kopien an die Wände hängen, hat er gesagt. Er sammle ausschließlich Originale. Ich habe es nicht persönlich genommen. Wir kommen nach wie vor gut miteinander aus.«

»Haben Sie Herrn Sprenger schon einmal besucht? Kennen Sie seinen Garten?«

»Nein, so weit geht der Kontakt dann doch nicht. Es ist eher so eine Gelegenheitsbekanntschaft.«

»Wenn Sie im Zusammenhang mit dem Mordopfer in Ihrer Gemeinde etwas Ungewöhnliches bemerkt haben sollten, dann teilen Sie es uns bitte mit. Als Pfarrer kennen Sie ja die Dorfbewohner besonders gut.«

»Hmm ... nein, eigentlich ist in letzter Zeit alles in den gewohnten Bahnen verlaufen. Bis zu dem Mord. Schrecklich. Ich bete jeden Tag für das Seelenheil des Täters. Und für das vom Sepp natürlich, Gott hab ihn selig.«

»Haben Sie einen Verdacht, wer es gewesen sein könnte?«

»Ich sehe von Berufs wegen in den Menschen vor allem das Gute, Herr Kriminaloberkommissar.«

»Wie schön für Sie. Bei mir ist es leider genau umgekehrt. Dann wünsche ich Ihnen einen friedlichen Abend.«

Zehn

Am Dienstag wird die Anni schon bei Morgengrauen vom Stuhlinger und seinem Kollegen abgeholt, um zuerst den Münchner Garten vom Sprenger in Bogenhausen abzusuchen und dann den seiner Villa am Starnberger See. Leider kann ich nicht mitverfolgen, was die drei dort genau anstellen, denn weiter als zwei oder drei Kilometer reicht die chemische Pflanzenkommunikation nicht. Wenn man etwas aus einer größeren Entfernung erfahren will, dann geht das nur über Zwischenstationen. Es dauert eine Ewigkeit und endet meistens wie bei der »stillen Post«.

In der Gärtnerei herrscht den ganzen Tag gähnende Langeweile. Der Jens schlägt die Zeit mit dem Spritzen gegen Schädlinge tot, obwohl im Moment gar keine vorhanden sind. Nur ein paar harmlose Fliegen fallen von der Gewächshausdecke. Anscheinend will er seinen Frust heute lieber an Insekten abreagieren als an Pflanzen. Ich habe gewiss nichts dagegen.

Erst spätabends biegt das Polizeiauto wieder in unseren Hof ein. Der Wellmann bringt die Anni bis an die Tür. Ihr Abschied fällt herzlicher aus, als der Weihnachtskaktus für angemessen hält. Aber wo bleibt der Stuhlinger? Haben sie den unterwegs verloren? Vielleicht in irgendeiner Hecke? Im Auto ist er jedenfalls nicht. Seltsam. Dann setzt sich der Wellmann mit einem erschöpften Seufzer wieder auf den Fahrersitz und verschwindet mit dem Dienstwagen in der Dunkelheit. Heute hat er sicher eine Menge Überstunden gemacht.

Die Anni ist so geschafft, dass sie bis morgen gar nichts mehr von der Gärtnerei wissen will. Sie hat einen Mordshunger. In der Küche sitzt sie dem Jens schweigend gegenüber.

»Und, hast du sie gefunden?«, fragt er nach einer Weile.

»Di interessiert jo bloß des Geid. De Rosn is dir total wurscht«, bricht es aus der Anni heraus.

»Also nicht.« Der Jens hält es für ratsam, die Anni allein zu lassen. Er legt sich ins Ehebett, wohin ihm seine Frau nicht folgen wird, weil sie jetzt im Bett vom Sepp schläft. Das ist ja frei geworden.

Am Mittwoch kommt das Polizeiauto etwas früher. Die Anni sitzt noch bei ihrem Kaffee.

»Frühstücken Sie ruhig zu Ende. Wir können warten. Eigentlich müssen wir ja dankbar sein, dass Sie Ihre Arbeit hier liegen lassen, um uns zu helfen, obwohl es ja auch in Ihrem Interesse liegt. Bis gleich. Sie wissen, wo Sie uns finden.«

Der Wellmann und der Stuhlinger postieren sich im Rosenbeet wie zwei Vogelscheuchen, die der aufgehenden Sonne huldigen. Auch wir Pflanzen begrüßen still das Licht, das uns Leben gibt. Wenn wir doch nur auch unseren Sepp begrüßen könnten anstatt der beiden Eindringlinge.

»Sind Sie am Starnberger See fündig geworden, Wellmann?«

»Nach der Suche hatte ich die Haare voll von Blättern und Spinnweben und einen bleistiftlangen Riss in der Hose, von den Dreckspuren ganz zu schweigen, aber leere Hände.«

»Nichts?«

»Totale Fehlanzeige. Wir haben wie zuvor in Bogenhausen jeden Grashalm einzeln umgedreht. Rosen dutzendweise, bloß nicht die richtige. Ich hätte Ihnen ja noch Bescheid gesagt, aber es war schon so spät, und ich war fix und fertig«, entschuldigt sich der Wellmann.

Der Stuhlinger konstatiert mit Bedauern: »Also kein Durchbruch an dieser Front. Dafür habe ich eine interessante Neuigkeit. Sie können sich doch sicher erinnern, dass uns Frau Sprenger gestern Stein und Bein geschworen hat, in den fraglichen Stunden der Mordnacht mit ihrem Mann zusammen gewesen zu sein. Wer, glauben Sie, hat kurz vor Feierabend im Revier angerufen, nachdem Sie mich dort auf dem Weg zum Starnberger See abgesetzt hatten? Na? Dieselbe Frau Sprenger. Trotz der Liebe zu ihrem Mann könne sie es nicht mit ihrem Gewissen vereinbaren, die Tatsachen nicht ganz korrekt dargestellt zu haben. Wegen ihrer Schlafprobleme würde sie oft Schlaftabletten nehmen. Das sei auch am Donnerstagabend der Fall gewesen. Deshalb habe sie so fest geschlafen, dass sie über den Aufenthalt ihres Mannes eigentlich gar nichts sagen könne. Sie gehe aber davon aus, dass er das Ehebett nicht noch einmal verlassen habe.«

Der Wellmann zieht die Augenbrauen hoch. »Na so was. Sieht ganz so aus, als ob da irgendwas faul ist. Andererseits muss es nicht bedeuten, dass der Sprenger wirklich ausgeflogen war. Wir haben die Rose nicht bei ihm gefunden. Was sollte er also in der Gärtnerei gemacht haben? Vielleicht lag er tatsächlich selig schlafend im Bett.«

»Wir sollten der Dame einen weiteren Besuch abstatten, um den Sachverhalt zu klären. Wenn ihr Mann sie dazu angehalten hätte, ihm ein falsches Alibi zu verschaffen, würde das ein schlechtes Licht auf ihn werfen. Aber wir müssen sehr vorsichtig sein. Sprenger hat Beziehungen bis nach ganz oben. Da könnten wir uns sonst ganz schön in die Nesseln setzen.«

»Worauf Sie sich verlassen können. Der hätte nicht nur die Beziehungen, sondern auch das Geld, um uns mit seinen Anwälten so richtig die Hölle heißzumachen. Was für eine noble Bude, von außen wie von innen.«

»Das können Sie laut sagen. Vom Boden bis zur Decke alles gepflastert mit antiken Kostbarkeiten. Ich habe wohl unbewusst große Augen gemacht, denn als Sie zu Frau Schultes in den Garten zurückkehrten, fing er gleich an zu tönen, das seien keine gewöhnlichen Antiquitäten, sondern lauter exklusive Einzelstücke, Raritäten und Originale. Jedenfalls muss ich zugeben, dass die Ausstattung ihre Wirkung auf mich nicht verfehlt hat.«

»Ich habe Ihnen meinerseits ebenfalls eine interessante Neuigkeit mitzuteilen, und was Sie sagen, passt genau dazu. Wie Sie wissen, hat der Sprenger mir und Frau Schultes zum Starnberger See seinen Gärtner mitgeschickt. Als wir dann dort waren, roch man förmlich, dass er uns am liebsten zum Teufel gejagt hätte. Mit Argusaugen hat er uns beobachtet. Trotzdem ist es der Frau Schultes mit ihrem hübschen Augenaufschlag gelungen, ihn zu bezirzen, damit er sie kurz ins Badezimmer der Villa lässt. Auf dem Rückweg hat sie mir berichtet, dass der Flur mit alten Urkunden praktisch tapeziert ist. Sie war sich hundertprozentig sicher, einige davon schon mal beim Pfarrer auf dem Arbeitstisch gesehen zu haben. Wegen des Blumenschmucks für die Kirche ist sie ja öfter im Pfarrhaus. Die übrigen kamen ihr auch bekannt vor.«

»Ich habe gedacht, der Sprenger sammelt nur Originale?«

»Genau das habe ich auch gedacht. Irgendwie müssen wir an eine dieser Urkunden herankommen.«

»Der wird den Teufel tun, uns freiwillig eine zu überlassen. Ich sehe nur eine einzige Möglichkeit: Hiermit autorisiere ich Sie dazu, den inoffiziellen Weg zu beschreiten. Vielleicht kennen Sie aus Ihrer Münchner Ausbildungszeit einen Ganoven, der Ihnen noch einen Gefallen schuldig ist? Sie haben doch mehr Großstadtluft geschnuppert als ich. Ein verlassenes Haus, weit und breit kein Nachbar ... Aber es muss ein Spezialist für Alarmanlagen sein. Der Sprenger hat bestimmt eine gute, selbst in seinem Ferienhaus.«

»Da fällt mir ganz spontan sofort jemand ein. Ich bin sozusagen verwachsen mit der Ganovenwelt, wie Sie sicher wissen.«

»Wie soll ich das jetzt verstehen? Passt Ihnen etwas nicht, Wellmann?«

»Schon gut. Ich übernehme das.«

»Hervorragend. Kümmern Sie sich am besten sofort darum. Ich vertrete Sie heute bei der Gartenparty. Während ich Frau Lohberg interviewe, muss Frau Schultes eben allein suchen. Danach gehe ich ihr natürlich zur Hand, wie es sich für einen Kavalier gehört.«

»Viel Vergnügen. Die Gräfin Lohberg soll ja einen halben Englischen Garten besitzen. Dagegen waren die Parks vom Sprenger bessere Schrebergärten. Wenigstens haben Sie angenehme Gesellschaft. Das ist das Einzige, worum ich Sie beneide.«

Die Anni kommt aus der Küche, wirft noch einen gewohnheitsmäßigen Blick ins Gewächshaus, und weg sind sie.

Ein weiterer Tag allein mit dem Jens steht mir bevor. Gestern zeigte er keinerlei Interesse an mir. Hoffentlich kommt er heute nicht auf dumme Gedanken. Obwohl mir nichts einfällt, was man bei mir noch groß wegschneiden könnte außer meinem letzten

Blattbüschel. Bisher lässt er sich aber nicht blicken. Sonderbar. Früher konnte er sich kaum bremsen, doch seit dem Tod vom Sepp ist er wie gelähmt. Kommt morgens kaum aus dem Bett. Bleibt mitten im Gießen mit der Brause in der Hand stehen und stiert vor sich hin, bis die armen Wasserbegonien fast absaufen. Hat sich gestern nicht mal die Mühe gemacht, den Giftschrank abzuschließen. Wenn das die Gewerbeaufsicht spitzkriegt!

Jetzt scheint er endlich das Frühstück beendet zu haben. Ich höre seine Schritte in der Einfahrt. Leiser als sonst, als ob er auf Zehenspitzen schleichen würde. Er betritt das Gewächshaus.

Im selben Augenblick geht drinnen ein Höllenlärm los. »Da ist ja der elegante Herr Sprenger wieder!«, kreischen die Wasserbegonien, als ob ein Filmstar zum Verteilen von Autogrammen erschienen wäre. Alle reden aufgeregt durcheinander.

»Und was macht der elegante Herr Sprenger im Gewächshaus?«, frage ich dazwischen.

Es dauert eine ganze Weile, bis mir die Wasserbegonien antworten. »Er beachtet uns gar nicht, sondern kruschtelt an der Kasse herum«, geben sie enttäuscht zu.

Der Sprenger will die Gärtnereikasse ausrauben? Das hat er doch wohl nicht nötig. Außerdem könnte er sich denken, dass sie jeden Abend geleert wird.

»Was genau meint ihr mit ›kruschteln‹?«

»Wir können nichts sehen, er dreht uns den Rücken zu. Jetzt guckt er herum, als ob er etwas suchen würde, und geht zum Giftschrank hinüber. Die Schranktür steht einen Spalt offen. Er macht sie ganz auf.«

So rächt sich die Schlamperei vom Jens. »Und was tut er am Giftschrank?«, möchte ich unbedingt erfahren.

»Das wissen wir nicht. Er steht direkt davor und verdeckt alles.«

Will der Sprenger jetzt auch noch jemanden vergiften, nachdem er wahrscheinlich schon den Sepp erschlagen hat? Sich an seiner Frau für das zurückgezogene Alibi rächen? Oder den Buchenwalder wegen der Urkunden aus dem Weg räumen? Aber er kann doch gar nicht wissen, dass ihn die Polizei damit in Zusammenhang bringt. Erst recht konnte er nicht wissen, dass er den Giftschrank offen vorfinden würde. Ich werde aus seinem Benehmen überhaupt nicht schlau.

Bevor ihm die Wasserbegonien auf die Finger schauen können, drückt der Sprenger den Giftschrank zu und verlässt die Gärtnerei. Ich höre die Gewächshaustüre, die die Anni vorhin angelehnt gelassen hat, leise quietschen. Dann wird es wieder still.

Einige Zeit später erscheint der Jens und geht ganz normal seiner Arbeit nach. Außer dass er zwischendurch Löcher in die Luft starrt. Von Sprengers Besuch scheint er nichts bemerkt zu haben. Gegen Mittag schließt er den Giftschrank doch noch ab, ohne hineinzugucken. Zu spät.

Der Tag ist ja spannend losgegangen. Aber ich fürchte, jetzt wird es wieder ziemlich langweilig. Vielleicht sollte ich die Zeit nutzen, um mich bei den Reindlfinger Pflanzen ein bisschen umzuhören.

Zuerst befrage ich die Linden. Sie sind ja durch ihren strategisch günstigen Standort unsere Top-Informantinnen. Das Gespräch zwischen dem Sepp und dem Eisinger am Donnerstag haben sie natürlich auch mitgehört. Danach stapfte der Sepp schnurstracks in den »Löwen«. Der Eisinger stand noch eine Weile wütend herum, bevor auch er gegangen ist. Aber dort, wo er hätte zielstrebig nach Hause eilen sollen, ist er stattdessen in Richtung Gärtnerei abgebogen, und die Linden haben ihn aus den Augen verloren. Zwischen dem Anger und der Gärtnerei steht kein einziger Baum. Nicht mal eine Balkonpflanze gibt es dort. Nur ein paar verkümmerte Gräser vegetieren im Winkel zwischen Bordstein und Asphalt vor sich hin. Man möchte meinen, dass man von den Gräsern am meisten erfährt. Die wachsen ja fast überall. Aber mal ehrlich, was Gräser so zu erzählen haben, das ist nicht viel wert. Sie sind ein bisschen naiv. Man könnte sogar sagen: dümmlich. Weil sie kurz gehalten werden, denken sie eben auch ein bisschen kurz. Mit ein paar Ausnahmen wie dem Pampasgras und dem Chinaschilf.

»Jaja, hier sind Menschen hin- und hergegangen.« Das ist das Einzige, was sie zu diesem Thema beizutragen haben.

Der Eisinger kam nicht auf dem gleichen Weg zurück, abends nicht und auch nachts nicht.

Vielleicht weiß die Fichte am Sportgeschäft mehr darüber.

»Kannst du dich erinnern, wann der Eisinger am Donnerstagabend nach Hause gekommen ist?«

»Spät.«

»Wie spät?«

»Keine Ahnung. Ich habe schon so vor mich hin gedöst. Wenn die Eisingerin nicht zu Hause ist, gibt es hier wenig zu gucken. Alle lästern zwar über ihre Kleider, aber ob du es glaubst oder nicht, mir gefallen sie. Immer nur Jeans für die Jugend und beige kleinkarierte Hosen für die Alten, das ist doch unerträglich eintönig. Ich selbst würde auch gern mal was Neues anziehen. Tannengrün jahrein, jahraus, wie öde! Und das, obwohl ich doch gar keine Tanne bin. Ihr Laubgehölze habt es gut: im Frühjahr hellgrün, im Sommer dunkelgrün, im Herbst gelb, kupfer, maronenbraun, purpur, orange ... so was hätte ich auch gern.«

Interessant, so habe ich das noch nie gesehen. Hat das Blätterverlieren also auch Vorteile? Für manche vielleicht, für mich nicht. Ich bin nämlich nicht eitel. Nicht wie eine Rose, nicht wie der Kanadische Ahorn im Herbst und auch nicht wie diese Fichte. Aber ich wäre der Letzte, der ihr das zum Vorwurf macht. Ansonsten ist sie nämlich echt in Ordnung.

»Und was für schicke Nachthemden die Eisingerin hat! Das weiß ich, weil ihr Schlafzimmer auf meiner Seite liegt. Das vom Eisinger geht nach hinten raus, aber seine Schlafanzüge interessieren mich sowieso nicht.«

»Was gibt es sonst noch Neues aus dem Wanderbekleidungsparadies?«

»Neues eigentlich wenig. Die Touristen lassen auf sich warten. Nur dein Intimfeind Jens kommt hier öfters vorbei, wie du sicher weißt.«

»Jaja, der kreuzt alle nasenlang mit einer neuen hochwertigen Outdoor-Jacke auf.«

»Die Jacken hat er sich alle bei uns ausgesucht. In letzter Zeit kam er allerdings manchmal auch ohne Einkaufstüte heraus.«

»Der braucht ja nichts mehr. Seine Jacken reichen für die nächsten zwanzig Jahre.«

»Wenn jemand nichts kaufen will, warum geht er dann in ein Geschäft?«

Jetzt hat doch die Fichte tatsächlich schärfer nachgedacht als ich. Wahrscheinlich hängt das damit zusammen, dass sie den ganzen Winter wach ist.

Den verpeilten Ahorn neben der Sakristei spreche ich nur ungern an. Doch wenn es um den Sepp geht, will ich nichts unversucht lassen.

»Hallo du, dahinten am Pfarrhaus! Du hast doch sicher mitbekommen, dass unser Gärtner tot ist.«

»Oh ja. Ich bete täglich für seine schwarze Seele, obwohl ich nicht glaube, dass da viel zu machen ist.«

»Sag so etwas nicht! Unser Sepp war zu Pflanzen so gut wie kein anderer.«

»Das mag sein, aber in der Messe war er nie. Und das ist es, was zählt. Immerhin war er einmal in der Kirche. Doch dieses eine Mal wird ihn nicht vor der ewigen Verdammnis retten.«

»Was? In der Kirche? Das kann gar nicht sein. Da musst du dich täuschen.«

»Ich täusche mich keineswegs. Ich weiß, dass ihr mich alle für unzurechnungsfähig haltet, aber da täuscht ihr euch eurerseits. Ich kenne nämlich die *wahren* Werte des Lebens. Vor ein paar Tagen hat dein Sepp abends hinten am Pfarrhaus geklopft. Dort gibt es ja keine Klingel. Der Herr Pfarrer kam zur Tür und sah ziemlich erstaunt aus. Dann flüsterte ihm der Sepp etwas ins Ohr. Der Herr Pfarrer holte den Schlüssel, und die beiden gingen in die Kirche.«

»Da musst du dich verguckt haben.«

»Wenn ich's dir doch sage! Der Sepp wollte mit Sicherheit eine Beichte ablegen. Das hatte er auch bitter nötig. Vielleicht ahnte er, dass er bald sterben muss. Aber so, wie er sich in der Kirche benommen hat, war seine Beichte nicht viel wert.«

Eine Beichte? Der Sepp? Lächerlich! Nun, lassen wir's dabei.

»Wie hat er sich denn benommen?«

»Nach einer Weile wurde er ziemlich laut und unfreundlich.

Den Tonfall konnte ich selbst durch die dicke Kirchenmauer zuordnen. Wahrscheinlich hat ihm der Herr Pfarrer mehr Vaterunser auferlegt, als dem Sepp lieb war.«

Na, das wird wohl kaum die Ursache gewesen sein. Doch ich sehe keinen Grund, den Ahorn nicht in seinem Glauben zu belassen.

»Und was hat der Sepp geschrien?«

»Man hört hier draußen nicht, was in der Kirche gesprochen wird. Nur dumpfe Geräusche. Das ist auch gut so. Ich will schließlich nicht in Versuchung geraten, das Beichtgeheimnis zu brechen.«

»Hat irgendein Mensch das Treffen zwischen dem Pfarrer und dem Sepp beobachtet?«

»Nein, außer den beiden war weit und breit niemand zu sehen.«

»Und du hast wirklich überhaupt nichts verstanden?«, hake ich nach.

Aber der Ahorn ist nicht mehr ansprechbar. Er murmelt ganz entrückt Bibelverse vor sich hin.

Danach versuche ich es bei Berglmaiers Hofbuche. Sie wurde immer gut durch verlorenen Mist und ausgelaufene Gülle genährt. In ihren hundertfünfzig Jahren hat sie sich sehr stattlich entwickelt. Ihre Stimme ist so laut, dass sie sämtliche Angerlinden übertönen kann, selbst wenn die alle gleichzeitig reden. Aber sie macht nur selten davon Gebrauch. Die Hofbuche mag es eher beschaulich. Schon die wenigen Touristen, die im Sommer gelegentlich auf eine zünftige bayrische Brotzeit vorbeikommen, sind ihr oft zu viel. Deshalb ist sie jetzt ganz aufgeregt.

»In letzter Zeit herrscht hier ein Verkehr wie am Stachus. Neulich ist einer mitten in der Nacht mit dem Auto durch den Hof gerast. Bloß um ein Haar hat er mich verfehlt! Und lauter fremde Leute. So einer mit Karohemd.«

Also Entschuldigung, ein einziges fremdes Auto und ein einziger fremder Fußgänger sind für mich noch kein Verkehr »wie am Stachus«. Ich war zwar noch nie dort und werde wohl in meinem Leben auch nie hinkommen, aber glaubt man den Menschen, muss es dort ziemlich zugehen. Also mindestens zehn Autos und zehn Fußgänger. Ich verkneife mir die Bemerkung, um die Buche nicht zu kränken, und frage stattdessen: »Wann war ›neulich‹?«

»Na, so vor einer Woche etwa. Und der Karierte war vorgestern da.«

»Und wer war's, der dich fast umgefahren hat?«

»Umgefahren? Ha! Das hätte er versuchen sollen! Da hätte ich aus ihm und seinem Auto eine zusammengepackte Ziehharmonika gemacht. Gesehen hab ich den nicht. Kann auch eine Frau gewesen sein. Die Birgit fährt manchmal wie eine gesengte Sau, aber ihr Auto war's nicht, sondern eine richtige Nobelkarosse, das hab ich selbst bei dem spärlichen Nachtlicht im Hof erkannt.«

»Mit oder ohne Dach?«

»Mit Dach. Sonst hätte ich ja reingucken können.«

Aha. Das war sicher der Sprenger in seinem BMW. Oder doch die Lohberg? Bei ihrem Cabrio kann man ja das Dach hochziehen. Oder vielleicht ein Unbekannter?

Spätabends trudelt die Anni todmüde wieder ein. Sie zieht eine Miene, dass der Jens gar nicht zu fragen braucht, ob sie etwas gefunden hat.

Elf

Der Stuhlinger steht am Donnerstag kurz vor Mittag wieder zwischen den Rosenreihen und starrt in die melancholische Blüte der »Deuil de Paul Fontaine«, die alle Trauer ihres Namens derzeit voll auslebt. Auch der Polizist scheint eher gedämpfter Stimmung zu sein. Das harmonische Bild wird dadurch gestört, dass sich von links die Berta hineinschiebt. Sie schaut sich konspirativ um, ob ihr auch keiner gefolgt ist.

»'tschuldigen Sie, Herr Kommissar …«

Der Stuhlinger schrickt zusammen und starrt anstatt der Rose die Berta griesgrämig an. »Kriminaloberkommissar«, korrigiert er.

Auweia, der hat heute schlechte Laune.

»Freilich … Herr Kriminaloberkommissar … ich muss Ihnen unbedingt was sagen. Also, ich weiß nicht, ob es viel zu bedeuten hat. Irgendwie kam's mir komisch vor. Wahrscheinlich ist's ganz unwichtig.«

Der Stuhlinger merkt natürlich gleich, dass die Berta darauf brennt, ihre Neuigkeit loszuwerden. Doch sie will darum gebeten werden. Ein guter Ermittler sollte in solchen Fällen den Wünschen der Kundschaft entgegenkommen, finde ich. Nicht so, wie der Sepp es immer gemacht hat. Ich versuche, den Stuhlinger durch eindeutige Emissionen zu mehr Freundlichkeit zu bewegen. Anscheinend ist es mir gelungen. Vielleicht ist er aber auch von allein zu dem Entschluss gekommen, seine miese Stimmung zu unterdrücken und die Berta zu ermuntern: »Das kann man nie sagen. Manchmal erweisen sich gerade kleine Details als entscheidend. Bitte, ich bin ganz Ohr.«

»Also, ich saß am Dienstag im Friseursalon. Der hat eine Glasfront, durch die man fast den ganzen Anger überschauen kann. Und da seh ich den Herrn Pfarrer, wie er langsam auf den öffentlichen Abfalleimer zugeht, als ob er zum Café wollte. Er macht den Deckel auf und wirft was hinein. Da habe ich mir gedacht: Wieso wirft der Herr Pfarrer seinen Abfall in den öffentlichen Mülleimer? Der hat doch seine eigenen Tonnen im Hof, mit Wertstoff und so weiter. Während ich das denke, ist er weiter in Richtung Café. Dort konnte ich ihn nicht mehr sehen, weil, das ist ja in der gleichen Häuserreihe. Nach siebzehn Minuten, da habe ich zufällig gerade auf die Uhr geschaut, ist er wieder zurück ins Pfarrhaus.«

»Vielleicht hat der Herr Pfarrer solange einen Kaffee getrunken?«

»Hat er auch. Ich habe ja nachher die Vilshoferin gefragt.«

»Das ist natürlich sehr verdächtig, wenn ein Pfarrer Kaffee trinkt«, bemerkt der Stuhlinger in einem Ton, der der Berta überhaupt nicht schmeckt.

»Es geht gar nicht um den Kaffee. Sondern um das, was er in den Eimer geworfen hat.«

»Ein Papiertaschentuch vielleicht?«

So was sollte ein guter Ermittler nie sagen. Jetzt ist die Berta richtig sauer: »Es war was *Grünes*! Also, wenn es Sie gar nicht interessiert, ich kann's auch für mich behalten.«

Da denkt der Stuhlinger an seine eigenen Worte: Manchmal erweisen sich gerade kleine Details als entscheidend. Man sollte Leute, die etwas loswerden wollen, nicht vor den Kopf stoßen.

»Tut mir leid. Natürlich ist jede Information wichtig. Also, was war es?«

»Wo keiner geschaut hat, da habe ich den Deckel von der Mülltonne aufgemacht. Und was sehe ich zuoberst liegen?« Die Berta macht eine bedeutungsvolle Pause.

Diesmal verpasst der Stuhlinger seinen Einsatz nicht.

»Ja, was denn?«

»So ein Paar Arbeitshandschuhe, die Handflächen aus Leder, der Handrücken aus grünem Stoff, total verdreckt. Jetzt frag ich Sie: Wozu braucht ein Pfarrer Arbeitshandschuhe? Der muss doch bloß in der Bibel blättern! Und warum wirft er sie in einen öffentlichen Mülleimer? So, da haben Sie jetzt was zum Nachdenken.«

»Vielen Dank«, sagt der Stuhlinger und meint es so. »Zuerst werde ich mal die Handschuhe vom Herrn Kriminalhauptmeister Wellmann aus dem Mülleimer holen lassen. Der wird sich freuen.«

»Das braucht er nicht. Die Müllabfuhr hat sie schon geholt.«

»Und warum haben Sie mir das nicht erzählt, bevor die Müllabfuhr sie geholt hat?«

»Das habe ich ja«, verteidigt sich die Berta mit einer weinerlichen Stimme, »das heißt, das wollte ich. Aber Sie waren zwei Tage gar nicht da! Das hätte nichts gemacht, weil, normalerweise kommt die Müllabfuhr erst morgen. Aber wie ich vorhin heimlich noch mal reingeschaut habe in die Tonne, da war sie leer. Und dann hat mir die Bäckerin erzählt, dass sie die Müllabfuhr angerufen hat, weil sie im Hinterhof vom Metzger bei der Mülltonne die Ratten rein- und raushuschen gesehen hat. Weil der Deckel offen war. Weil die Tonne übergequollen ist. Und da sind die Müllleute dann schon heute in aller Früh gekommen und haben den Müll vom Anger auch gleich mitgenommen. Das habe ich doch nicht wissen können. Die kommen ja normalerweise nicht gerade, bloß weil einer anruft. Aber Sie kennen die Vilshoferin nicht. Die macht so lange herum, bis jeder nach ihrer Pfeife tanzt.« Bertas Stimme zittert vor Empörung. Diese Nervensäge hat ihr den großen Auftritt im Mordfall Schladerer total versaut.

Da kann sie auch der Herr Kriminaloberkommissar mit seinem freundlichen Abschluss nicht trösten: »Ich danke Ihnen für den interessanten Hinweis. Wir werden Herrn Fontane darauf ansprechen. Ihre Beobachtung könnte sich als essenziell herausstellen, unter Umständen …«

Jetzt übertreibt er es ein bisschen mit der Zeugenmotivierung, finde ich.

Der Wellmann betritt die Szene auf dem gleichen Weg wie vorhin die Berta, nur etwas forscher. Er ahnt ja nicht, dass er gerade nur knapp der Aufgabe entronnen ist, in eine Mülltonne zu krabbeln. Darüber klärt ihn der Stuhlinger gleich auf, in Verbindung mit dem Auftrag, Herkunft und Verbleib der Handschuhe zu rekonstruieren. Außerdem fordert er Rechenschaft über Wellmanns Vormittagsaktivitäten.

»Haben die Gäste der Benefizveranstaltung, bei der die Gräfin Lohberg in der Mordnacht gewesen sein will, ihre Anwesenheit bestätigt?«

»Sie konnten sich alle erinnern, dass sie da gewesen war, aber nicht genau, von wann bis wann. An so einem Abend herrscht natürlich Jubel, Trubel, Heiterkeit. Ein Alibi, das nicht viel wert ist. Doch wir müssten erst mal das Gegenteil beweisen. Schließlich haben Sie und Frau Schultes die gestohlene Rose auch in ihrem Park nicht gefunden. Dabei hatte ich mir echte Hoffnungen gemacht. Irgendwo muss sie doch sein! Ich traue keinem der beiden Rosenliebhaber über den Weg. Vielleicht hat einer von ihnen ein Versteck ausgetüftelt, auf das wir bisher nicht gestoßen sind.«

»Das sehe ich genauso, Wellmann. Frau Sprengers Beteuerungen bei meinem Besuch heute Morgen, sie habe ganz spontan aus eigenem Antrieb ihren Gatten durch ein falsches Alibi beschützen wollen, klangen für mich nicht sehr überzeugend. Und diese Gräfin Lohberg schwindelt uns auch was vor, das sagt mir meine Intuition. Aber Intuition kann man nicht vor Gericht verwenden. Als Nächstes ermitteln wir erst mal, was es im ›Löwen‹ zum Mittagessen gibt, damit wir heute wenigstens *einen* Fahndungserfolg vorweisen können. Ich muss vorher nur noch kurz zum Schultes. Sie dürfen schon mal vorauslaufen.«

Der Stuhlinger irrt in der Gärtnerei herum. Auf die Idee, dass der Jens auch mal ein Mittagessen braucht, kommt er erst, als ihm der Duft von Wiener Schnitzel aus dem offenen Küchenfenster in die Nase weht. Er ruft von draußen über den lauschenden Weihnachtskaktus hinweg zur Anni und zum Jens hinein: »Herr Schultes, könnten Sie mir bitte die Fahrkarten geben, mit denen Sie nach Hamburg gereist sind?«

»Gleich«, antwortet der Jens. Mit vollem Mund soll man ja keine langen Reden halten. Dass der Schnüffler ausgerechnet jetzt was will, nervt ihn ziemlich. Er holt die Fahrkarten trotzdem sofort und bringt sie dem Stuhlinger hinaus, damit der endlich verschwindet.

»Die sind aber wenig gestempelt. Sind Sie denn nicht öfter kontrolliert worden?«

»Keine Ahnung. Ich habe die meiste Zeit geschlafen«, antwortet der Jens, auf einem Bissen von einem niedlichen Kälbchen herumkauend.

Der Stuhlinger trollt sich und schlägt den Weg Richtung Wirtschaft ein. Verfolgt ihn da jemand? Hinten an der Kirche und am Pfarrhaus vorbei hört er hinter sich die ganze Zeit leise Trippelschritte. Dann ein Räuspern. Er schaut sich um: die Gerti. Der Stuhlinger ist überrascht. Der Ahorn nicht. Der hat die beiden kommen sehen und hört ihnen jetzt aufmerksam zu.

»Herr Kriminaloberkommissar, sind Sie gerade zu sprechen?« Die Gerti sieht sich ängstlich um, ob auch niemand in Hörweite ist. Bloß der Ahorn. Kein Mensch.

»Natürlich. Nur Mut!«

»Ich habe lange mit mir kämpfen müssen, bis ich den Entschluss gefasst habe, mich an Sie zu wenden. Ein Christenmensch darf doch seinen Nächsten nicht anschwärzen. Andererseits: Nicht nur die Nächstenliebe, sondern auch die Wahrheitsliebe ist eine christliche Tugend, nicht wahr?«

»So wird's sein.«

»Deshalb ist es meine Pflicht, Ihnen diese merkwürdige Sache mitzuteilen. An dem Donnerstagabend, wo später der Herr Schladerer ermordet wurde, bin ich in meinem Zimmer im Pfarrhaus am Fenster gesessen und habe gestrickt. Da habe ich auf der anderen Seite vom Anger den Herrn Schladerer und den Herrn Eisinger gesehen, wie sie sich ganz aufgeregt unterhielten. Gehört habe ich nichts, weil ich abends immer das Fenster zumache. Wegen den Mücken, die können einem wirklich den ganzen Sommer verderben! Dann ist der Herr Schladerer in den ›Löwen‹ und der Herr Eisinger nach Hause. Dachte ich. Aber dort, wo er hätte weiterlaufen sollen, ist er stattdessen hier eingebogen, an der Sakristei vorbei, wo es zu Schladerers Gärtnerei geht. Um kurz nach elf habe ich mich schlafen gelegt, da war er noch nicht zurückgekommen, obwohl er doch auf dem Heimweg wieder hier vorbeimusste.«

»Sind Sie denn sicher, dass er nicht vorbeigekommen ist, als Sie mal kurz weggeschaut haben?«

»Ich habe nicht weggeschaut. Ich stricke blind, wissen Sie? Und dabei sehe ich aus dem Fenster. Das ist interessanter als eine rechts, eine links. Nicht dass Sie denken, ich will den Herrn Eisinger beschuldigen. Das wird sich sicher ganz harmlos aufklären. Nur ... ich habe es für meine Pflicht gehalten, Sie darüber zu informieren.«

»Ja natürlich, da haben Sie vollkommen recht.«

Dem Stuhlinger knurrt schon der Magen. Der »Löwe« ruft. Ja er brüllt sogar. Da fängt die Gerti wieder an: »Es ist schon eine böse Sache mit den Eisingers.«

»Ja, natürlich, da haben Sie vollkommen recht. Danke und auf Wiedersehen«, wiederholt der Stuhlinger und versucht, die Gerti abzuwimmeln. Zeugenmotivation hin oder her, der Hunger ist stärker. Doch die Gerti lässt sich nicht stoppen.

»Vielleicht stimmen die Gerüchte über die Frau Eisinger aber auch gar nicht. Der Herr Schladerer hatte ja eine Vorliebe für solche Gerüchte. Selbst in der Gegenwart des Herrn Pfarrers – stellen Sie sich das mal vor – hat er zweideutige Bemerkungen fallen lassen. Manchmal hat er aus dem Augenwinkel sogar *mich* angesehen!« Sie errötet wie die »Maiden's Blush«. »Da sehen Sie einmal, was der für eine schmutzige Phantasie hatte. Mein Herz ist vollkommen rein! Ich weiß, es ist gar nicht christlich, so etwas zu sagen, aber um den Schladerer ist es nicht schade. Wer auch immer seinem Leben ein Ende bereitet hat, der wird vor unserem Herrgott Gnade finden, da bin ich mir sicher.«

Der Stuhlinger könnte jetzt einwenden, dass ein Mord seiner Meinung nach kein Werk der Nächstenliebe sei, doch er hat wirklich keine Lust, sich auf eine Diskussion einzulassen, wie ihm der Ahorn ohne große Mühe ansehen kann. Er verabschiedet sich höflich und eilt ins Wirtshaus.

Im »Löwen« bestellt er sich ein knuspriges Wiener Schnitzel. Der Duft vorhin hat ihn sehr inspiriert. Der Wellmann wartet schon, hat aber noch gar nichts bestellt. Er wendet die Speisekarte hin und her. Schweinebraten. Kalbshaxe. Leberkäs. Blutwurst. Die Schwiegermutterzungen würden die Kalbshaxe empfehlen. Von der sind alle Gäste ganz begeistert. Nur der Wellmann nicht.

»Ich muss hier im Wirtshaus noch verhungern. Überhaupt nichts Brauchbares! Und Sie, Sie sollten sich diese tierischen Fett-, Antibiotika- und Cholesterinbomben auch verkneifen. Dann hätten Sie einen besseren Stoffwechsel und nicht immer so üble Laune.«

Als Vegetarier hat man in einem bayrischen Dorfgasthaus ganz, ganz schlechte Karten.

»Bestellen Sie sich doch ein Omelett, Wellmann.«

So wird's gemacht. Wenigstens ist er nicht Veganer. Dann wäre er vollends verloren.

Der Wellmann stochert angewidert in seinem Essen herum. Hier schmecken sogar die Rühreier nach Schweinebraten, findet er. Wahrscheinlich hat der Berglmaier eierlegende Säue gezüchtet.

Sehr ungleich gesättigt verlassen die beiden Vertreter der Exekutive das Wirtshaus und begeben sich zum Sporthaus. Sie treffen den Eisinger unter der aufmerksamen Fichte an, wo er gerade sein eigenes Schaufenster bewundert. Im Zentrum prangt eine Allwetter-Softshell-Jacke. Dazu die wasserdichte, atmungsaktive, mit Hilfe von Reißverschlüssen zu Shorts verkürzbare erdfarbene Hose, die der Eisinger neulich dem Jens andrehen wollte. Wer diese Kleidungsstücke erwirbt, braucht sein Leben lang keine anderen mehr. Das erzählt der Eisinger jedenfalls seinen Kunden. Die Schaufensterpuppe schließt ihre Fäuste enthusiastisch um ein Paar Nordic-Walking-Stöcke und schreitet mit Goretex-beschuhten Füßen so energiegeladen aus, als ob sie gleich durch die Glasscheibe nach draußen brechen wollte. Für das Ambiente in der Auslage hat die Fichte ein paar Zweige lassen müssen.

»Schauen Sie, Herr Kommissar, das ist schon die neue Herbstkollektion. Ein erfolgreiches Bekleidungshaus muss der Zeit immer weit voraus sein. Übrigens ... Sie könnten wohl auch eine neue Jacke gebrauchen? Ich hätte da ein paar sehr attraktive Auslaufmodelle. Nie mehr nass, weder auf dem Weg vom Regen in die Traufe noch auf dem Rückweg, das ist mein Motto. Witzig, nicht?«

Ich finde, irgendwie hat der Eisinger recht. Diese Leinentrachtenjacke, die der Stuhlinger immer trägt, sieht schon ziemlich durchgearbeitet aus. Und topaktuell ist sie auch nicht gerade. Vielleicht könnte der Jens dem Stuhlinger eine von seinen abgeben. Er hat ja mehr als genug.

»Danke für Ihr großzügiges Angebot. Im Moment brauche ich keine neue Jacke.«

»Wirklich nicht? Sind Sie da ganz sicher?«, fragt der Wellmann feixend dazwischen und redet gleich weiter: »Eigentlich wollten wir mit Ihrer Frau sprechen, Herr Eisinger. Ist sie im Geschäft?«

»Meine Frau ist heute nicht da. Sie ist nach München gefahren, Einkäufe erledigen. Sie können mich ruhig alles fragen, was Sie Jeannette hätten fragen wollen. Meine Frau und ich, wir haben keine Geheimnisse voreinander. Ganz im Gegensatz zu dem, was böse Zungen in diesem Ort behaupten. Alles Verleumdungen. Ich bin nur deshalb nicht juristisch dagegen vorgegangen, weil ich ein friedliebender Mensch bin. Meine Frau und ich, wir leben in perfekter Harmonie zusammen. Dass wir nicht dauernd händchenhaltend zu sehen sind, hat mit unserem Sinn für Anstand zu tun. Übrigens finde ich es ganz natürlich, dass den Dörflern die schmutzige Phantasie durchgeht, wenn sie Jeannette sehen. Sie nimmt sich hier schließlich aus wie eine Orchidee unter Runkelrüben. Der Schladerer war keineswegs der Erste, der ihr irgendwelche Obszönitäten angedichtet hat. Da brodelt die eigene unterdrückte Lüsternheit aus dem Unterbewusstsein herauf. Wer solche Behauptungen in die Welt setzt, diskreditiert damit einzig und allein sich selbst. Meine Frau und ich stehen weit über diesem Sumpf. Außer einer kurzen Verstimmung kann mir so etwas nichts anhaben.«

»Dann haben Sie am Donnerstagabend durch Ihren Spaziergang in die Gärtnerei einer kurzen Verstimmung Luft gemacht?«

»Wer behauptet, dass ich in der Gärtnerei war? Schon wieder Verleumdungen! Ich sage Ihnen, in diesem Dorf muss man eine Engelsgeduld haben, sonst wird man wahnsinnig. Wenn Sie es genau wissen wollen: Jawohl, ich bin am Donnerstagabend tatsächlich in diese Richtung spazieren gegangen, habe aber um die Gärtnerei einen großen Bogen gemacht, um nicht an das

Schandmaul Schladerer denken zu müssen. Ich bin über den Bachweg hinter dem Dorf an der alten Kopfweide vorbei nach Hause gelaufen. Diesen Weg kann Ihnen jeder im Dorf zeigen. Etwa um halb neun war ich wieder hier.«

»Dabei hat Sie leider niemand gesehen.«

»In der Tat, niemand, denn als ich den Hof vom Berglmaier überquerte, in den dieser Pfad mündet, war kein Mensch dort. Aber was macht das für einen Unterschied? Ich habe sowieso kein Alibi.« Der Eisinger grinst schief.

»Tja, so ist es. Sie werden sich wohl auf weitere Besuche von uns gefasst machen müssen«, schließt der Stuhlinger das Gespräch vorläufig ab. Für heute ist es Zeit, zur Dienststelle zurückzukehren.

Die Polizisten haben sich am Nachmittag auf die faule Haut gelegt. Oder arbeiten sie woanders weiter? Wer weiß. Im Gegensatz zu ihnen bin ich mit dem, was ich bisher erfahren konnte, nicht zufrieden. Ist den Linden wirklich nicht mehr aufgefallen als der Gerti? Ich schicke noch eine Informationsanfrage zu ihnen hinüber.

»Ist euch am Donnerstag wirklich nichts anderes aufgefallen, als dass der Eisinger in Richtung Gärtnerei spaziert und nicht wieder zurückgekommen ist?«

Ich höre ein lautes, vielfaches *»Nein«* und anschließend ein unverständliches Durcheinandergerede.

»Doch!«, mischt sich ein heiseres, dünnes Stimmchen darunter. Beinahe hätte ich es überhört. Es ist eine Linde, in die mal der Blitz eingeschlagen hat. Früher war sie die höchste von allen, deshalb hat sie dem Blitz so gefallen. Jetzt wird ihr gespaltener Stamm von Stahlseilen, Schellen und Schrauben zusammengehalten. Sie vegetiert mehr schlecht als recht vor sich hin. Kein Wunder, dass ihre Stimme so schwach ist. Aber sie ist die Einzige, die in die Gasse am Pfarrhaus hineinschauen kann, wo es zur Gärtnerei geht.

»Seid doch mal alle leise und lasst die gespaltene Linde reden!«, brülle ich. Es hat keinen Zweck. Die Linden haben angefangen, alle gleichzeitig das Mordthema durchzuhecheln, und hören mir überhaupt nicht zu.

»Ruhe!«, donnert eine gewaltige Stimme über den allgemeinen Lärmpegel hinweg. Es wird still. Das war die Hofbuche, die mir zu Hilfe gekommen ist. Eine wahre Freundin, obwohl sie doch so viel imposanter ist als ich.

Die gespaltene Linde röchelt: »Ich hab nicht bloß den Eisinger … chrhh … gesehen. Viel später, als es schon … chchch … dunkel war, ist die Gerti hinten aus dem Pfarrhaus geschlüpft. Dann hat es elf Uhr geläutet. Kurz danach kam sie wieder.« Die Linde hüstelt.

»Und wie sah sie da aus?«

»Wie meinst du das? Die Gerti sieht … hhmh … immer aus wie die Gerti.«

»Ich meine, irgendwie aufgeregt oder schmutzig oder so …«

»Die Gerti sieht immer aus wie die Ger… hchhh.« Die gespaltene Linde bekommt einen asthmatischen Anfall. Diese Ausfragerei war schon viel mehr, als man ihr eigentlich zumuten kann. Ich lasse sie in Ruhe.

Die Gerti ist also nachts herumgeschlichen. Wenn das einen harmlosen Grund hatte, warum hat sie es dann dem Stuhlinger verschwiegen? Ist es ihr vielleicht nur peinlich, sich vor der Polizei rechtfertigen zu müssen? Oder steckt mehr dahinter? Hat sie etwa doch was mit dem Pfarrer, und der Sepp war dahintergekommen? Dann hätte sie einen Grund gehabt, ihn umzubringen. Aber ich kann sie mir nicht so recht als Mörderin vorstellen.

Zwölf

Der Stuhlinger und der Wellmann stehen am nächsten Morgen schon wieder im Beet. Sie sind mir inzwischen ein so gewohnter Anblick, dass ich sie für eine neue Rosensorte halten könnte. Nur riechen sie nicht so gut.

»Haben Sie was herausgefunden wegen der Handschuhe, Wellmann?«

»Der Pfarrer hat sie gekauft, um seinen Olivenbaum umzutopfen, behauptet er. Danach seien sie furchtbar schmutzig gewesen. Er habe sie in der Jackentasche vergessen und auf dem Weg zum Kaffeetrinken wiedergefunden, worauf er sie kurzerhand wegwarf. Als Pfarrer braucht er ja so gut wie nie solche Handschuhe, sagt er.«

»Hat die Haushälterin das bestätigt?«

»Die war bei der Umtopferei nicht anwesend.«

»Vielleicht waren die Handschuhe schon vorher schmutzig und stammten nicht aus dem Baumarkt, sondern aus der Garage vom Schladerer.«

»Vielleicht. Wir werden es nie erfahren. Der Müll wird hier von einer privaten Entsorgungs-GmbH abgeholt, die ihn sofort zur eigenen Verbrennungsanlage bringt. Die Handschuhe sind längst im Himmel. Oder in der Hölle, wer weiß.«

»Und Sie haben nicht versucht, wenigstens die Asche zusammenzukratzen? Wellmann, Wellmann, Ihnen fehlt der nötige Eifer! Aber mal im Ernst: Ich denke, der Pfarrer hat die Wahrheit gesagt. Warum sollte er Beweismaterial vernichten wollen? Er hatte ja nicht das geringste Motiv, den Schladerer umzubringen. Höchstens, um ihn von künftigen Sünden abzuhalten. Kleiner Scherz.«

Die Rosen finden das überhaupt nicht lustig. Eher geschmacklos. Sie sind froh, als die beiden, die das Andenken ihres Meisters besudelt haben, endlich verduften.

Die Anni kommt, um nach ihnen zu sehen. Sie gibt sich alle Mühe, den Rosen eine gute Mutter zu sein, aber den Sepp kann sie nicht ersetzen. Sie hat zwar die gleiche Liebe, jedoch nicht die gleiche Autorität. Während sie durch die Reihen geht, knuffen und kratzen sich die Rosen gegenseitig und zetern um die Wette. Keine von ihnen will sich mit einem gerechten Anteil von Annis Aufmerksamkeit begnügen. Nur die »York and Lancaster« versucht mal wieder, Frieden zu stiften.

»Haben wir nicht schon genug gelitten? Müssen wir uns jetzt auch noch gegenseitig das Leben schwer machen? Sind wir denn nicht alle Schwestern?«, ruft sie und wird von den anderen ausgepfiffen. Ein richtiger Tumult bricht los.

Jetzt treiben sie es wirklich zu bunt! Es ist höchste Zeit, ein Machtwort zu sprechen. Ich bitte die Hofbuche unauffällig um eine Intervention. Wie ein Vulkanausbruch grollt es aus der Ferne: *»Ruhe!«*

Den Rosen erstarren die Petalen vor Schreck. Stille kehrt ein. Genau der richtige Zeitpunkt für meine Ansprache: »Ihr macht euch nicht nur gegenseitig das Leben unnötig schwer, sondern auch der armen Anni. Hat sie nicht schon genug durchgemacht? Ihr solltet dankbar sein, dass sie euch genauso gern mag wie der Sepp. Und schlechter kümmern tut sie sich gewiss nicht um euch. Glaubt ihr denn, dass nur jemand, der euch regelmäßig zur Schnecke macht, Respekt verdient? Und dass ihr nur auf jemanden hören müsst, der euch abwechselnd zurechtweist und umschmeichelt? Seht mich an! Wenn mich die Anni nur einmal in der Woche bewusst anschaut, kann ich mich schon glücklich schätzen. Trotzdem würde ich alles Pflanzenmögliche für sie tun. Ihr etwa nicht?«

Die Rosen schaudern bei der Erwähnung der schleimigen Schnecken. Bleiben sie deshalb nachdenklich still, oder haben sie sich meine Worte zu Herzen genommen? Ich hoffe sehr, dass sie endlich ein Einsehen haben, sonst verwandelt sich das Rosenquartier über kurz oder lang in einen Hexenkessel. Und ich kann hier doch nicht weg.

Der Stuhlinger weiß natürlich nicht, ob ihm die Handschuhe wirklich geholfen hätten, aber dass sie jetzt nicht verfügbar sind,

stört ihn. Er muss sich bewegen, um seinen Ärger abzubauen. Hinaus aus der Gärtnerei und den Anger entlang, wo sich die Linden über seinen Grant wundern. Jetzt ist er schon fast aus Reindlfing draußen. Vor dem letzten Haus bleibt er stehen. Die feuerroten Hängegeranien, die sich wie ein Wasserfall über das Balkongeländer ergießen, schauen skeptisch auf ihn hinunter und wollen von mir wissen, was dieser Typ aus unserem Rosenbeet bei ihnen zu suchen hat. Überflüssiger menschlicher Bewegungsdrang, kann ich da nur sagen.

Durch den Geranienvorhang drückt sich die silbergraue Dauerwelle mit Lila-Stich von der Cäcilie.

»Ach, Herr Kommissar! Do schaugn's, gell, wia schee meine Balkonkästen san? Und des Scheenste is, dess ma's sogoar nachts siagt, weil de letzte Stroßnlatern vo Reindlfing direkt davorsteht. Olle Leit bleim stoa und bewundern's. Sogoar de Preißin do, de Frau vom junga Berglmaier, hot's bewundert. Und des grod an dem Obend, wo der oarme Sepp, der wo ma de wunderboare Geranien verkauft hot, ermordet worn is. Is des ned traurig?«

»Ihr Balkon ist wirklich beeindruckend! Wenn es eine Postkarte von Reindlfing gäbe, dann müsste der darauf sein«, schwärmt der Stuhlinger. Das Erlebnis gestern Vormittag hat ihn gelehrt, dass man sich potenzielle Zeugen warmhalten muss. Besonders potenzielle Zeuginnen. Nach dieser Vorbereitung fährt er fort: »Die Frau Berglmaier war also am Donnerstagabend hier? Allein?«

»Naa, sie hot mit ihrem Mo und dem Kinderwogn an Spoziergang gmocht. I hob sie über die Geranien redn hörn, und do bin i glei naus, obwohl grod der ›Tatort‹ im Fernsehn kemma is. ›Gell, so wos gibt's bei Eana im Sauerland ned?‹, hob i gsogt und ihra glei a poar Geheimtipps für de Bluamapflege gebn.«

»Da wird sie Ihnen sicher dankbar gewesen sein«, sagt der Herr Kriminaloberkommissar, und ich stelle anhand einiger ausgesprochen zufriedener Moleküle fest, dass das auch für ihn gilt. So überflüssig war der Bewegungsdrang vom Stuhlinger also gar nicht. Ich nehme das zurück.

Auf dem Rückweg zum Anger treibt ihn ein noch viel intensiverer Bewegungsdrang vorwärts als auf dem Hinweg. Statt zur Gärtnerei biegt er diesmal im Schweinsgalopp zu Berglmaiers Hof ab.

Der Junior schraubt gerade an einem Heuwender herum. Beim Öhmden letztes Jahr ist er damit so knapp am Wiesenrand entlanggefahren, dass ihm ein paar Zinken an dem Brombeergestrüpp hängen geblieben sind und sich verkeilt haben. Wenn man's nicht sofort repariert, dann vergisst man's. Jetzt, wo schon wieder die erste Heuernte des Sommers bevorsteht, ist es ihm siedend heiß wieder eingefallen. So ein Ärger. Und nun taucht auch noch der Bulle bei ihm auf. Wenn der Stuhlinger wenigstens ein Zuchtbulle wäre, den könnte er gebrauchen, wie die Hofbuche, die ihm bei der Arbeit zuschaut, sehr gut weiß.

»So, der Herr Kommissar, hom's wos vergessn? Und den Mörder? Hom's den oiwei no ned?«

»Nein, er hat sich noch nicht bei mir gemeldet. Kann ich bitte Ihren Vater sprechen?«

»Naa, der is ned do. Der is zu dera Londmaschinen-Ausstellung noch Fürstenfeldbruck gfoahrn. Na kenna's jo wieder ganga, weil i ko Eanara Frogn eh ned beantwortn.«

»Ich glaube doch, und zwar habe ich eine kriminalistische Frage, sozusagen von Kollege zu Kollege: Sie können mir doch sicher sagen, wer in der ›Tatort‹-Wiederholung am letzten Donnerstag der Mörder war?«

»Äh ... wia? Wozu wolln's des wissn? Des is doch wurscht, i hob's vergessn.«

»Sie wissen es also nicht?«

»Auf so a bleede Frogn, de wo mit dem Mord hier goar nix zum toa hot, muass i überhaupts ned antwortn.«

»Ich glaube sehr wohl, dass die Frage etwas mit dem Mord hier zu tun hat. Sie haben nämlich den ›Tatort‹ gar nicht gesehen. Während der ›Tatort‹ lief, waren Sie mit Ihrer Frau und Ihrem Sohn am anderen Ende des Dorfes spazieren. Man hat Sie beobachtet. Sie haben nicht zufällig auf dem Rückweg einen Schlenker hinüber zur Gärtnerei gemacht und den Stammfeind der Familie beseitigt?«

»Wos erlaubn's Eana? Des is nix wia a Unterstellung. Possn's bloß auf, wia Sie mit mir redn!«

»Sie haben mit dem Mord also nichts zu tun? Dann würde ich mich gern mit Ihrer Frau darüber unterhalten.«

Der Berglmaier junior stiert den Stuhlinger eine Weile trotzig an. Dann dreht er sich halb zum Haus um und brüllt: »Birgit! Kimm amoi!«

Im Nu steht sie da. Sie macht ein ziemlich verschrecktes Gesicht. Kein Wunder beim Tonfall ihres Mannes. Der Stuhlinger nimmt sie beiseite.

»Frau Berglmaier, eine Dorfbewohnerin hat ausgesagt, dass Sie am Donnerstagabend etwa zur Tatzeit mit Mann und Kind einen Spaziergang durch Reindlfing gemacht haben. Warum haben Sie nicht widersprochen, als Ihr Mann und Ihr Schwiegervater meinem Kollegen den Bären aufgebunden haben, die ganze Familie Berglmaier sei während dieser Zeit vor dem Fernseher gesessen?«

Die Birgit wird peperonirot und beginnt zu stottern.

»Äh … hm … wir waren uns alle einig, dass es besser wäre, also … für den Frieden im Ort, wenn wegen der Sache mit dem Kofel-Eck kein unnötiges Gerede aufkommen würde. Da hat der Schwiegervater diesen Vorschlag gemacht. Ich hatte gleich ein ungutes Gefühl dabei. Meistens fährt man doch mit Aufrichtigkeit besser. Aber leider können wir im Moment die Unschuld meines Schwiegervaters, an die ich ganz fest glaube, nicht beweisen. Deshalb habe ich mitgemacht. Wenn Sie den wahren Mörder gefunden haben, werden Sie sehen, dass mein Schwiegervater nichts mit dem Mord am Herrn Schladerer zu tun hat.«

»Das hoffe ich für Sie. Wie war das also wirklich an dem Abend?«

»Es war schon ziemlich spät, als wir eine Runde mit dem Kinderwagen gedreht haben, weil der Kleine einfach nicht schlafen wollte. Wir sind fast bis zum anderen Dorfende gegangen. Erst auf dem Rückweg hat er endlich die Augen zugemacht. Kurz vor Mitternacht waren wir wieder zu Hause. Da lag der Schwiegervater schon im Bett.«

»Waren Sie und Ihr Mann die ganze Zeit zusammen?«

»Ja, selbstverständlich.«

»Sie haben nicht unterwegs in der Gärtnerei vorbeigeschaut?«

Die Birgit guckt ganz erschrocken drein. »Was hätten wir denn dort zu suchen gehabt? Sind wir jetzt verdächtig? Sie glauben doch nicht, dass ich mit meinem Mann jemanden ermorden könnte, während mein Baby gleich daneben …« Tränen drängen sich aus ihren Augenwinkeln.

»Stuhlinger, lass sie in Frieden! Die Birgit ist eine schlechte Lügnerin. Sie sagt ganz sicher die Wahrheit«, rufe ich hinüber. Offenbar sieht er es ein, auch ohne mich verstanden zu haben.

»Schon gut. Sie können gehen.« Der Stuhlinger wendet sich wieder dem jungen Berglmaier zu. »Richten Sie Ihrem Vater bitte aus, er möchte mich in der Gärtnerei aufsuchen, sobald er zurückkommt.«

»Mei Vatter kimmt erst morgn zurück. Ober glaubn's jo ned, dess Sie eam wos ohänga kenna. Mei Vatter hot oiwei Oarbeit. Der wor den gonzen Obend im Stoi. Er hot koa Zeit, irgendwo in dera Gegend umanandzulaufa. Mir san a unbescholtne Familie, seit Joahrhunderte ortsansässig. A jeder in Reindlfing tat auf den Nomen Berglmaier schwörn.«

»Und worauf schwört dann ein Berglmaier? Am besten, Sie lassen das mit dem Schwören. Ich wüsste nur gern endlich die Wahrheit.«

Bevor der junge Berglmaier noch mehr Feindseligkeiten ablassen kann, dreht ihm der Stuhlinger den Rücken zu, schreitet mit Amtswürde zum hinteren Feldweg und verlässt den Hof.

Was für ein schöner Spaziergang! Das Gras steht hoch. Schmetterlinge flattern über den Margeriten, die den Oberkommissar argwöhnisch beäugen. Der Stuhlinger fühlt sich jedoch völlig unbeobachtet, pfeift ein Lied und schaut in den weiß-blauen bayrischen Himmel. Zwar hatte er gerade keinen unmittelbaren Erfolg, aber jetzt ist es nur noch eine Frage der Zeit, das sagt ihm sein Gefühl. Und dass die Polizei in Reindlfing für heute Feierabend machen kann.

Die Anni ist zwar noch längst nicht mit der Arbeit fertig, aber eine Pause gönnt sie sich doch, in der sie einen frischen Blumenstrauß auf das Grab vom Sepp bringt. Oder gehört das auch zur Arbeitszeit? Wo sie schon mal fast auf dem Anger ist, kommt ihr die Idee, ganz außer der Reihe eine wirkliche Pause zu machen. Das wär doch mal was! Schon steigt ihr der Kaffeeduft aus der Bäckerei in die Nase. Sie fühlt sich zwar ein bisschen deplatziert mit ihrer erdverschmierten Arbeitshose an dem weißen Plastiktischchen, aber außer ihr sitzt sowieso nur die Theresa da, der die Vilshoferin etwas gelangweilt zuhört. Die Anni ist für die Bäckerin ein willkommener Vorwand, der Theresa zu entfliehen.

»Wos hättst'n gern, Anni?«

»An Latte macchiato, bittschee.«

Da soll keiner behaupten, dass man auf dem Dorf nicht weiß, wie man so was ausspricht. Die Anni lebt ja nicht hinter dem Mond. Der Düngerlehrgang in Westfalen war nicht die einzige Fortbildung, an der sie teilgenommen hat. Sie kommt schon ganz schön herum. Und privat, da geht sie mit dem Jens öfter nach

Penzberg ins Kino. Ab und zu sogar nach München ins Theater, wenn auch selten. Weil, da ist dem Jens das Geld zu schade dafür. Zuletzt haben sie vor zwei Monaten den »Othello« von Shakespeare gesehen. Die Anni hat dem Sepp ganz begeistert in der Küche davon berichtet, und der Weihnachtskaktus hat uns alle ausführlich mit dem Inhalt des Theaterstücks vertraut gemacht. Der Sepp meinte dazu bloß: »So an ausländischer Schmarren.« Ich fand es aber ganz spannend. Das Stück spielt im sonnigen Italien, wo auch der original italienische Latte macchiato herkommt, den die Anni gleich schlürfen wird. Ach ja, Theater, das wäre was für die Linden: Herz, Schmerz und jede Menge Aufruhr. Wenn die Menschen über Kino und Theater reden, sind das die Momente, in denen die Linden bedauern, Pflanzen zu sein.

Die Vilshoferin bringt das Glas mit dem Strohhalm und dem ranzigen Schokoladenkeks am Rand des Untertellers und setzt sich pflichtschuldig wieder zur Theresa. Während die Anni ihren Erinnerungen nachhängt, hört sie ein fernes Rattern näher kommen. Aus der Gasse, die zum Berglmaierhof führt, drängt sich die Nase eines Kinderwagens auf den Anger. Das Gestänge klappert beim Fahren auf dem Kopfsteinpflaster. Dabei kann die Birgit noch froh sein. Früher war das Kopfsteinpflaster viel holpriger. Seit der Angersanierung rumpelt es nicht mehr ganz so arg. Eigentlich wollte die Gemeindeverwaltung das alte Pflaster verhökern und durch viel billigeres sandsteinfarbenes Betonpflaster ersetzen, mit künstlich abgeschlagenen Kanten und standardisierten Unregelmäßigkeiten. Täuschend echte Optik. Das hätte ein paar Euro in den Gemeindesäckel gebracht. Doch dann hat der Herr Pfarrer eine Spende vom Sprenger zur Wiederverwendung des alten Pflasters abgezweigt. Um den *»genius loci«* zu wahren, hat er gesagt, was auch immer das heißen soll.

Als die Birgit direkt am Café vorbeiklappert, kann sich die Anni nicht mehr beherrschen. Heute hat sie ja niemanden dabei, der sie zurückhalten könnte. Sie springt auf, lässt das halb volle Glas Latte macchiato stehen und stürzt sich auf den Kinderwagen.

»Ach schaug, der schloft ja goar ned. Wos der für scheene blaue Augn hot! Und lächeln tuat der aa, wia immer.«

Im selben Moment beginnt Klein Junior zu quengeln. Die Birgit holt ihn aus dem Wagen.

»Ach, Birgit, darf i ean amoi auf den Oarm nemma? No nia hob i so a herzigs Baby gseng!«

Von so viel Bewunderung eingelullt, erlaubt die stolze Mutter der Anni, das Kind zu übernehmen. Tatsächlich hört es gleich zu quengeln auf.

»I bin die geborne Mutter«, murmelt die Anni, »wenn's der Jens bloß eigseng hätt. Ober jetzat is's eh zu spät. Vielleicht kimmt er jo boid ins Gfängnis.« Sie wiegt das Baby wehmütig hin und her.

Da schießt der Berglmaier junior aus der Seitengasse wie ein Springkrautsame aus der Kapsel und schreit: »Loss mein' Sohn in Frieden, du Hex!« Am liebsten hätte er gebrüllt: »Oide Hex«, aber das wäre nicht ganz passend gewesen, weil die Anni erst sechsundzwanzig ist.

Vor Schreck lässt sie das Kind beinahe fallen. Die Birgit reißt es ihr mit einem schuldbewussten Blick auf ihren Herrn und Meister aus den Armen. Dann zieht die junge Familie weiter, und die Anni kehrt zu ihrem kalten Latte macchiato zurück. Eine ganze Wolke von Trauermolekülen steigt zu den Linden hoch. Ich fühle mit ihr. Gerade hat sie den Vater verloren, und jetzt wird sie auch noch beleidigt. Bloß aus alter Familienfeindschaft. Als ob der junge Berglmaier seinen Groll nicht endlich begraben könnte, jetzt, wo die Anni den Anspruch auf das Kofel-Eck zurückziehen will. Aber der Jens will nicht. Hier im Dorf geht es zu wie bei der Vendetta in Italien, finde ich. Eine Schande.

Vom anderen Anger-Ende her schreitet das Ehepaar Eisinger dem klappernden Kinderwagen entgegen. Der Eisingerin, die ein giftgrünes Minikleidchen mit einem Muster aus azurblauen und sonnengelben Papageien trägt, knicken in regelmäßigen Abständen die Knöchel über den astronomisch hohen giftgrünen Absätzen auf dem Pflaster um.

»Verfluchtes Kaff. Hier gibt es nicht mal einen anständigen Bodenbelag.«

Diese Bemerkung hören die Linden sehr genau, obwohl sie eigentlich nur für den Gatten bestimmt ist. Unglaublich, was sich diese Zugereiste erlaubt. Unser schönes Reindlfing durch den Schmutz zu ziehen!

Sobald die Eisingers auf Höhe des »Café am Anger« angelangt sind, zischelt die Theresa so, dass es die Eisingerin hören soll, aber denkt, sie solle es nicht hören: »Host des gseng? Bloß a Fetzerl überm Busen vorn und überm Po hintn. Und de kreischende Foarbn! Des is jo wia auf'm Strich. Koa Wunder, dess do de Monna gonz wepsig wern. I könnt dir wos verzähln ...«

Jetzt zeigt sich die Vilshoferin plötzlich sehr interessiert, doch die Theresa schweigt. Die Eisingers erfüllen die ihnen zugedachte Rolle, gehen weiter und tun so, als hätten sie nichts gehört. Sobald sie tatsächlich außer Hörweite sind, beugt sich die Vilshoferin zur Theresa hinüber und drängt sie: »*Wos* könntst verzähln? I sog's gwiss koam weiter.«

»Oiso ...« Die Theresa hat ihre Stimme so gesenkt, dass die Anni nichts hören kann. Die Linden auch nicht. »... schhbsstststsschss ... Und dem Sepp hob i's aa gsogt«, schließt die Theresa ihren nachrichtendienstlichen Rapport ab.

Aha. Von der Theresa hatte der Sepp also die Seitensprung-Geschichte. Jetzt muss ich daran denken, was der Weihnachtskaktus über den »Othello« erzählt hat. Da ging es ja auch um Untreue. Dabei war die Desdemona gar nicht untreu, nur hat es ihr der Jago nachgesagt. Bei der Eisingerin könnte sich das genauso verhalten. Wenn die Damen aus dem Friseursalon etwas behaupten, kann man fast darauf wetten, dass es nicht wahr ist. Der Sepp hat es jedoch allem Anschein nach für bare Münze genommen. Ob ihn diese Leichtgläubigkeit das Leben gekostet hat? Ich hätte an der Stelle vom Othello den Jago umgebracht und nicht die Desdemona. So wie es vielleicht der Eisinger getan hat?

Falls er tatsächlich den Sepp ermordet haben sollte, wäre es eigentlich egal, mit wem ihn seine Frau betrogen hat, falls überhaupt. Dabei betrügen doch meistens die Männer ihre Frauen und nicht umgekehrt, sagen die Menschen. Aber das geht ja irgendwie rechnerisch gar nicht auf. Weil, zum Betrügen braucht man genau vier Leute, nämlich die Betrügerin, den Betrüger, den Betrogenen und die Betrogene. Wie auch immer, ich bin mir gar nicht sicher, ob an der Geschichte wirklich was dran ist. Die Linden hingegen betrachten die Schuld der Eisingerin als erwiesen. Jemand, der ihre Heimat als »verfluchtes Kaff« bezeichnet, ist für sie unten durch. Beweise sind da ihrer Meinung nach unnötig.

Der Anni reichen die bedrückenden Erlebnisse für heute. Sie legt das Geld auf den Tisch und lässt den Schaumsatz mit noch etwas Kaffee im Glas stehen. Auf dem Nachhauseweg grüßt sie den Herrn Pfarrer, der vor der Pfarrhaustüre voller Stolz seinen Olivenbaum betrachtet.

Wenn ich an den Herrn Pfarrer denke, geht mir durch den Sinn, dass es einen größeren kleidungsmäßigen Kontrast als zwischen der Eisingerin und ihm gar nicht geben kann. Er immer in Schwarz, höchstens mal ein weißes Hemd mit schwarzem Pullunder, selbst bei Hochsommertemperaturen nie kurzärmlig. Sie, als sei sie in einen Farbtopf gefallen. Aber in einen, wo die Farbreste nur noch für sehr wenig Fläche gereicht haben.

Unterdessen beginnen Madame und Monsieur Eisinger bei den letzen Angerlinden eine Konversation. Ich muss mich anstrengen, die ganzen vonseiten der Linden auf mich einprasselnden Informationen zu sortieren. Ist ja plötzlich richtig was los in Reindlfing!

»Das wäre doch eine schöne Sache, so ein Junior«, sagt der Eisinger und seufzt.

»Franz. Bitte. Wir hatten doch vereinbart, dass wir dieses Thema lassen. Meinst du vielleicht, ich möchte meine besten Jahre mit dem Wegwischen von Kinderscheiße verbringen? Entschuldige den ordinären Ausdruck, aber so ist die Realität nun einmal. Ich will *leben*, verstehst du? In dieser Einöde ist das sowieso schwierig genug.«

»Und wer soll das Geschäft weiterführen, wenn ich eines fernen Tages nicht mehr kann?«

»Mach dir keine Sorgen. Ich bin ja da. Ich kann dann noch eine ganze Weile weitermachen«, kontert die Eisingerin mit einem giftigen Unterton.

Die Linden versuchen, die Eisingerin durch intensives Blättergeraschel umzustimmen. Leider ist sie für so was nicht empfänglich. Was für ein Elend. Die Reindlfinger sollten sich überhaupt viel mehr fortpflanzen, wünschen sich die Linden. Sie stehen schon zweihundert Jahre am Anger und haben einen stetigen Niedergang erlebt. Früher wimmelte es unter ihnen von Kindern jeden Alters. Die Buben spielten Schusser, die Mädchen hüpften über Seile. Später kamen dann die Hula-Hoop-Reifen und bei den Buben die Kettcars. Noch später hatten die Mädchen ein Tamagotchi und die Buben ferngesteuerte Modellautos. Inzwischen haben die Linden keine Ahnung mehr, welches Spielzeug gerade angesagt ist. Nur noch Mumien überall. Alle, die früher mit den Reifen und den Kettcars gespielt haben, sind ausgeflogen und nicht mehr zurückgekommen. Birgits Bengel scheint die einzige Hoffnung für den Fortbestand von Reindlfing zu sein. Die Eisingerin hat keine Lust, obwohl der Eisinger wollen täte, und die Anni hätte Lust, aber der Jens will nicht. So wird das nichts. Wen sollen die Linden dann in den nächsten zweihundert Jahren belauschen? Düstere Aussichten.

Die Anger-Spaziergänger trollen sich. Es wird abendlich still in Reindlfing. Das Wochenende kehrt ein. Aber die Sache mit den Handschuhen in der Mülltonne lässt mir keine Ruhe. Eine Kübelpflanze mitten im Sommer umzutopfen ist nicht ideal, das müsste doch selbst ein Pfarrer wissen. Am besten, ich erfahre direkt vom Betroffenen etwas darüber.

»Ich muss dich mal was fragen: Hat dich der Herr Pfarrer in den letzten Tagen umgetopft?«

Der Olivenbaum seufzt ganz beglückt: »Jaaaa! Zuerst habe ich dabei so transpiriert, dass ich schon dachte, ich würde vertrocknen, wegen der Hitze und der verlorenen Haarwurzeln. Doch dann, diese Weite … Ein herrliches Gefühl! Ich schieße jetzt richtig los. Bald bin ich so stattlich wie die Olivenbäume auf den Postkarten aus dem Heiligen Land.«

»Glückwunsch. Hör mal, hatte der Herr Pfarrer Handschuhe an, als er dich umgetopft hat? Solche mit Leder innen und am Handrücken mit grünem Stoff?«

»Leider! Die Handschuhe waren total verdreckt. Ich dachte noch: Igittigitt, mit so was will er mich anfassen? *Mich*, eine Pflanze der Bibel? Aber als göttliches Gewächs muss man ja jede Schmach über sich ergehen lassen. Wie unser Herr Jesus.«

Na, das ist ja sehr interessant. Hat also auch der Herr Pfarrer die Polizei angeschwindelt, wie schon andere vor ihm. Aber reicht das für einen Mordverdacht?

Dreizehn

Das ganze Wochenende habe ich mir die Rinde zerbrochen, was von den gesammelten Informationen zu halten ist. Jetzt muss ich erst mal alles sortieren. Bei dieser Menge von Verdächtigen verliert man sonst schnell den Überblick.

Da hätten wir zuallererst die Berglmaiers. Den Junior halte ich wegen Birgits Aussage für unschuldig. Dem Senior hatte der Sepp angekündigt, den Streit über das Kofel-Eck bald zu seinen Gunsten beenden zu können. Wie, das ist mir allerdings schleierhaft. Die Polizei weiß nichts davon, sie weiß nur, dass der Berglmaier dem Sepp daraufhin eine Drohung ins Gesicht geschleudert hat. Außerdem hat er kein Alibi. Er war allein, als der Mord passiert ist.

Das Gleiche gilt für den Eisinger. Er behauptet zwar, spazieren gegangen zu sein, aber wer weiß, was er in dieser Zeit so getrieben hat. Vielleicht ist er in die Gärtnerei spaziert. Dazu würde passen, dass er viel später nach Hause gekommen ist, als er behauptet hat. Zu seinem Motiv brauche ich wohl nicht viel zu sagen. Eigentlich hätte auch die Eisingerin allen Grund gehabt, den Sepp umzubringen. Falls sie dem Eisinger wirklich die Hörner aufgesetzt hat und er sich deswegen scheiden lassen würde, könnte sie sich in Zukunft ihre Einkäufe in teuren Boutiquen abschminken. Aber er hat ja ausgesagt, sie sei in der Mordnacht verreist gewesen.

Dann gibt es da noch den Buchenwalder, den Spezi vom Pfarrer, dem dieser seine Faksimiles überlässt. Mit den Urkunden ist irgendwas oberfaul, da hatte der Sepp garantiert recht. Wie kommen die in Sprengers Ferienvilla? Steckt vielleicht der Pfarrer mit drin? Das glaube ich nun auch wieder nicht. Eigentlich halte ich ihn für die Harmlosigkeit in Person. Dass er beim Thema Handschuhe gelogen hat, ist aber doch seltsam. Ob der Buchenwalder ein Alibi hat oder nicht, weiß bis jetzt keiner.

Was mich direkt zum Sprenger führt. Zuerst hatte er eins und dann nicht mehr. Die Fürstin wurde nicht bei ihm gefunden. Aber nach seinem heimlichen Besuch am Mittwochmorgen in der Gärtnerei steht für mich fest, dass er ganz tief im Sumpf des Verbrechens drinsteckt. Ich weiß bloß nicht genau, wie. Falls er die Fürstin gestohlen hat und sie in einem geheimen Versteck gefangen hält, hätte er den Sepp sicher erschlagen, wenn der ihn beim Diebstahl überrascht hätte. Aber wie hängt das mit seinem Hantieren am Giftschrank zusammen? Das ist alles sehr verwirrend.

Bei der Gräfin Lohberg hat man die Rose auch nicht gefunden. Aber vielleicht hat man einfach nicht am richtigen Ort gesucht. Möglicherweise hat sie sie doch gestohlen und den Sepp kaltblütig ermordet, als er sie auf frischer Tat ertappt hat, ähnlich, wie es der Sprenger hätte tun können. Ihr Alibi ist jedenfalls reichlich wackelig.

Die Gerti hingegen ist meiner Meinung nach kaum verdächtig. Dafür habe ich zwar überhaupt keine Anhaltspunkte, schließlich war sie zum Zeitpunkt des Mordes im Dorf unterwegs und hat es dem Stuhlinger verheimlicht. Aber so eine pingelige alte Gouvernante als Mörderin? Lachhaft. Obwohl – manchmal können sich selbst Pflanzen ganz schön in den Menschen täuschen.

Den Jens würde ich furchtbar gern unter die Verdächtigen aufnehmen. Aber das geht leider nicht. Er war ja gar nicht da.

Der alte Großbauer macht am Montagvormittag keine Anstalten, sich zum Polizeiposten im Rosenbeet zu begeben. Und wenn der Berglmaier nicht zum Propheten kommt … Doch heute bleibt der Wellmann verschont. Stattdessen traut sich der Stuhlinger selbst in die Höhle des Löwen. Berglmaier senior vollführt einen mächtigen Satz aus dem Stall heraus, um dem Eindringling die Stirn zu bieten. Diesmal ist er nur mit seinen blanken Fäusten bewaffnet.

Im breiten Schatten meiner Freundin, der Hofbuche, treffen die beiden aufeinander. High Noon in Reindlfing.

»Wos woin's scho wieder do? Mei Sohn hot Eana doch ois gsogt. Schleichn's Eana!«

Der Stuhlinger bringt einen Sicherheitsabstand zwischen sich und die berglmaierschen Fäuste und schießt los: »Herr Berglmaier, so schnell werden Sie mich nicht los. Ihr Sohn hat zwar behauptet, Sie seien in der Mordnacht im Stall gewesen, aber das kann jeder sagen. Er war ja gar nicht da, sondern mit Frau und Kind am anderen Ende des Dorfes spazieren. Und dann haben Sie sich alle drei gegenseitig ein falsches Alibi gegeben. Wo sich Ihr Sohn und seine Frau zur Tatzeit befanden, weiß ich. Aber haben *Sie* einen Nachweis über Ihren Aufenthalt? Und … Moment mal … was sind das hier für Kratzer? Etwa von Rosendornen?«

Dornen! Da sieht man, dass der Stuhlinger keinen blassen Schimmer von Rosen hat.

Der Berglmaier schaut auf seine Hände. Verdammt. Handschuhe vergessen. Wer hätte auch gerade jetzt mit dem Schnüffler gerechnet! Das Wasser bricht ihm aus allen Speckfalten. So in die Enge getrieben zu werden, das ist ihm noch nie passiert. Seit er den Hof übernommen hat, ist er der ungekrönte König von Reindlfing. Jetzt purzelt die unsichtbare Krone. Darunter stehen die Schweißperlen auf seiner Stirn.

»Jo mei … verstenga's, des wos wirklich passiert is, des hätt i Eana ned verzähln kenna, weil des hättn's ma eh ned glaubt! Und i bin doch verdächtig, weil olle die Gschichtn mi'm Kofel-Eck kenna, und do hob i denkt, i muaß vorsichtig sei.«

»Dann erzählen Sie es jetzt, vielleicht glaube ich Ihnen doch. Versprechen kann ich es aber nicht.«

»Jo, dann … am besten kemma's a Stückl mit.«

Die beiden nähern sich der Gärtnerei auf dem Feldweg, der vom Berglmaierhof zum Kompostplatz führt. Sie bleiben am Rand meines Hörbereichs stehen. Ich spitze mein Blattbüschel.

»Do, schaugn's, genau do is des Auto durch mei Wiesn gfoahrn. I wor im Stoi, do hob i Motorgeräusche gheert und bin glei auf'd Wiesn naus. I wor oiso gonz in der Nähe vo do, wo der Sepp ermordet worn is. Ober i wor's ned! Des Motorgeräusch is immer näher kemma, ober gseng hob i nix, weil es wor ja stockfinster. Do is totsächlich oaner mittn durch mei Wiesn gfoahrn, ohne Licht. Ober auf oamoi mocht der seine Scheinwerfer o, und i siag, der kimmt grod auf mi zua. Der hätt mi übern Haufen gfoahrn. Do bin i zur Seitn gsprunga, mit de Händ voraus, egal wohin, und bin in dene Brombeern neben der Wiesn glondet. Und der Depp is wia an Gsteerter auf den Feldweg grost und mitten durch mein' Hof, und fort wor er.«

»Konnten Sie den Wagen erkennen?«

»I sog doch, es wor stockfinster, aber wos Großes wor's, des is gwiss. So a Nobellimousine.«

»Geschlossen oder Cabrio?«

»Wos woaß denn i? I wor total geblendet vo dene Scheinwerfer.«

»Na, das ist ja wirklich eine ziemlich wilde Geschichte.«

»Ober des is de pure Woahrheit, i schweer's Eana.«

Der Stuhlinger blickt eine Weile nachdenklich zwischen die Wiesengräser.

»Ich glaube Ihnen. Wenn Sie lügen wollten, würden Sie mir etwas auftischen, was ich leichter schlucken könnte. Vielleicht kann unsere Spurensicherung in der Wiese oder in den Brombeeren ja noch etwas finden, was Ihre Aussage bestätigt. Halten Sie sich aber bitte zu unserer Verfügung und unterlassen Sie gefälligst in den nächsten Tagen Ausflüge zu Landmaschinen-Ausstellungen.«

Man sieht, dass es dem Stuhlinger guttut, dem Berglmaier im letzten Satz noch eins auf den Deckel zu geben. Das ist wohl die Quittung für »Schleichn's Eana«.

Der Wellmann erwartet den Stuhlinger am Kompost, wo er mit der Schippe in der Hand der Anni beim Beladen der Schubkarre hilft. Sie schiebt die Karre davon, als sie den Stuhlinger kommen sieht. Der bemerkt etwas spitz: »Eigentlich hätten Sie zum Berglmaier mitkommen können, sicherheitshalber, falls er gewalttätig wird. Was haben Sie überhaupt die ganze Zeit gemacht? Hoffentlich was Vernünftiges.«

Ich finde schon, aber ich weiß nicht, ob der Herr Kommissar meiner Meinung wäre.

»Das Alibi vom alten Berglmaier ist erwiesenermaßen falsch, und er hat's auch zugegeben. Jetzt behauptet er, mitten in der Nacht auf der Wiese von einer Nobellimousine beinahe überfahren worden zu sein. Eine ziemlich krause Story. Zu abwegig, um erfunden zu sein, finde ich. Wenn sie stimmt, saß in dem Auto vermutlich der Rosendieb oder die Rosendiebin.«

»... der wahrscheinlich auch der Mörder war. Oder die Mörderin.«

»Vielleicht. Vielleicht auch nicht.«

»Zumindest dürfte er oder sie beim Mord anwesend gewesen sein.«

»Vielleicht. Vielleicht auch nicht. Der Mörder und der Rosendieb – mal angenommen, es waren keine Frauen – könnten sich ebenso gut knapp verpasst haben. Der Mord selbst und das Verstecken der Leiche dürften nicht allzu viel Zeit in Anspruch genommen haben. Die Rose auszubuddeln hat sicher nicht viel länger gedauert. Falls es vorher keinen oder nur einen kurzen Streit gab, kann der Mord daher zeitlich ohne Weiteres vor oder nach dem Diebstahl passiert sein. Und wenn der Rosendieb tatsächlich durch die Wiese gefahren ist, heißt das noch lange nicht, dass der Berglmaier den Schladerer nicht umgebracht haben kann. Vielleicht hat er sich gedacht, aha, jetzt ist das Tor am Kompost offen, da will ich mal sehen, was der alte Gärtner so treibt. Unsere Leute müssen sich die Wiese und das Brombeergebüsch genau ansehen. Vielleicht sind noch Spuren im Gras zu finden, auch wenn sich die Pflanzen inzwischen wieder aufgerichtet haben. Eine Schande, dass es unmittelbar nach dem Mord niemandem aufgefallen ist.«

»Wer kommt schon auf die Idee, mitten in einer Wiese nach Reifenspuren zu suchen? Von hier wären sie auch gar nicht zu sehen gewesen. Das Auto ist sicher das erste Stück noch auf dem Feldweg gefahren, bis dorthin, wo er abknickt.«

»Ausreden, Wellmann, nichts als Ausreden.«

Aus Rücksicht auf den Wellmann verzichtet der Stuhlinger heute auf eine Mittagsmahlzeit im »Löwen«. Sie nehmen stattdessen einen Snack im »Café am Anger« zu sich. Dort gibt es überbackene Käsebrötchen. Der Stuhlinger hat die Vilshoferin gefragt, ob es erlaubt sei, sich mit einer Leberkässemmel aus der Metzgerei an den Cafétisch zu setzen. Die hat ein bisschen das Gesicht verzogen, aber dann zugestimmt. Der Getränkekonsum bringt ja sowieso am meisten. Außerdem bekommt ihr Mann das nicht mit, hofft sie.

Zwei Tische weiter sitzt die Theresa und löffelt eine Instant-Bouillon, die die Vilshoferin auf Anfrage für ihre Gäste zubereitet. Ein anständiger Reindlfinger isst ja daheim zu Mittag. Doch die Theresa kann sich nicht entgehen lassen, was auf dem Anger passiert. Besonders nicht nach einem Mord. Ergreift sie jetzt die Gelegenheit, die sich bietet, zu den beiden Polizisten herüberzukommen und mit ihrem Wissen über die Seitensprünge der Eisingerin zu glänzen?

Nein. Die Linden wissen wie alle langjährigen Bewohner von Reindlfing, seien sie pflanzlich oder nicht, dass die Theresa anders tickt. Etwas geradeheraus zu sagen, und dann noch zu jemandem, der ein Protokoll daraus macht, widerstrebt ihr ganz und gar. Das wäre Perlen vor die Säue werfen. Ihr Wissen soll ausschließlich von runzeligen Lippen zu runzeligen Ohrmuscheln hinter runzeligen vorgehaltenen Händen verbreitet werden.

Die Vilshoferin öffnet sich der Ordnungsmacht genauso wenig, weil sie weiß, dass sie sich dadurch die Theresa zur lebenslangen Feindin machen würde. Eines Tages werden die Polizisten weg sein, aber die Theresa ist dann immer noch da.

Ungestört von Zeugenaussagen versenken die zwei Ordnungshüter ihre scharfen Allesfresserzähne in ihren jeweiligen Imbiss. Gerade spritzen die ersten Fetttropfen aus dem Leberkäs, und die ersten Krümel fallen vom Käsebrötchen herunter, da stöckelt die Eisingerin am Café vorbei. Die beiden schauen einander an. Diesmal werden sie sie nicht verpassen.

Der Wellmann springt auf und läuft der Eisingerin hinterher. Jemanden einzuholen, der sich in solchen Schuhen fortbewegt, ist nicht schwer. Der Wellmann hat nicht mal Zeit, richtig zu schlucken, und sagt mit vollem Mund: »Fau Eisinga, wi wüde gen mit Ihne speche.«

Sie bleibt stehen und gibt ihm die Gelegenheit, den Bissen hinunterzuwürgen.

»Hätten Sie Zeit, so in einer halben Stunde in der Gärtnerei vorbeizukommen?«

Die Eisingerin guckt nicht gerade begeistert. Aber vielleicht wäre das eine Gelegenheit, die Wellen, die das Gespräch Ihres Gemahls mit dem Sepp geschlagen hat, ein bisschen zu glätten. »Das lässt sich einrichten«, erwidert sie und stakst weiter.

Genau eine halbe Stunde später fährt das Cabrio vor. Es ist ja ein weiter Weg vom Sporthaus bis zur Gärtnerei mit solchen Absätzen. In einer schulterfreien rosa Wolke und passenden Plateausohlen-Pantoletten schwebt die Eisingerin selbstbewusst durch das Rosenbeet. Sie beginnt offensiv: »Sind also die abstrusen Unterstellungen gegen meinen Mann immer noch nicht aus der Welt? Ich dachte, es sei Ihre Aufgabe, die *Wahrheit* herauszufinden. Und die Wahrheit ist, dass mein Mann mit dem

Mord überhaupt nichts zu tun hat. Da gab es genug andere, die ein viel größeres Interesse hatten, den Schladerer tot zu sehen. Der Bauerntrampel da, der Berglmaier zum Beispiel. Eigentlich beide, der Vater und der Sohn. Und mit dem Archivar hatte er auch Streit, habe ich gehört.«

Der Stuhlinger hält es für geboten, der Eisingerin für den Anfang ein bisschen schönzutun: »Da haben Sie natürlich recht. Und dasselbe gilt auch für die Rosenfreunde. Aber ich muss allen Möglichkeiten nachgehen, das verstehen Sie doch sicher?«

»Die Rosenfreunde, na ja. Dieser Herr Sprenger hat sich ja schon einige Male in unsere grüne Wüste verirrt. Ich verstehe nicht, was so ein Mann von Welt hier sucht. Noch dazu hat ihn der Schladerer unentwegt beleidigt. Ich habe es einmal selbst miterlebt, als mein Mann etwas für die Schaufensterdekoration in der Gärtnerei holen wollte. Ich blieb im Auto in der Einfahrt sitzen, aber das ordinäre Geschrei vom Schladerer hörte man bis dorthin. Wenn Herr Sprenger den Schladerer tatsächlich erschlagen haben sollte, dann hätte er sicher bessere Gründe dafür gehabt als dieses dornige Gestrüpp. Wer würde schon wegen einer *Rose* morden?«

Im Beet beginnt ein Aufruhr. Die Rosen rufen empört durcheinander. »Selbstverständlich mordet man wegen einer Rose! Das ist der triftigste Grund für einen Mord, den es überhaupt geben kann!«, übertönt die Stimme der »Louise Odier« das allgemeine Getöse. Doch weder die Eisingerin noch die zwei Polizisten nehmen diesen berechtigten Einwand zur Kenntnis.

Der Wellmann geht die Sache vom anderen Ende her etwas direkter an. »Wo waren Sie eigentlich in der Nacht, als Herr Schladerer getötet wurde?«

»Ich? Wollen Sie jetzt etwa auch noch mich verdächtigen? Das schlägt ja dem Fass den Boden aus! Schließlich habe *ich nicht* mit dem Schladerer gestritten. Als dieses unglückliche Gespräch stattgefunden hat – das überhaupt keine Bedeutung hat, da können Sie sicher sein –, da lag ich gerade friedlich schlafend im Gästebett meiner Mutter in Paderborn. Wenn Sie es nicht glauben, dann rufen Sie sie doch an.«

»Dummerweise können Sie Ihrem Mann dadurch auch kein Alibi geben, obwohl Sie sich seiner Unschuld absolut sicher sind. Warum eigentlich?«

»Weil ich meinen Mann ein bisschen besser kenne als Sie. Sie erwarten jetzt vielleicht, dass ich seine Tugenden preise und ihn dadurch noch verdächtiger mache. Aber nein, ganz im Gegenteil. In Wahrheit ist mein Mann ein furchtbarer Feigling. Deshalb hätte er niemals jemanden ermorden können. Übrigens, wollten Sie nicht zufällig die Telefonnummer meiner Mutter haben?«

»Ach ja, bitte.« Der Stuhlinger speichert die Nummer in seinem vorsintflutlichen Handymodell.

»Sie sind also erst am Mittag nach dem Mord hier angekommen«, sagt er dann. »Wenn es in Reindlfing doch Ihrer Meinung nach so viele potenzielle Mörder gibt, ist Ihnen danach vielleicht etwas Ungewöhnliches aufgefallen?«

»Leider nein. Ich stand den ganzen restlichen Tag im Geschäft. Ich finde nur, der alte Berglmaier ist seit dem Mord noch pampiger als früher. Ich glaube nicht, dass ihn das schlechte Gewissen plagt, so etwas besitzt er gar nicht. Aber vielleicht hat er Angst. Vor Ihnen.«

»Das ist ein interessanter Hinweis. Leider hinterlässt Angst keine greifbaren Spuren. Wir forschen aber weiter nach.«

Die Eisingerin steigt in ihr Cabrio und braust mit wehendem Haar davon.

»Könnten Sie die Mutter von der Frau Eisinger anrufen?«, bittet der Stuhlinger. »Vielleicht erreichen Sie sie ja gleich. Hier haben Sie mein Handy mit der Nummer. Ich werfe solange schon mal einen Blick auf die Wiese vom Berglmaier.«

»Ich will es versuchen. Aber ich weiß nicht, ob ich so ein Steinzeitwerkzeug überhaupt bedienen kann. Es wäre besser gewesen, wenn ich die Nummer auf meinem etwas zeitgemäßeren Gerät gespeichert hätte.«

»Werden Sie bloß nicht frech, Wellmann. Auch wenn Sie einen technologischen Vorsprung haben, wissen Sie nicht alles. In der Praxis kommt es auf Erfahrungswerte an. Sie müssen noch viel lernen. Dinge, die man nicht im Internet oder in Fortbildungskursen mitbekommt.«

Eine eisige Pause entsteht. Jetzt hat der Stuhlinger schon zum dritten Mal zum Wellmann gesagt, er solle bloß nicht frech werden, und den jungen Kerl aus einem völlig nichtigen Anlass zusammengestaucht. Was soll ich davon halten? Ich dachte eigentlich, die beiden mögen sich. Stuhlingers Ausdünstungen stellen eine chaotische Mischung aus Sympathie, Ärger, väterlicher Fürsorge und Angst dar. Angst? Wieso sollte der Stuhlinger vor dem Wellmann Angst haben? Ich kann mir das nur durch eine gewisse Verunsicherung erklären. Heutzutage sind ja höheres Alter, Lebenserfahrung und das alles überhaupt nichts mehr wert. Die strebsamen jungen Aktivisten erobern die Welt. Man hört es immer wieder von den Menschen, und auch der Stuhlinger wird es wissen. Deshalb muss er wohl ab und zu klarstellen, wer der Chef ist. Das Problem zwischen den beiden ist also die Hackordnung, wie meistens bei Rudeltieren.

Dem Stuhlinger wird jetzt anscheinend klar, dass er etwas über das Ziel hinausgeschossen ist. Er sagt beschwichtigend: »Na, Wellmann, gucken Sie nicht so beleidigt. Sie wissen doch, dass ich trotzdem große Stücke auf Sie halte. Außerdem ertrage ich Ihre manchmal etwas schrägen Scherze hundertmal lieber, als mit irgendeinem humorlosen Prinzipienreiter zusammenzuarbeiten zu müssen. Wir sind ein gutes Team. Haben wir nicht schon genug Fälle erfolgreich miteinander gelöst? Da werden wir diese Dorftragödie auch noch meistern.«

Das glauben die beiden zumindest.

Der Stuhlinger schlüpft aus dem rückwärtigen Tor hinaus, und der Wellmann telefoniert. Er scheint die technische Hürde gegen alle Erwartungen bewältigt zu haben.

»Die Mutter hat die Aussage der Frau Eisinger bestätigt«, ruft er dem Stuhlinger entgegen, als dieser zurückkehrt.

»In der Wiese ist auf den ersten Blick nichts zu erkennen«, erwidert sein Kollege. »Irgendwie läuft die Sache zäh, Wellmann.«

»Ganz Ihrer Meinung, Stuhlinger.«

Sie stehen nachdenklich nebeneinander und glotzen mit parallelen Blicken in zwei verschiedene Rosenblüten. Eine ganze Weile. Den Rosen wird es langsam ganz schön unangenehm. Es muss schon später Nachmittag sein, als schließlich ein schwarzer BMW F01 in die Einfahrt gleitet.

»Hatten Sie den Buchenwalder herbestellt?«

»Ja sicher, haben Sie das vergessen, Wellmann?«

»Ich glaube eher, dass Sie vergessen haben, es mir zu sagen.«

Jetzt wird der Wellmann schon wieder frech. Aber für gegenseitige Schuldzuweisungen haben sie keine Zeit, denn der Buchenwalder ist schon ausgestiegen. Er versucht, möglichst lässig dazustehen, die Hände in den Hosentaschen. Diese gekünstelte Gelassenheit nehme ich ihm nicht ab, doch der Stuhlinger scheint sich nicht daran zu stören. Er begrüßt ihn mit den Worten: »Das ist ein schönes Auto, das Sie da fahren, Herr Buchenwalder. Einen BMW F01 sieht man auf dem Land nicht alle Tage. Herr Sprenger hat genau den gleichen, nur in Königsblau. Kennen Sie Herrn Sprenger?«

»Sprenger? Sollte ich den kennen?«

»Ein Kunde vom Herrn Schladerer. Rosenliebhaber.«

»Mit dem Schladerer und seiner Gärtnerei hatte ich nie etwas zu tun. Und einen Sprenger kenne ich definitiv nicht. Mich interessiert die Kultur weit mehr als die Natur, wissen Sie? Die Natur ist langweilig. Sie produziert immer nur das Gleiche. Der menschliche Geist hingegen ist zu ungeahnten Höhenflügen imstande.«

So ein Labersack. Hier aufgeplustert herumstiefeln und uns Pflanzen beleidigen, das hab ich gern! Wie schade, dass ich mich nicht an ihm rächen kann. Ich beuge einen meiner Aststummel zur Seite, als er vorübergeht. Das gibt leider nur eine ganz leichte Schramme an seiner glatt rasierten eingefallenen Greisenwange.

»Autsch, dieses verdammte Gestrüpp! Ich weiß schon, warum ich Grünzeug hasse.«

»Sie kennen Herrn Sprenger also nicht, sagen Sie. Und mit der Gärtnerei hatten Sie nichts zu tun. Einmal aber doch, oder nicht? Frau Schultes hat zu Protokoll gegeben, dass Sie am Sonntag vor dem Mord mit Herrn Schladerer Streit hatten. Er habe Sie beschuldigt, die Faksimiles des Herrn Fontane als echt zu verkaufen.«

»Vor allen Dingen hat Frau Schultes fahrlässig meinen Wagen demoliert. Sie sollte lieber auf ihr eigenes Verhalten achten, als ehrbare Bürger anzuschwärzen. Und das mit dem Urkundenverkauf, das ist blühender Unsinn. Die Faksimiles sind zwar gut gemacht, aber ein Fachmann würde sie jederzeit als Kopien erkennen. Glauben Sie etwa, dass die Leute, die so etwas suchen, die Ware nicht überprüfen lassen, bevor sie eine Menge Geld dafür ausgeben?«

»Sie haben sich trotzdem darüber aufgeregt.«

»Der Schladerer konnte jeden auf die Palme bringen, das versichere ich Ihnen.«

Dieser arrogante Naturverächter sollte florale Elemente lieber aus seiner Sprache herauslassen, finde ich. Das entwürdigt uns Pflanzen nur noch mehr. »Blühender Unsinn«, »Palme«. Ha! Als ob der eine Ahnung von Palmen hätte.

»Herr Buchenwalder, wo waren Sie eigentlich an dem Abend, als Herr Schladerer ermordet wurde, so zwischen zehn Uhr und Mitternacht? Und kann das jemand bezeugen?«

»Ich war zu Hause, wie es sich für einen anständigen Menschen gehört. Und zwar allein. Ich bin nämlich nicht verheiratet, weil mir meine Arbeit nie die Muße für so etwas gelassen hat.«

»Das muss ja ein besonders nervenaufreibender Job sein, Archivar ...«, sagt der Wellmann, der das Sticheln mal wieder nicht lassen kann, was der Buchenwalder jedoch nicht weiter beachtet.

»Schminken Sie sich Ihre Verdächtigungen ab. Es gab für mich überhaupt keinen Grund, den Schladerer zu ermorden, weil seine Unterstellung völlig haltlos war. Das können Sie mir glauben. Außerdem habe ich seit jenem Sonntag keinen Fuß auch nur in die Nähe von Reindlfing gesetzt.«

»Herr Buchenwalder, wenn die Anschuldigung vom Herrn Schladerer so haltlos war, können Sie für uns doch sicher eine

Liste all Ihrer Bekannten zusammenstellen, die vom Herrn Fontane hergestellte Urkunden von Ihnen geschenkt bekommen haben, damit wir nachprüfen können, ob da alles mit rechten Dingen zugegangen ist?«

Wieder einmal wird der Buchenwalder holundergrün. Aber weil er vorher nicht rosenrot gewesen war, fällt es nicht so auf.

»Ähm … selbstverständlich. Sie werden sich nur eine Weile gedulden müssen. Einige dieser Bekannten leben im Ausland und wechseln häufig den Wohnort. Das wird sehr schwierig …«

»Gut, dann fangen Sie so bald wie möglich damit an.«

Der Buchenwalder nimmt zu guter Letzt die Hände aus den Hosentaschen, huscht in sein Auto und ist schneller außer Sichtweite, als ein welkes Rosenblütenblatt zu Boden fallen kann.

»Soso, der Herr Archivar will also den Sprenger nicht kennen. Das ist ja höchst aufschlussreich«, murmelt der Stuhlinger. »Ich bin neugierig, wie er reagiert, wenn wir eine Urkunde aus der Villa am Starnberger See vorweisen können. Wie geht diese Angelegenheit voran, Wellmann?«

»Meine Kontaktperson hat zugesichert, dass wir das gute Stück morgen bekommen.«

»Dann wollen wir mal hoffen, dass es sich um einen vertrauenswürdigen Kriminellen handelt.«

Vierzehn

Am Dienstagmorgen sehe ich über den Zaun hinweg ein ganzes Rudel Menschen in der Wiese vom Berglmaier geeignete Stellen zum Pinkeln suchen. Sie scheinen was gefunden zu haben. Der Stuhlinger ist offensichtlich zufrieden. Der Wellmann weniger. Er hat seit seinem ersten Besuch auf dem Hof eine besondere Abneigung gegen den Berglmaier entwickelt. Seine Moleküle sprechen da eine deutliche Sprache. Ein Berglmaier senior hinter Gittern wäre ihm nicht unrecht.

Die beiden kehren ins Rosenquartier zurück. Der Wellmann sieht ein bisschen ramponiert aus. Während er sich Stachelreste aus der Haut pult, gibt er seiner Frustration Ausdruck: »Wenn der Stofffetzen aus dem Brombeergebüsch zu einem Kleidungsstück vom Berglmaier gehört, hat der wohl tatsächlich die Wahrheit gesagt. Dann sind wir so schlau wie vorher und haben immer noch keinen Hauptverdächtigen. Außer dem Eisinger vielleicht. Aber den halte ich für zu feige, um einen Mord zu begehen, da stimme ich mit seiner Frau überein.«

»Gerade *weil* der Eisinger ein Feigling ist, wäre er fähig zu einem Mord. Ein kurzer Schlag auf den Hinterkopf …«

»… erhöht das Denkvermögen.«

»Sicher. Leider nutzt einem das nichts, wenn man daran stirbt. Ein kurzer Schlag auf den Hinterkopf erfordert meines Erachtens jedenfalls wesentlich weniger Mut als ein Leben mit der Schmach eines gehörnten Ehemannes. Sie sollten sich freuen, dass die Suche erfolgreich war. Die Entlastung eines Verdächtigen ist auch ein Ergebnis. Wir können den Berglmaier zwar immer noch nicht hundertprozentig ausschließen, aber es erscheint mir ratsam, dass wir uns jetzt auf den Buchenwalder und den Eisinger konzentrieren.«

»Dieses Ergebnis ist mich teuer zu stehen gekommen«, jammert der Wellmann. »In dieser Wildnis hätte man Macheten gebraucht, nicht Pinzetten. Sehen Sie sich mal meine Hände an: total zerkratzt. Eigentlich müsste ich jetzt auch unter Mordverdacht stehen.«

»Heulen Sie nicht herum, Wellmann. Das gehört zu unserem

Job. Die Kollegen von der Spurensicherung werden Ihnen für Ihre aktive Mithilfe sicher dankbar sein.«

»Zu *unserem* Job? *Sie* haben ja Ihr Privileg als Vorgesetzter schamlos ausgenützt und sich ausgesprochen vornehm zurückgehalten.«

»Werden Sie nicht frech, Wellmann!«

Das könnten sie jetzt ausdiskutieren, aber sie haben noch etwas vor. Der Wellmann holt einen sperrigen Gegenstand aus dem Auto. Dann machen sie sich auf den Weg. Zum Anger? Nein, sie biegen zum Hintereingang des Pfarrhauses ab.

Was jetzt passiert, muss ich dem Ahorn später mühsam aus seinen noch unreifen Nasenzwickern ziehen. Auf eine Live-Übertragung wartet man bei dem vergebens. Daran, dass er Wort für Wort wiedergeben kann, was gesagt wurde, merkt man, dass er überhaupt nicht so verpeilt ist, wie man ihm nachsagt. Aber nur, wenn er sich gerade nicht mit höheren Dingen beschäftigt.

Der Stuhlinger klopft. Ein Spalt geht auf, und die Gerti spitzt argwöhnisch heraus. Was wollen die beiden hier?

»Könnten wir den Herrn Pfarrer sprechen?«

»Der Herr Pfarrer ist ein hart arbeitender Mensch. Der Dienst vor Gott und am Nächsten verlangt alles von ihm, wissen Sie?«

»Soll das ›ja‹ oder ›nein‹ bedeuten?«

Die Gerti runzelt die Stirn über so viel Schnodderigkeit. Etwas pikiert geht sie nach dem Pfarrer sehen. Die beiden Abgesandten der Exekutive stehen derweil unter dem kümmerlichen Ahorn, der sie mit dem gleichen Argwohn betrachtet wie vorhin die Gerti. Der Wellmann hat ein Brett unter den Arm geklemmt, das in braunes Packpapier eingewickelt ist. Einen Augenblick später erscheint der Herr Pfarrer.

»Guten Tag, Herr Fontane. Schön, Sie zu sehen. Ich habe hier etwas, was Sie interessieren könnte.« Der Wellmann wickelt das Brett aus. Aber es ist gar kein Brett, sondern ein vergoldeter Bilderrahmen. Darin erkennt der Ahorn ein vergilbtes Schriftstück mit einem großen roten Wachssiegel. »Da, sehen Sie mal, kommt Ihnen das bekannt vor?«

Der Pfarrer lächelt selig. »Ja, natürlich, das ist doch mein Faksimile der Urkunde zur Verleihung der Stadtrechte für Butzenbach durch Kaiser Ludwig den Bayer von 1321. Das habe ich mal dem Anton geschenkt, also dem Herrn Buchenwalder. Sehen Sie sich diesen Schnörkel am B an, der ist schon sehr exzentrisch. Und das Siegel, das hat mich vielleicht Zeit gekostet. Darf ich das mal in die Hand nehmen?«

Der Pfarrer darf. Er drückt seine Nase fast an die Glasscheibe des Bilderrahmens und macht ein Gesicht, als ob der verlorene Sohn heimgekehrt wäre. Auf einmal zieht er die Brauen zusammen. »Das … das ist doch das Original. Wo haben Sie es denn her? Das liegt doch im Stadtarchiv von Butzenbach unter Verschluss.«

Die Polizisten tauschen einen kurzen Blick.

»Gegenfrage: Woran haben Sie erkannt, dass das ein Original ist? Hatten Sie vielleicht schon mal eines in den Händen?«, will der Stuhlinger wissen.

Der Pfarrer reibt sich die Stirn. Dann steht er betreten da. Er lässt die Hände an seinen Wangen herabgleiten. »Äh … es ist wohl besser, wenn ich mit der Wahrheit herausrücke. Also, wissen Sie, ich habe jahrelang meine Faksimiles nach Fotos angefertigt. Aber das war irgendwie unbefriedigend. Man kann die Details nicht richtig erkennen, von der Materialität ganz zu schweigen. Da hat der Anton angeboten – von allein, ich hatte ihn gar nicht darum gebeten –, dass er für mich die eine oder andere Urkunde ausleiht, damit ich nach dem Original arbeiten kann. Er hat ja Beziehungen zu Kollegen überall, sogar im Münchner Staatsarchiv. Zulässig war das natürlich nicht, das wussten wir beide. Aber es stand keine böse Absicht dahinter. Und nie gab es irgendeinen Zwischenfall, nie ist etwas abhandengekommen, nie habe ich etwas beschädigt. Der Anton hat die Urkunden dann wieder an ihre Plätze gelegt, und keiner hat etwas gemerkt.«

»Dann ist Herr Buchenwalder wohl doch kein so grundanständiger Mensch, wie Sie neulich gesagt haben?«

»Sie dürfen das dem Anton nicht ankreiden. Er hat es nur getan, um mir eine Freude zu machen. Er ist eben eine treue Seele. Herr Stuhlinger, ich bitte Sie inständig darum, den Anton aus dem Spiel zu lassen. Er würde sonst großen Ärger bekommen. Und dabei ist doch niemandem ein Schaden entstanden. Außerdem ist das alles allein meine Schuld.«

»Ich fürchte, so ganz ohne Konsequenzen wird die Geschichte nicht bleiben.«

»Das ist mir schon klar. Aber vielleicht lassen Sie gelten, dass es nur meinem Hobby diente und wir niemandem geschadet haben«, antwortet der Pfarrer kleinlaut.

Sobald der Herr Pfarrer wieder im Haus verschwunden ist, klatschen sich der Wellmann und der Stuhlinger ab.

»Volltreffer! Endlich kommt ein bisschen Bewegung in die Sache«, sagt der Stuhlinger zufrieden.

Als sie zu ihrem Wagen eilen, kommt ihnen die Anni mit einem Strauß fürs Pfarrbüro entgegen.

»Ach, de Herrn vo der Polizei!«

»Sind die Blumen für mich?«, witzelt der Wellmann.

Die Anni erwidert grinsend: »Des hättn's woi gern? A onders Moi.«

»Hoffentlich nicht erst, wenn ich unter der Erde liege.«

»I glaub, so long miassn's ned woartn ... Jetzat wos onders: Guat dess i Sie treff. I woit sowieso no amoi mit Eana redn. So leid's ma tuat, i bin ma sicher, dess es mei Mo wor, je länger, umso mehr. Der benimmt sich aa so komisch.«

»Wie komisch?«

»I ko's ned genau sogn ... er is oiwei so ... geistesobwesnd. Und er schaugt ma ned in die Augn.«

»Ich finde das ehrlich gesagt verständlich«, wendet der Stuhlinger ein. »Er weiß doch, dass Sie ihn verdächtigen. Und natürlich gab es für ihn ein starkes Motiv, Ihren Vater zu töten. Aber er hat ein Alibi. Wir haben in der Baumschule angerufen und es uns bestätigen lassen. Herr Schultes war tatsächlich dort. Wir müssen andere Spuren verfolgen.«

»Ober er wor's! Dem sei Alibi is foisch, und wenn Sie's ned rausfindn, find eben i's raus«, beharrt die Anni auf ihrem Standpunkt und lässt die beiden stehen.

Fünfzehn

Gestern hat man von der Polizei in Reindlfing nichts gesehen und gehört. Erst jetzt, am Donnerstagabend, schauen der Wellmann und der Stuhlinger wieder vorbei. Sie warten am Eingang des Gewächshauses, von wo man die Einfahrt überblicken kann. Der Stuhlinger räuspert sich. Ich sehe ihn zwar nicht, aber hören kann ich ihn. Was die Beobachtung der Szene angeht, muss ich mich auf die Wasserbegonien vor Ort verlassen.

Endlich dreht der Buchenwalder ein weiteres Mal den Motor seines BMW in der Einfahrt ab. Er lässt die Polizisten links liegen und geht im Stechschritt auf die Anni zu, die im Gewächshaus hantiert. Ganz offensichtlich will er den Stuhlinger und den Wellmann provozieren.

»Hallo, Frau Schultes, Sie haben noch nicht Feierabend gemacht? Das trifft sich gut. Wenn ich schon unnötig hier bin, dann möchte ich diese Gelegenheit wenigstens nutzen, um etwas gegen das Ungeziefer an dem Gewächs zu besorgen, das mein Nachbar im Treppenhaus abgestellt hat. Was hätten Sie da anzubieten? Wenn die Pflanze davon eingeht, wäre das gewiss kein Schaden«, erklärt er der Anni.

Dieser Fiesling! Die Anni schielt unsicher zum Stuhlinger hinüber, wie sie sich verhalten soll. Der nickt ihr zu.

»Wia siagt denn des Ungeziefer aus?«

»Kleine weiße Fliegen. Ekelhaft.«

Die Anni schließt den Giftschrank auf und nimmt etwas heraus.

»Do hätt' ma hier dieses sehr bewährte Spray. Mechtn's des mitnemma?«

»Die Flasche ist mir zu klein. Was haben Sie denn sonst noch? Kann ich mal sehen?«

Jetzt wird es dem Stuhlinger doch zu bunt. »Herr Buchenwalder, Ihre Fürsorge für die Pflanzen Ihrer Mitmenschen in Ehren, aber sind Sie nicht vielleicht hergekommen, weil wir Sie zu einem Gespräch einbestellt hatten?«

Mich wundert, dass er sich Buchenwalders Unverschämtheit überhaupt so lange hat bieten lassen. Will er vielleicht abwarten, ob der Archivar etwas Unvorsichtiges herausplappert?

Anstatt sich zu zügeln, macht der Buchenwalder jedoch genauso dreist weiter: »Ich bin gespannt, aus welchem ach so triftigen Grund Sie mich herzitiert haben wie einen Schulbub. Ihnen scheint nicht klar zu sein, dass ich ein viel beschäftigter Mann bin. Ich kann meine Zeit nicht mit irgendwelchen Kleinigkeiten vertrödeln.«

Im Gewächshaus herrscht richtig dicke Luft. Die Anni steht immer noch am offenen Giftschrank und wagt es nicht, sich von der Stelle zu rühren.

»Ich denke nicht, dass es sich um eine Kleinigkeit handelt«, hält der Stuhlinger verärgert dagegen. »Übrigens, tragen Sie beim Autofahren eigentlich immer Handschuhe?« Er zeigt auf Buchenwalders Hände, die in zartem Kalbsleder stecken.

Die Stimme vom Buchenwalder wird schrill. »Haben Sie mich etwa wegen der Handschuhe herbestellt? Ist das Ihr Ernst? Und dann behaupten Sie noch, es handle sich nicht um eine Kleinigkeit!«

»Herr Buchenwalder, könnten Sie Ihre Handschuhe bitte mal ausziehen?«

»Ach so, daher weht der Wind. Der Mörder muss zerkratzte Hände haben, richtig?«, mosert der Buchenwalder, kommt der Aufforderung vom Stuhlinger jedoch anstandslos nach. »In der Zeitung stand ja, dass die Leiche unter einem Rosenberg lag. Bitte sehr, sehen Sie? Pfirsichglatte Haut! Ich gehe nämlich jeden Monat zur Maniküre. Und die Handschuhe trage ich nur im Moment. Der Hirschlederbezug meines Lenkrads muss erneuert werden. Solange begnüge ich mich mit einem gewöhnlichen Lederlenkrad. Und das heizt sich in der Sonne auf, verstehen Sie?« Der Buchenwalder zieht feixend die Handschuhe wieder an. »Und, wo ist jetzt Ihr todsicherer Beweis für meine Verwicklung in den Mordfall? Hat sich in Luft aufgelöst, was? Sie sollten in Ihren Ermittlungen ein bisschen sorgfältiger vorgehen. Wenn Sie so scharf auf Handschuhe sind, dann kann ich Ihnen mitteilen, dass Sie hier welche übersehen haben.« Er zeigt mit spitzem Finger in den offenen Giftschrank.

Tatsächlich. Hinter einer neongrünen Flasche lugt der Finger eines gelben Gummihandschuhs hervor.

Der Stuhlinger zuckt zwar kurz zusammen, kümmert sich aber im Moment nicht weiter um den Handschuh, sondern geht zum Frontalangriff über.

»Herr Buchenwalder, das Warten auf Ihre Liste der verschenkten Urkunden hat uns ein bisschen zu lange gedauert. Deshalb haben wir selbst nachgeforscht. Und wir mussten feststellen, dass die Aufgabe gar nicht so schwer war, wie sie Ihnen vorgekommen ist. Sie haben nämlich die Urkunden alle an eine einzige Person geliefert. Noch dazu an eine, die Sie angeblich gar nicht kennen: Herrn Sprenger. Da Herr Sprenger aber nur an Originalen interessiert ist, haben Sie die Faksimiles brav in die Archive gebracht und Herrn Sprenger das überlassen, wofür zu zahlen er bereit war. In einem Archiv wird ja nicht gerade jede Woche die Echtheit der Dokumente überprüft. Und so hätten die Faksimiles dort friedlich bis in alle Ewigkeit verstauben können, wenn nicht der Herr Schladerer mit seiner fast richtigen Mutmaßung dazwischengekommen wäre. Sie sind wegen dringenden Tatverdachts auf Betrug und Diebstahl vorläufig festgenommen. Und der dringende Mordverdacht wird bald dazukommen. Die Angst vor der Entdeckung krimineller Machenschaften ist ein altbewährtes Tatmotiv.«

»Das können Sie doch nicht machen. Ich habe ein Alibi!«

»Ach, aber bisher hatten Sie kein Alibi. Das dürfen Sie uns auf dem Kommissariat erklären. Herr Kriminalhauptmeister Wellmann wird Sie über Ihre Rechte und Pflichten als Beschuldigter belehren.«

Sie führen den Buchenwalder zum Polizeifahrzeug, und der Wellmann setzt sich mit ihm hinein. Der Stuhlinger kommt noch mal kurz zurück.

»Verzeihung«, murmelt er und greift an der Anni vorbei in den Giftschrank. Er zuppelt erst einen, dann einen zweiten Gummihandschuh hinter der neongrünen Flasche hervor und stopft beide missmutig in ein Plastiktütchen. Die kenne ich doch? Das sind die vom Jens. Seit dem Tag, an dem er dem Sprenger damit die Hand schütteln wollte, sind sie noch schmuddeliger geworden.

Natürlich, der Sprenger! Das war es also, was er neulich am Giftschrank gemacht hat. Sicher ist er in die Gärtnerei gekommen, um zu sehen, woraus er dem Jens einen Strick drehen könnte. Er hat die Handschuhe vom Kassentisch genommen, die offene Türe des Giftschranks bemerkt und gleich kapiert, dass das ein prima Versteck wäre. Denn warum sollte der Jens seine Handschuhe wegschließen, wenn er nicht der Mörder ist? Man muss doch annehmen, dass er das getan hat, um ein ihn belastendes

Beweisstück vor den Polizisten in Sicherheit zu bringen. Der Sprenger wusste, dass irgendjemand den Schrank bald wieder zusperren würde, wahrscheinlich ohne groß hineinzugucken. Und jetzt hat er seinen Kumpel Buchenwalder losgeschickt, um die Polizei mit der Nase auf die Handschuhe zu stoßen. Das mit dem Spritzmittelkauf war nur eine billige Posse. Aber vielleicht wird es den beiden Schuften gar nichts nützen. Was beweist schon ein Paar Handschuhe in einer Gärtnerei? Die gehören hier doch zum Alltag.

»Schon wieder Handschuhe«, murrt der Stuhlinger leise. »Hier muss irgendwo ein Nest sein. Wie konnte es passieren, dass wir die übersehen haben? Ist denn niemand auf die Idee gekommen, den Schrank aufschließen zu lassen? Oder sind die Handschuhe erst später hineingelegt worden?«

Nachdem der Stuhlinger von der Anni erfahren hat, dass die Handschuhe dem Jens gehören, der sie aber eigentlich nicht im Giftschrank aufbewahrt, sondern sie nach der Arbeit im Gewächshaus auf dem Tisch neben der Kasse liegen lässt, steigt er zu den beiden anderen in das Fahrzeug. Mit seinen drei Insassen entfernt es sich zügig aus Reindlfing.

Am Freitagvormittag schlendert der Wellmann um die Gewächshausecke zum Rosenbeet. Kurz darauf gesellt sich der Stuhlinger zu ihm. Offenbar haben sie sich hier verabredet.

Der Stuhlinger kommt gleich zur Sache. »Was macht das Alibi vom Buchenwalder, Wellmann?«

»Was den Mord betrifft, ist er aus dem Schneider. Seine gestern aus dem Hut gezogene Geschichte von der erotischen Nacht mit einem Callboy entspricht der Wahrheit.«

Der Buchenwalder bei einem Callboy? Dieser möchtegernvergeistigte dürre Greis soll ein Geschlechtsleben haben? Kann ich mir überhaupt nicht vorstellen. Wenn es stimmt, hatte der Olivenbaum also doch recht mit der Mutmaßung, der Buchenwalder habe unerwartete sexuelle Vorlieben und würde den Herrn Pfarrer darum immer so unangemessen begrüßen. Da war ich wohl zu naiv.

Der Wellmann ergänzt: »Der Callboy hat es soeben bestätigt. Außerdem hat der Barkeeper einer Kneipe in der Nähe von Buchenwalders Wohnung die beiden am frühen Abend zusammen gesehen.« Er macht eine kurze Pause und fragt dann: »Was halten Sie eigentlich von Buchenwalders Behauptung, der Sprenger habe ihn zum Stehlen der Urkunden angestiftet? Mir erscheint das ganz plausibel. Der Sprenger ist ein Macher, der Buchenwalder eher ein Mitläufertyp.«

»Im Prinzip stimme ich Ihnen zu. Dem Sprenger sollten wir in jedem Fall noch mal auf den Zahn fühlen. Aber vorsichtig. Sonst gibt es ein Donnerwetter aus der Stratosphäre. Fast könnten wir es uns sparen, wir wissen ja beide jetzt schon, dass er das Unschuldslamm spielen und ein paar wichtige Namen in das Verhör einflechten wird.«

Beim Wellmann kocht der Ärger hoch: »Wir werden uns von diesem Großkotz doch nicht einschüchtern lassen!«

»Wellmann, ich habe Ihren Idealismus immer sehr geschätzt. Doch glauben Sie mir, das ist nicht der richtige Anlass, den Helden zu spielen. Ich bin schon ein paar Jahre länger in diesem Laden als Sie, und ich musste die traurige Erfahrung machen, dass es in bestimmten Einzelfällen nicht ganz so zugeht, wie man sich wünschen würde. Dem Sprenger am Zeug flicken können wir nur, wenn wir etwas Handfestes gegen ihn haben. Die unbeweisbaren Anschuldigungen eines kriminellen kleinen Beamten, der im Callboy-Millieu verkehrt, reichen dafür nicht aus.«

Der Wellmann macht ein finsteres Gesicht.

»Anstatt sich unnötig zu ärgern, sollten Sie lieber Frau Schultes zu uns bitten. Deswegen sind wir doch hier«, erinnert ihn der Stuhlinger. Sofort hellt sich Wellmanns Miene auf, und er tut, wie ihm geheißen.

Der Stuhlinger eröffnet wie immer das Gespräch. »Frau Schultes, Sie haben die Handschuhe, die wir gestern im Giftschrank Ihres Gewächshauses gefunden haben, als die Ihres Mannes identifiziert. Verwechslung ausgeschlossen?«

»I bin ma gonz sicher. Des san die vom Jens. Die hob i glei

kennt. Ober i hob sie scho long nimma an eam gseng. I hob ma denkt, er hot sie weggschmissn. Die worn ja scho gonz zerlumpt.«

»Wann haben Sie sie denn zuletzt gesehen?«

»So genau woaß i des ned, es is ober sicher schon zwoa Wocha her.«

»Zwei Wochen?«

»I ko's Eana ned sogn. I hob de gonze Zeit andre Sorgn ghobt, wissen's?«

»Natürlich. Wie viele Schlüssel zu dem Schrank gibt es denn? Und wer hat alles Zugang dazu?«

»Zwoa, und die san in am sichern Versteck im Haus. Davon wissen bloß i, mei Mo und mei Vatter. Des hoaßt, der hot davo gwusst.«

»Sonst niemand?«, bohrt der Stuhlinger nach.

»Gwiss ned.«

Der Wellmann möchte wissen: »Wann haben Sie den Schrank zuletzt geöffnet?«

»Woartn's amoi ... des wor noch vor dem Mord. Seither hob i des Giftzeig nimma braucht.«

»Ihr Mann kann den Schrank aber jederzeit ohne Ihr Wissen öffnen?«

»Freili. Des muass er jo, sonst ko er ned oarbeitn. Für mi schaugt des inzwischen so aus, ois ob er de Hondschuah nach dem Mord do versteckt hätt. Sie suacha doch de Hondschuah vom Mörder, oder ned?« Die Anni sieht ihren Verdacht gegen den Jens bestätigt.

Der Stuhlinger reibt sich nachdenklich das Kinn.

»Hm. Schon. Warten wir ab, was die Laboruntersuchung ergibt. Das war erst einmal alles, was wir Sie fragen wollten. Könnten Sie uns bitte noch Ihren Mann herschicken?«

»Der is heit ned do. Der mocht die Grabpflege auf'm Friedhof in Kochel.«

»Ach so. Dann sagen Sie ihm bitte erst mal nichts über die Handschuhe, falls Sie es noch nicht getan haben. Wir möchten gern selbst mit ihm darüber sprechen.«

»I hob no nix gsogt. Mir redn zurzeit ned vui, wissen's.«

Im Moment könnte ich darüber verzweifeln, dass mich die Menschen nicht verstehen. Was die Polizisten und die Anni über die Handschuhe denken, ist komplett falsch. Wenigstens tut sich der Anni am Samstag eine richtige Spur auf. Dabei kommt ihr der Zufall ein bisschen zu Hilfe. Und zwar so:

Der Jens ist gleich am Morgen mit dem Pkw zu Raiffeisen gefahren, um ein Ersatzteil für die Fräse zu holen. Die Anni will wie jeden Samstag nach Penzberg los. Sie hat alle Pflanzen in den Lieferwagen geladen, steigt ein und dreht den Zündschlüssel.

Kein Mucks. Wieso? Das kann sich die Anni nicht erklären. Die Kontrollleuchte von der Batterie leuchtet doch gar nicht. Sie steigt aus, macht die Motorhaube auf und versetzt dem Anlasser einen kräftigen Schlag. Das hat schon mal geholfen. Dann steigt sie wieder ein und versucht es noch mal. Totenstille.

»Kruzitürken!«

Die Anni muss schon ziemlich stinkig sein, denn fluchen hört man sie selten. Sie steigt wieder aus und steht eine Weile unschlüssig herum. Dann fängt sie an, die Pflanzen wieder auszuladen, weil es im Auto ziemlich heiß ist. Schon in aller Herrgottsfrühe brennt die Sonne nur so herunter. Die Wasserbegonien leiden bereits unter Schweißausbrüchen. Zwei von ihnen haben sogar das Bewusstsein verloren. Erst im Schatten kommen sie wieder zu sich.

Später macht sich die Anni an den Rosen zu schaffen. Sie köpft aus lauter Frust ziemlich unsanft die Triebe mit den verwelkten Blüten. Die Rosen beschweren sich. Aber wegen der schlechten Laune nimmt es ihr Unterbewusstsein gar nicht wahr. Mit zusammengebissenen Zähnen macht sie weiter.

Halt mal. Da ruft doch jemand?

»Jens! Jens, wo bist du?«

Die Anni geht nach vorn ins große Gewächshaus, um zu sehen, wer es ist, und entdeckt die Eisingerin. In einem feuerroten rückenfreien Sommerkleid, sehr dünn und sehr kurz. Dazu trägt sie feuerrote Pumps mit schwindelerregend hohen Pfennigabsätzen. Und farblich abgestimmter Lippenstift, selbstverständlich. Das Kleid lässt die »Deuil de Paul Fontaine«, die »Louise Odier« und die Rose von Lancaster völlig ausgebleicht erscheinen. Was will die aufgebrezelte Wachtel bloß hier? Und seit wann duzt sie den Jens? Die Anni beschleicht ein ungutes Gefühl. Aber sie lässt sich nichts anmerken.

»Grüß Gott, Frau Eisinger, wos hättn's denn gern?«

Die Eisingerin macht kein besonders intelligentes Gesicht, als sie die Anni sieht. Das heißt: noch weniger intelligent als sonst.

»Ach ... äh ... sind Sie heute nicht in Penzberg?«

»Der Wogn ist ned osprunga. Konn i Eana helfn?«

»Ach so ... ja, die Rosen ... ich möchte eine Rose kaufen.«

»De Rosen ko ma zurzeit ned verpflonzn«, gibt die Anni trocken zurück.

»Das macht nichts, ich möchte sie für später. Ich kann mir doch schon heute eine aussuchen?«

»Des kenna's freili, kemma's doch amoi mit.«

Sie treten gleich neben mir aus der Gewächshaustüre heraus. »An wos für an Standort soll die Rosn pflonzt wern?«

»Äh ... ja ... Sie kennen doch den Grünstreifen vor unserem Sporthaus ... da wächst jetzt so ein hässliches Gestrüpp. Ich möchte dort etwas Schöneres haben, das die Kunden erfreut.«

Die Anni traut ihren Ohren nicht. In einen Abstandstreifen am Straßenrand will die dumme Gans eine alte Rosensorte pflanzen? Das kann doch nicht wahr sein! Aber sie lässt sich immer noch nichts anmerken.

»Und wos für a Rosn soll's sei?«

»Also, ich hätte da an was mit großen tiefroten Blüten gedacht. Sie soll möglichst lange blühen und immer ordentlich aussehen. Vor allem sollte sie absolut pflegeleicht sein.«

Jetzt kann die Anni aber wirklich nicht mehr an sich halten.

»Ach so? Hom's scho amoi an a Plastik-Rosn denkt?«

»Wie? Welche Rose? Ist das eine neue Züchtung?«

Die Anni sucht gerade nach einer passenden Antwort. Da kommt der Jens durch den Gewächshausgang angerannt. Kurz bevor ihn die beiden Frauen zu Gesicht bekommen, verlangsamt er seinen Schritt und setzt eine unbewegte Miene auf.

»Anni, du bist ja gar nicht in Penzberg, ist dir etwas dazwischengekommen? – Ach, Sie hier, Frau Eisinger? – Was war denn, Anni?«

»Der Wogn ist ned osprunga.«

»Ich sehe es mir gleich an. Du kannst schon mal wieder einladen. Ich kümmere mich solange um die Kundschaft.«

»A so a eingebuideter Aff«, murmelt die Anni halblaut, »ois ob er so vui mehra Ohnung vo dene Autos hätt wia i. Wenn der den Lieferwogn zum Laufa bringt, dann fress i an Besn.«

Sie merkt, dass sie unerwünscht ist, und geht. Doch sie spitzt ihre Ohren. Nichts Verdächtiges. Der Jens erklärt der Eisingerin nur, dass sich für den gewünschten Standort keine von diesen Rosen eignet. Dann ist die Eisingerin endlich verschwunden.

Die Anni muss sich ins Auto setzen und die Zündung betätigen, während der Jens im Motor herumwühlt. Nichts. Noch mal nichts. Immer noch nichts.

»I glaub, mir miassn den ADAC hoin«, bemerkt die Anni mit einem hämischen Unterton. Der Jens presst die Lippen aufeinander und sagt nichts.

Sechzehn

Das restliche Wochenende beobachteten die Eheleute Schultes einander argwöhnisch. Aber sie konnten ja nicht dauernd aneinanderkleben. Als der Jens heute, am Montag, noch mal zu Raiffeisen musste, weil sie ihm am Samstag was Falsches verkauft hatten, ging die Anni ins Haus und filzte alle seine Sachen. Sämtliche Hosentaschen, Jackentaschen, das Nachttischchen, auch das blecherne Aktenkofferl. Nichts Auffälliges. Da fiel ihr ein, dass sie eine Hose ausgelassen hatte. Die, die er bei seiner angeblichen Reise nach Hamburg angehabt hatte. Die hatte sie nicht in den Wäschekorb geworfen, sondern in den Kellerschrank gehängt, weil sie sie zur Reinigung bringen wollte. Und dann hat sie es in der ganzen Aufregung vergessen. Aber auch hier: alle Taschen leer. Vorne und hinten. Wenn darin was Verdächtiges gewesen wäre, hätte es der Jens sowieso längst herausgeholt. Oder … oder es wäre vorher herausgefallen, denn die Hose hing mit dem Bund nach unten am Bügel. Das könnte sein … vielleicht.

Die Anni tastete im spärlich beleuchteten Keller den dunklen Schrankboden ab. Da raschelte was. Ein Stück Papier? Die Anni trug es unter die Kellerlampe. Ein Zuckertütchen. Klar, die nimmt der Jens immer mit, wenn er irgendwo einkehrt, und dann schüttet er den Zucker in seinen Morgenkaffee. Er ist doch so sparsam. Bloß bei der Vilshoferin traut er sich das nicht mehr. Die hat ihn schon mal erwischt und ein peinliches Theater gemacht. Seither bewacht sie ihn mit Argusaugen.

Aber dieses Tütchen war nicht von der Vilshoferin. »Luxury Spa Hotel Bad Tölz« stand darauf. Merkwürdig. Der Jens hat ihr nie gesagt, dass er in Bad Tölz war. Und schon gar nichts von einem »Luxury Spa Hotel«. Das sieht ihm auch überhaupt nicht ähnlich, eben weil er so sparsam ist. Einmal hat die Anni so eine hübsche Packung von Badezusätzen gekauft, »Spa at home«, die gab es im Sonderangebot. »Was willst du mit so einem Schnickschnack?«, hat der Jens gefragt. »Mir reicht mein Duschgel vom

Discounter. Wir können es uns nicht leisten, Geld zum Fenster hinauszuwerfen.« Nicht mal mit dem Hinweis auf das Sonderangebot hat sie ihn besänftigen können.

Und dann »Luxury Spa Hotel«?

Zum Glück war der Jens immer noch fort. Die Anni googelte das »Luxury Spa Hotel« und rief gleich an. Sie kramte ihr bestes Hochdeutsch aus einem der hinteren Winkel ihres Hirns und flötete in den Hörer: »Verzeihen Sie, ich war vorletzte Woche mit meinem Mann bei Ihnen, und da habe ich meinen Reiseschminkkoffer stehen lassen, ich weiß nicht mehr, wo, ob im Zimmer oder im Wellness-Bereich. Wir waren von Dienstag bis Donnerstag da, erinnern Sie sich? Er groß, blond, in einem hellgrauen Leinenanzug und ich schwarzhaarig, elegant, in einem roten rückenfreien Kleid.« Das mit dem ins Blaue schießen und ins Schwarze treffen hat die Anni vom Sepp gelernt.

»Selbstverständlich, Frau Berger, wer könnte *Sie* jemals vergessen! Ich sehe sofort nach, ob etwas gefunden wurde.«

Das hätte sich der Portier sparen können, denn die Anni hatte schon aufgelegt.

Woher ich das alles weiß? Einen Teil hat der Weihnachtskaktus miterlebt. Und den Rest erzählt die Anni gerade dem Stuhlinger zwischen den Rosen.

»Und vo Bad Tölz hätt er ohne Weiters mit dem Taxi do herfoahrn und den Vatter erschlogn kenna. Und nocha zum Beispiel mi'm Bus bis Penzberg foahrn und dann mit am ondern Taxi hoam. Im Zug von und noch Hamburg is vielleicht a Spezl vo eam gsessn, der ihm die Foahrkortn nocha gschickt hot. Oder aa onders. Do werd eam scho wos eigfoin sei«, schließt die Anni ab.

»Das belastet Ihren Mann natürlich schwer. Vielleicht kann ihm ja die Frau Eisinger ein Alibi geben. Wir werden es nachprüfen. Das Zuckertütchen brauche ich als Beweismaterial. Ich hoffe, Sie haben es nicht mit den Fingern angefasst.«

»Mit wos denn sonst? Ober i hob's in a Toschntuch eiklemmt. I hob ja scho gnua ›Tatort‹ gseng in meim Lebn.«

»Soso. Wellmann, könnten Sie bitte die Mutter von der Frau

Eisinger noch mal anrufen? Sie sind ja inzwischen ein Virtuose im Bedienen von antiken Gerätschaften.« Er reicht ihm das Handy.

Das hätte der Stuhlinger jetzt wirklich selber machen können, findet der Wellmann, sagt aber nichts.

Danach begeben sich die zwei Polizisten schnurstracks zur Fichte. Sie bitten die Eisingerin heraus unter den Baum. Der Eisinger muss drinnen bleiben. Falls Kundschaft kommt. Aber die Straße ist menschenleer, soweit das Auge reicht. Der ideale Ort für ein heikles Gespräch, bei dem sie sich fälschlicherweise unbelauscht glauben.

»Nein, ich habe es mir nicht anders überlegt mit meiner Jacke, auch wenn ich die aus Ihrem Geschäft natürlich sehr zweckmäßig finde. Frau Eisinger, leider ist es ein sehr viel weniger erfreulicher Anlass, der uns zu Ihnen führt. Sie haben uns angelogen. Sie waren in der Mordnacht und die Tage davor gar nicht bei Ihrer Mutter. Das hat sie soeben gestanden. Wir haben nämlich herausgefunden, wo sie waren: im »Luxury Spa Hotel« in Bad Tölz. Und zwar nicht allein. Können Sie uns bitte sagen, was Sie und Herr Schultes am späten Donnerstagabend wirklich gemacht haben?«

Das muss ich sofort richtigstellen und der Fichte erklären, dass es gar nicht die amtlichen Ermittler waren, die die Sache mit Bad Tölz aufgedeckt hatten, sondern meine Anni. Die schmücken sich wohl gern mit fremdem Blattwerk. Die Fichte ist der Meinung, dass ein »Luxury Spa Hotel« genau der richtige Ort für die Eisingerin sei. Aber in Begleitung von Jens, dem sparsamen Gärtner? Das findet sie etwas befremdlich. Anschließend referiert sie mir alles, was in ihrem Schatten passiert.

Das Kinn der Eisingerin beginnt zu zittern. Dann kullert eine Träne unter ihrem schminkeschweren rechten Augenlid hervor. »Jetzt ist die Tarnung unserer Liebe also doch geplatzt. Dabei hatten wir alles perfekt vorbereitet. Jens hat sogar einen alten Freund gebeten, für ihn in die Baumschule ›Timm von Ehern‹ zu fahren, damit seine Ausrede perfekt ist, falls der Alte darin herumstochert. Und meine Mutter hat auch eisern zu mir gehalten. Wissen Sie, meine Mutter war vierzig Jahre lang unglücklich verheiratet. Sie weiß, wie sich das anfühlt. Sie hat Verständnis für meine Situation. Den Jens fand sie auch sehr attraktiv, als ich ihr mal ein Foto von ihm gezeigt habe. ›Tu, was dein Herz dir befiehlt‹, hat sie zu mir gesagt. ›Du sollst nicht so elend leben, wie ich es musste, Liebes.‹ Durch Jens bin ich richtig aufgeblüht. Und jetzt das.« Die Eisingerin schnieft. »Herr Kommissar, Sie müssen verstehen, dass ich nicht von Anfang an die Wahrheit sagen konnte. Das wäre ein Riesenskandal geworden. Und jetzt wird es eben auch ein Riesenskandal, da kann man nichts mehr machen. All diese Bauerntölpel werden mit dem Finger auf mich zeigen, und die verhärmten alten Zicken werden hinter vorgehaltener Hand über mich herziehen. Hier zu leben, das ist die Hölle.«

Der Wellmann kramt ein Papiertaschentuch aus seiner Hosentasche und reicht es ihr. Doch die Eisingerin schüttelt den Kopf, als sie das zerknitterte Etwas sieht, und verzichtet lieber darauf, sich die Krokodilstränen aus dem Gesicht zu wischen.

»Sehen Sie, bevor ich hierherkam, hatte ich so eine romantische Vorstellung von der Gegend: Bilderbuchlandschaft, München in der Nähe, der Starnberger See, Bad Tölz, Bad Wiessee, die Skigebiete … und dann noch Partnerin in einem gut gehenden Sporthaus. Im Moment ist hier alles ein bisschen verschlafen, da kann man sich nicht so recht vorstellen, dass im Winter der Laden gut läuft, aber das tut er tatsächlich. Und als ich meinen Mann kennengelernt habe, war er so charmant! Ein echter Kavalier der alten Schule. Und unternehmungslustig! Nach dem Business-Seminar zogen wir jeden Abend zusammen durch die Bars und Clubs. Dann kam ich hierher, und der Alltag fing an. Ein Alltag zwischen Kassenabrechnung und Misthaufen. Und mein Mann, der war wie ausgewechselt. Es ist nicht der Altersunterschied, der mich stört. Den habe ich ja bewusst in Kauf genommen. Aber er ist schon wenige Wochen nach der Hochzeit zu einem absoluten Langweiler mutiert.« Sie seufzt. »Nie fährt er mit mir nach München zum Shoppen. Das muss ich immer allein machen. Mit einer Freundin wäre es auch schön, nur wie soll ich in diesem Kaff eine

Freundin finden? Die können hier ja nicht mal richtig Deutsch. Die Einzige, die sich wie ein Mensch verständigen kann, die Birgit aus dem Sauerland, hat nur Windeln im Kopf. Und glauben Sie, dass mein Mann im Winter mal spontan nach Garmisch oder an den Spitzingsee aufbrechen würde? Der lungert von morgens bis abends im Geschäft herum, selbst am Wochenende, und gibt vor, er hätte zu viel Arbeit. Dabei ist er doch ein exzellenter Skifahrer! Das war eines der Dinge, die mich anfangs an ihm beeindruckt haben. Nichts, absolut nichts ist in meinem Leben los. Ich bin lebendig begraben in diesem gottverlassenen Nest!«

»Doch dann hat Herr Schultes Sie aus Ihrem Grab gerettet«, unterbricht der Wellmann mit einem ironischen Unterton.

Die Eisingerin seufzt verliebt. »So war es. Sie kennen ihn ja: ein Bild von einem Mann. Da kann man richtig ins Schwärmen geraten. Und obwohl er nur ein einfacher Gärtner ist, hat er viel gepflegtere Umgangsformen als alle hiesigen Dorfhonoratioren zusammengenommen. Mit Ausnahme des Pfarrers vielleicht. Aber der nützt mir nichts. Ich bin nicht religiös, müssen Sie wissen. Ich kann doch nicht aus Nützlichkeitsüberlegungen an Ammenmärchen glauben. Dass der Jens seinen Schwiegervater ermorden würde, konnte ich nicht ahnen. Ich billige das auch nicht, verstehen Sie mich nicht falsch. Aber er ist hier genauso auf verlorenem Posten und hat alle gegen sich wie ich. Uns hat die Verzweiflung zusammengeschweißt. Dass er *so* verzweifelt ist, hätte ich allerdings nie gedacht.«

»Sie glauben also, dass Herr Schultes der Mörder von Herrn Schladerer ist?«

Die Eisingerin zuckt hilflos mit den Schultern. »Sie ahnen nicht, wie es mich schmerzt, den Menschen, den ich nach meiner Mutter am meisten liebe, zu verdächtigen. Aber er hat sich mir gegenüber am Ende auch nicht sehr ritterlich benommen. Jedenfalls hatte er ein Motiv für den Mord. Oder besser gesagt: eine ganze Reihe von Motiven. Der Alte war ein notorisches Ekel, das werden Ihnen schon andere gesagt haben. Er hat Jens gedemütigt, behindert und provoziert, wo er nur konnte.«

»Frau Eisinger, ich habe Verständnis für Ihre Lage. Könnten

Sie bitte trotzdem endlich meine Frage beantworten? Was haben Sie und Herr Schultes am Donnerstagabend gemacht?«

Die Eisingerin schnieft noch heftiger. Ihre Wimperntusche löst sich allmählich auf und hinterlässt schwarze Streifen in ihren Nasenfalten.

»Das ist es ja. Das war einer der schwärzesten Momente meines Lebens!« Sie macht eine dramatische Pause.

Ich überlege: So schwarz wie die Wimperntusche?

Da fährt sie fort: »Wir hatten so wunderbare Tage zusammen. Den ganzen Dienstag haben wir einfach nur unsere ungestörte Zweisamkeit genossen. Am Mittwochabend waren wir in Bad Wiessee im Casino, aber Jens wollte nicht spielen, nicht einmal mit minimalem Einsatz. Die Winner's Lounge war leider geschlossen. Wenigstens nahmen wir in einem sehr schick eingerichteten Lokal am Tegernseeufer einen Cocktail. Am Donnerstagmorgen haben wir eine kleine Autowanderung gemacht. Ich brauchte mich nur in den Beifahrersitz zu lehnen und die Landschaft zu genießen. Mit geschlossenem Fenster, ohne Güllegestank, versteht sich. Jens ist bei allen unseren Ausflügen gefahren, sportlich, und doch habe ich mich bei ihm sicher gefühlt wie in Abrahams Schoß. Er geht mit einem Auto so überlegen und doch so einfühlsam um wie mit ... na ja. Ich habe ihm die ganze Zeit den Autoschlüssel überlassen. Nach dem Mittagsbuffet flanierten wir durch das Bäderviertel. Später saßen wir in der Marktstraße von Bad Tölz, löffelten einen Eisbecher und sahen den Passanten zu. Der eine oder andere Prominente war auch dabei, Leute, die man aus dem Fernsehen kennt. Das ist eben ein ganz anderes Pflaster als Reindlfing!« Sie zieht verächtlich die Nase kraus.

Wieder macht sie eine dramatische Pause.

»Und weiter?«

Der Wellmann wird allmählich ungeduldig. Der Stuhlinger wirft ihm einen kritischen Blick zu. Die Zeugen ausreden lassen! Hat er ihm das nicht oft genug eingebläut? Der Wellmann stiert zurück: Gerade hat der Stuhlinger die Zeugin doch selbst bedrängt. Der braucht sich gar nicht so aufzuspielen.

»Weiter ... ja, also, es war eine wunderbare Atmosphäre, die

Sonne, das leckere Eis, die auserlesene Gesellschaft … wahrscheinlich hat Jens daran gedacht, dass er aus diesem Paradies bald wieder in seine muffige Gärtnerei zurückkehren muss. Anders kann ich es mir nicht erklären. Jedenfalls fing er an, mir mitten im schönsten Lebensgenuss Vorhaltungen zu machen. Ich hatte nur ganz harmlos bemerkt, dass er sich ruhig mal einen neuen Anzug leisten könnte, damit wir optisch ein bisschen besser zusammenpassen, und dass ihm eine Krawatte nicht schaden würde. Krawatten trägt er nämlich nie. Da ist er richtig explodiert: Ich würde ein Vermögen für überkandidelte Launen auf den Kopf hauen. Ich sei geldgierig, ein richtiges Luxusweibchen, und ich hätte den Franz nur geheiratet, um ihn so richtig auszunehmen. Er dagegen müsse sich jeden Cent vom Mund absparen, aber das fände er gut, da lerne man Selbstdisziplin. Trotz aller Verliebtheit fand ich die Vorwürfe ziemlich unverschämt. Schließlich hatte ich das Wellness-Hotel ganz allein bezahlt, und er war dem Luxus bis dahin überhaupt nicht abgeneigt gewesen. Irgendwie hat sich die Sache hochgeschaukelt, ohne dass es einer von uns wirklich wollte. Und dann ist er einfach abgereist. Koffer gepackt und zu Fuß zum Bahnhof. Ich bin noch eine Nacht im Hotel geblieben, weil mich mein Mann erst am nächsten Tag erwartet hat. Obwohl die beflügelnde Wirkung der Liebe natürlich dahin war, wollte ich mir von diesem Rüpel nicht die Laune verderben lassen. Den Abend habe ich zuerst im Wellness-Bereich verbracht und dann an der Bar. Erst um zwei Uhr nachts bin ich ins Bett gegangen. Ich wollte dieses luxuriöse Ambiente so lange auskosten wie möglich. Das Hotelpersonal wird das sicher bezeugen.«

»Wellmann, überprüfen Sie das bitte«, ordnet der Stuhlinger an und richtet noch eine letzte Frage an die Eisingerin: »Wann genau hat Herr Schultes Sie verlassen?«

»Das muss so gegen fünf Uhr nachmittags gewesen sein. Was er dann gemacht hat, weiß ich nicht.«

»Frau Eisinger, ich muss Sie bitten, mit uns zur Dienststelle zu kommen und Ihre Aussage zu Protokoll zu geben.«

Die Eisingerin hält es anscheinend nicht für nötig, dem Eisinger Tschüss zu sagen. Brav wie ein Lämmchen folgt sie dem Stuhlinger und dem Wellmann zum Auto.

Als die beiden altvertrauten Gestalten am Dienstagmorgen in der Gärtnereieinfahrt aus ihrem Wagen steigen, sieht der Stuhlinger ausgesprochen zufrieden aus. Der Wellmann nicht so ganz. Ich glaube, im Grunde hält er den Jens für einen jungen sympathischen Kerl, der es nur zu was bringen wollte, genau wie er selbst. Andererseits wäre es ihm nicht unrecht, wenn das Ehepaar Schultes ein wenig auseinanderrücken würde. Wellmanns Ausdünstungen geben ein beredtes Zeugnis vom Widerstreit der Emotionen in seinem Innern, gerade jetzt, wo er doch einen möglichst kühlen Kopf behalten sollte. So zu empfinden, das ist schlecht. Das weiß der Wellmann natürlich. Ein guter Kriminalist muss sich zwar in einen Verbrecher hineinfühlen, wenn es um das Aufdecken seiner Machenschaften geht, aber doch nicht bei der Verhaftung! Jetzt will sich der Wellmann bloß nichts anmerken lassen, aber den Weihnachtskaktus kann er natürlich nicht täuschen. Den Stuhlinger auch nicht, denn seine Körpersprache verrät selbst jemandem, der keine Empfangsorgane für chemische Signale besitzt, mehr als genug. Das ist etwas, was der Wellmann als Polizist unbedingt noch lernen sollte: sich nicht in die Karten gucken zu lassen.

»Reißen Sie sich zusammen, Wellmann. Ich habe fast den Eindruck, dass Sie sich in diesen Fall ein bisschen mehr hineingesteigert haben, als Ihnen guttut.«

Der Wellmann schluckt und schweigt.

Der Jens hackt gerade in der einzigen Blütensträucherreihe der Gärtnerei. Die armen »Unkräuter«, wie sie von den Menschen genannt werden, stoßen in ihrem letzten Stündlein spitze Notschreie aus, sodass man der Berichterstattung von Flieder und Forsythie kaum richtig folgen kann. Natürlich tun mir die armen Geschöpfe leid. Trotzdem möchte ich mitbekommen, was dort gesprochen wird.

»Herr Schultes, wir haben da ein paar Unstimmigkeiten gefunden. Was Sie uns bisher erzählt haben, deckt sich nicht mit den Aussagen anderer Personen. Ich habe mir Ihre Bahntickets noch einmal genau angesehen. Die Stempel sind alle nur aus Norddeutschland. Wie kann es sein, dass Sie in Bayern gar nicht kontrolliert wurden?« Als der Jens nur mit den Schultern zuckt, fährt der Stuhlinger fort: »Dann haben wir noch ein Bild von Ihnen an die Baumschule ›Timm von Ehern‹ gemailt, und Herr Jespersen antwortete, die Person auf dem Foto sei nicht der junge blonde Westfale, den er neulich durch den Betrieb geführt hat.« Jetzt macht der Stuhlinger zur Abwechslung selbst mal eine dramatische Pause. »Sie waren gar nicht in Hamburg. Sie hatten gelogen. Sie haben die drei Tage von Dienstag bis Donnerstag mit Frau Eisinger in Bad Tölz im ›Luxury Spa Hotel‹ verbracht. Frau Eisinger hat das bereits zugegeben. Allerdings sagte sie auch, dass Sie bereits am Donnerstagnachmittag abgereist sind, weil Sie eine Meinungsverschiedenheit mit ihr hatten. Was Ihnen die Möglichkeit verschafft hat, abends Ihrem Schwiegervater aufzulauern und ihn zu erschlagen. Dann sind Sie per Anhalter oder mit dem Bus nach Penzberg gefahren. Wir haben nachgeprüft, dass um diese Uhrzeit Busse auf der Strecke verkehren. Den Fahrer werden wir noch finden. Anschließend haben Sie ein Taxi nach Hause genommen und so getan, als ob Sie eben aus Hamburg kommen.«

Der Jens schluckt und wird ganz blass, doch er bewahrt Haltung. »Ich habe es kommen sehen, dass die Beziehung zwischen Jeannette und mir irgendwann auffliegt. Ja, ich gebe zu, wir waren in Bad Tölz. Es hatte aber absolut nichts mit dem Mord zu tun. Was Sie mir da unterstellen, ist ganz schön weit hergeholt. Dafür werden Sie nie Beweise finden, weil es keine geben kann.«

Der Stuhlinger lässt sich nicht aus dem Konzept bringen. »Ihr Ausflug nach Bad Tölz hat meines Erachtens sehr wohl etwas mit dem Mord zu tun. Sie haben Ihr Alibi ja ganz offensichtlich äußerst sorgfältig geplant, sogar doppelt, zur Sicherheit. Falls die Sache mit Hamburg entdeckt werden würde, sollte es so aussehen, als habe sie zur Tarnung eines harmlosen Seitensprungs gedient. Am Donnerstagabend hätten Sie den Wagen der Frau Eisinger genommen, wären damit in die Gärtnerei gefahren, hätten kurz Ihr eigentliches Vorhaben erledigt und wären wieder ins Hotel zurückgefahren. Eine Sache von einer Dreiviertelstunde, während der Sie vorgegeben hätten, etwas zu unternehmen, wozu Frau Eisinger keine Lust hatte. Oder während sie etwas unternahm, zu dem *Sie* vorgaben, keine Lust zu haben. Frau Eisinger hätte Ihnen nach der Entdeckung des Mordes Ihre Unschuld sicher geglaubt. Falls man den Mord überhaupt entdeckt hätte. Denn den Rosenhaufen haben Sie ja eigentlich am nächsten Morgen anzünden wollen. Herr Schladerer wäre spurlos verschwunden gewesen, vielleicht betrunken irgendwo im Wald abgestürzt.« Der Stuhlinger bekommt einen siegessicheren Gesichtsausdruck, während der Jens verstockt dasteht. »Doch dann hat Frau Eisinger einen Streit vom Zaun gebrochen: So etwas Dummes! Jetzt noch mit ihr zusammen im Hotel zu bleiben, hätte nicht überzeugend ausgesehen. Aber das konnte Ihnen im Grunde egal sein, es würde ja sowieso nie jemand auf den Hamburg-Schwindel kommen. Dachten Sie. Sie hatten Fahrkarten gekauft, mit denen Sie ihren alten Freund aus dem Lehrbetrieb, Herrn Ingo Wilkens, nach Hamburg zur Baumschule schickten. Er sieht Ihnen tatsächlich ziemlich ähnlich. Aber nicht ähnlich genug. Schauen Sie, so fleißig waren wir, dass wir ihn in der kurzen Zeit gefunden haben.«

»Herr Kriminaloberkommissar, Sie phantasieren da etwas zusammen. Warum hätte ich ein doppeltes Alibi gebraucht, wenn das eine schon so ausgeklügelt war? Sie haben natürlich recht, dass ich mir damit sehr viel Mühe gegeben habe. Aber Sie kannten meinen Schwiegervater nicht. Der hatte einen Röntgenblick. Wenn man vor dem etwas geheim halten wollte, musste man früh aufstehen. Und ich hatte die ganze Zeit schon das mulmige Gefühl, dass er irgendwas ahnt wegen der Jeannette und mir. Nichts wäre ihm lieber gewesen, als das publik zu machen. Auf einen Vorwand, mich loszuwerden, hat er ja nur gewartet. Dann hätte sich meine Frau scheiden lassen, und er wäre endlich wieder der uneingeschränkte Herr in seiner Gärtnerei gewesen. Und nicht nur mir, sondern auch der Jeannette und dem Franz Eisinger hätte er dadurch so richtig schön eine reingewürgt. Sie ahnen nicht, welche Befriedigung ihm das verschafft hätte. Dass er dadurch seine eigene Tochter quält, wäre ihm egal gewesen. So war er nun mal. Ich wollte nur drei Tage mit Jeannette glücklich sein und durch die Geschichte mit Hamburg uns alle beschützen. Wenn ich ihn hätte ermorden wollen, hätte ich mit Bad Tölz gewartet, bis die Bahn frei ist.«

Für den Stuhlinger wird es Zeit, seinen größten Trumpf zu zücken. »Das ist gar kein schlechtes Argument, was Sie da vorbringen. Mit Ihrer Annahme, es gebe für den Mordverdacht kein Beweismaterial, liegen Sie allerdings falsch.« Er holt eine durchsichtige Plastiktüte aus der Tasche. »Kommen Ihnen diese Handschuhe bekannt vor?«

»Ja, natürlich, das sind meine. Wo haben Sie die denn her?«

»Sie wissen es nicht? Die hatten Sie doch nach dem Mord selbst im Giftschrank der Gärtnerei versteckt. Bei der nächstbesten Gelegenheit wollten Sie die Handschuhe vernichten, haben sie aber in der allgemeinen Aufregung vergessen. Unser Labor hat Rost und Pflanzenfaserreste am Gummi gefunden. Die weitere

Überprüfung wird zeigen, dass es sich um Rosenholzfasern handelt.«

Der Jens ist völlig überrumpelt. Ich weiß ja, dass er tatsächlich keine Ahnung vom Verbleib der Handschuhe hatte, aber der Stuhlinger hält ihn sicher für einen guten Schauspieler.

»Im Giftschrank wollen Sie die Handschuhe gefunden haben? Das ist unmöglich!«, ruft der Jens empört. »Ich lege sie doch immer auf den Tisch neben die Kasse. Mir ist natürlich aufgefallen, dass sie dort nicht mehr liegen, aber ich dachte, meine Frau hätte sie weggeworfen.«

»Herr Schultes. Bitte«, weist ihn der Stuhlinger zurecht. »Es gibt mehrere Zeugen, die dabei waren, als die Handschuhe gefunden wurden. Sie lagen im abgeschlossenen Schrank und kamen erst zum Vorschein, nachdem Ihre Frau die Schranktüre aufgesperrt hatte. Frau Schultes beteuerte glaubhaft, sie habe den Schrank zuletzt vor dem Mord geöffnet. Und der Einzige, der es nach dem Mord getan haben kann, sind Sie.«

Man merkt dem Jens deutlich an, dass er sich in die Enge getrieben fühlt. Aber er weiß wie ich, dass er die Wahrheit sagt. Deshalb kämpft er verbissen weiter.

»Ich habe keinen blassen Schimmer, wie die Handschuhe dort hingekommen sind. Ehrlich. Und wie soll da Rost rangekommen sein? Ich nehme sie nur zum Putzen.«

Das stimmt, soweit ich weiß. Ich bin über den Rost genauso erstaunt wie der Jens. Kann es sein, dass der Sprenger auch das bewerkstelligt hat? Vielleicht hatte er bei seinem Besuch etwas Rostiges dabei und hat die Handschuhe damit vollgeschmiert? So muss es gewesen sein.

Der Stuhlinger glaubt dem Jens kein Wort und bringt das auch deutlich zum Ausdruck.

»Ich würde sagen, der Rost stammt von der Brechstange, mit der Sie Herrn Schladerer getötet haben. Dann haben Sie ihn mit diesen Handschuhen unter den Rosen versteckt, daher die Pflanzenfasern.«

»Das ist doch purer Unsinn! Kein Mensch würde Gummihandschuhe anziehen, um sich vor Rosen zu schützen. Die stechen da glatt durch. Für so etwas muss man Lederhandschuhe nehmen, das weiß doch jeder Lehrling. Ich habe mit dem Mord am Sepp rein gar nichts zu tun.«

»Herr Schultes, Ihre Argumente klingen nicht sehr überzeugend. Es tut mir leid, aber ich muss Sie wegen des dringenden Tatverdachts im Mordfall Schladerer vorläufig festnehmen. Herr Kriminalhauptmeister Wellmann wird Sie über Ihre Rechte und Pflichten als Beschuldigter belehren.«

Der Stuhlinger scheint sich seiner Sache ja ganz schön sicher zu sein. Auch ich kann mir durchaus vorstellen, dass der Jens schuldig ist. Er hätte vom Tod des alten Gärtners genug Vorteile gehabt, wenn der Mord unentdeckt geblieben wäre. Aber dass er jetzt ausgerechnet wegen der Handschuhe verhaftet wird, die der Sprenger versteckt hat, ist schon eine Ironie des Schicksals.

Siebzehn

Die Polizei hat einen Hauptverdächtigen. Mir soll es recht sein, wenn der Jens für immer aus der Gärtnerei verschwindet. Aber die schmutzigen Handschuhe, mit denen der Olivenbaum umgetopft wurde, und das Treffen zwischen dem Sepp und dem Pfarrer gehen mir nicht aus dem Sinn. Ich sende noch mal ganz besonders inständige Moleküle an den Bergahorn hinter dem Pfarrhaus. Gerade übt die Organistin »Großer Gott, wir loben dich«, und der Ahorn summt gedankenverloren mit.

»Baum, vergiss bitte kurz das Himmelreich, sperr deine Stomata ganz weit auf und hör mir zu. Versuch, dich ganz genau an das Treffen zwischen dem Herrn Pfarrer und dem Sepp zu erinnern. Du musst doch wenigstens ein bisschen was von dem verstanden haben, worüber sie in der Kirche redeten.«

»Ach weißt du, das hat mich damals ja gar nicht so interessiert. Aus der Kirche klingt ohnehin alles so gedämpft und undeutlich heraus, dass man nur raten kann, worum es gehen könnte.«

»Und was hast du geraten? Es ist wichtig!«

»Irdische Dinge sind nie wichtig. Meinst du wirklich, ich würde wegen deiner Zudringlichkeit das Beichtgeheimnis verletzen? Außerdem wären das nichts als schwammige Mutmaßungen.« Der Ahorn schaudert, wenn er an den Schwamm denkt, der sein Holz an dem schattigen, feuchten Standort immer wieder attackiert.

»Ich wäre dir unheimlich dankbar, wenn du mich an deinen Mutmaßungen teilhaben lassen könntest. Es geht immerhin um einen Mord.«

»Ja, und zwar um den Mord an einem gottlosen Streithahn. Ich möchte nicht so weit gehen zu sagen, dass er es nicht anders verdient hat. Aber so, wie er den Herrn Pfarrer immer behandelte, weine ich ihm keinen Rußtau nach.«

»Er hat ihn schlecht behandelt? Auch an dem besagten Abend?« Mit dieser Bemerkung kann ich den Ahorn vielleicht ködern. Wenn es um die Verteidigung des Pfarres geht, legt er sich immer mächtig ins Zeug.

»An dem Abend war er besonders dreist. Was der arme Herr Pfarrer alles vom Sepp erdulden musste! Seine Stimme klang ganz aggressiv. Er zeterte richtig herum, irgendwas vom Kofel-Eck. Eine einzige Beleidigungstirade, dem Tonfall nach. Am Schluss, als die Türe schon wieder einen Spalt offen war, brüllte er: ›... du gähntest!‹ Da blieb dem Herrn Pfarrer nichts anderes übrig, als auch laut zu werden, und er schrie: ›Psst, Schladerer, leise, sonst hört Sie noch jemand!‹ Als sie wieder herauskamen, sah der Herr Pfarrer nicht glücklich aus. Überhaupt nicht. Weil der Sepp ihm so zugesetzt hat, ihm, dem friedlichsten und frommsten Menschen weit und breit. Dein Sepp schmort in der Hölle, wo er hingehört. Und jetzt lass mich in Frieden.«

Hat es der Ahorn doch endlich ausgespuckt. Hilft mir das weiter? Kofel-Eck? Leidet der Ahorn schon am gleichen Tick wie der Berglmaier, dass er überall »Kofel-Eck« hört? Und wenn er sich tatsächlich nicht getäuscht haben sollte, was hat dann der Pfarrer mit dem Kofel-Eck zu tun? Das war doch ein Ding zwischen dem Sepp und dem Berglmaier! Und »du gähntest«, was soll das denn bedeuten? Ist es wahrscheinlich, dass der Pfarrer vor lauter Langeweile gähnte, während der Sepp ihn aus voller Kehle anschrie? Und wenn ja, warum hatte der Sepp etwas dagegen, dass der Pfarrer gähnte? Feine Sitten waren ihm sonst nicht besonders wichtig. Vielleicht empfand er das Gähnen als eine Missachtung seiner Person und wurde auf den Pfarrer wütend? Aber der Sepp hat ja nicht den Pfarrer umgebracht, sondern er wurde selbst umgebracht. Das passt alles überhaupt nicht zusammen.

Gut, dass es noch so früh ist. Wer mit dem Christusdorn im priesterlichen Schlafzimmer sprechen will, der muss zeitig wach sein, denn die Gerti reißt dort nur in aller Herrgottsfrühe das Fenster zum Lüften auf. Der Herr Pfarrer hat sich immer gewünscht, länger schlafen zu dürfen. So furchtbar dringlich sind seine Aufgaben ja nicht. Aber nichts da. Gertis Meinung nach sind nicht nur die Nächstenliebe und die Wahrheitsliebe christliche

Tugenden, sondern auch das Frühaufstehen. Obwohl es bisher keinem Theologen gelungen ist, nachzuweisen, dass Jesus immer besonders früh aufgestanden ist.

»Bist du schon wach?«, sende ich dem Christusdorn behutsam meine Botschaft zu.

»Hmmm ... das Gewusel dieser alten Schreckschraube würde noch jeden dürren Stecken aus der Totenstarre reißen.«

»Also schnell, bevor sie wieder zumacht: Kannst du dich erinnern, wann der Pfarrer an dem Abend, als der Sepp ermordet wurde, ins Schlafzimmer gekommen ist?«

»Das war nicht lange nachdem die Turmuhr halb geschlagen hatte. Halb elf muss das gewesen sein. Oder halb zwölf? Ich weiß es nicht. Die Turmuhr höre ich durch das geschlossene Fenster, aber ich achte nicht mehr auf sie. Halb elf ist seine normale Schlafenszeit. Spätestens. Weil der Hausdrachen um halb sechs in der Früh wieder gegen die Türe donnert.«

»Und benahm er sich irgendwie ungewöhnlich?«

»Er hat etwas länger gebetet als sonst, wenn ich mich recht erinnere. Im Stillen, wie immer. Vielleicht kam es mir auch nur so vor. Sein Gesicht habe ich nicht gesehen, falls du das meinst. Er betet mit dem Rücken zu mir. Und dann geht's schwupp ins Bett und Licht aus. Ungewöhnlich war höchstens, dass er vorher geduscht hat. Er dünstete aus allen Poren diese widerlich nach welkenden Zitronenmelissen riechende Seife aus. Meistens duscht er Gott sei Dank morgens. Aber manchmal auch abends. Glaubst du etwa, der Herr Pfarrer hat was mit dem Mord zu tun? Nie im Leben! Er ist das freundlichste Wesen, das man sich vorstellen kann. Es jammert mich jeden Tag, wie er unter der Tyrannei dieser Zuchthauswärterin zu leiden hat.«

»Hast du denn nicht vom Ahorn gehört, dass sich der Sepp heimlich mit ihm in der Kirche getroffen hat?«

»Wenn sich einer vom Sepp nicht hat provozieren lassen, dann war es der Herr Pfarrer. Er meint es mit allen gut. Als damals das Unglück passiert ist, wollte er auch durchsetzen, dass ich im Pfarrbüro bleiben darf. Aber gegen die Gerti kommt er einfach nicht an.«

Ich gebe mich für den Moment damit zufrieden, bin jedoch insgeheim skeptisch. Ist der Christusdorn womöglich genauso voreingenommen wie der Ahorn?

Die Polizisten kommen wohl nicht mehr nach Reindlfing. Für die ist der Fall erledigt. Mehrere Tage wurden sie schon nicht gesehen. Doch eines Morgens kreuzen sie wieder auf. Diesmal geht es nicht um den Mord.

»Frau Schultes, wir wollten Sie noch mal wegen der gestohlenen Rose befragen. Herr Sprenger und Frau Lohberg haben sie mit Sicherheit nicht. Wusste sonst noch jemand von ihr?«, beginnt der Wellmann das Gespräch.

»Mei Vatter hot's ned grod rumverzählt. Er wollt ja woartn, bis er sie durch Okulieren vermehrt hot. Ober wenn ean jemond direkt in der Gärtnerei drauf osprocha hot, do hot er sich ned zrückhoitn kenna und hot de Fürstin gonz stoiz herzeigt. I woaß vo koam, der's wüsst, außer dene zwoa. Ober vielleicht hot's der Vatter jemondem verzählt, ohne dess i des mitkriagt hob.«

»Könnten Sie mir ein paar Namen von Kunden nennen, die sich besonders für alte Rosensorten interessieren? Und wären Sie bereit, noch ein paar Gartenbesichtigungen mit uns zu machen?«

»Freili … ober des ko uferlos wern. Weil des san lauter Leit mit sehr große Gärten. I hoff ja schwer, dess ma's findt. Des wär a schlimmer Verlust für de Rosenwelt, wenn die nimma auftauchn tat.«

»Versuchen kann man es ja mal.«

»Jo. Ober lossn's mi nochdenka. Die Fürstin is ned in dene Gärten vom Sprenger und vo der Gräfin Lohberg. Vielleicht hot oaner vo dene sie woanders versteckt. Ober a Rosn ko ma ned so leicht verstecka. De braucht Licht und Luft, de ko ma ned in den Keller oder in an Tresor sperrn. Wo tat sich so a Rosn noch wohlfühln außer im Goartn? Wortn's amoi … I wui im Herbst meim Vatter a Rosn aufs Grob pflanzn. Auf'm Grob gedeiht a Rosn guat, wenn's in der Sonne liagt. Und ma ko de Friedhofsgärtner mit der Pflege beauftrogn. Die kenna des guat, ohne dess sie a große Ohnung von dene Rosensorten hom. Die wissn ned, wos so a Rosn wert is, wenig oder vui. Und des ko dem Rosendieb jo bloß recht sei.«

»Ja, das wäre vielleicht eine Idee. So ein Grab ist doch etwas einfacher abzusuchen als ein Park von zwanzig Hektar. Gut, dass Sie uns darauf gebracht haben.«

Die Anni geht wieder an ihre Arbeit, und die Polizisten machen sich auf den Weg zu ihrem Fahrzeug. Der Wellmann ist ihr für den Tipp fast noch dankbarer als der Stuhlinger.

»Uff. Ich dachte schon, ich müsste wieder tagelang durchs Unterholz kriechen. Die Grabstätten der Verwandtschaft ausfindig machen, das kann man zum Glück vom Büro aus erledigen.«

»Haben Sie was gegen die frische Landluft, Wellmann? Die ist viel gesünder als der Büromief. Wir könnten doch anlässlich des Abschlusses des Falles Schladerer einen netten Spaziergang zum Berglmaierhof machen.«

»Damit er oder sein Junior mich auf den Misthaufen befördert? Nein danke.«

»Aber Wellmann! Wer wird sich denn da sträuben? So ein Misthaufen ist doch wunderbar weich.«

Der Wellmann bleibt stehen wie angewurzelt. Er scheint fieberhaft nachzudenken. »Nein, nein, nicht weich – darin gibt es metallische Gegenstände …«

»Wie bitte? Verlorene Mistgabeln, oder was meinen Sie?«

»Das nun gerade nicht. Aber da war was. Damals ist es mir überhaupt nicht merkwürdig vorgekommen. Irgendwie hatte ich da andere Sorgen. Aber es *war* merkwürdig. Jetzt, wo wir das Thema Misthaufen so gründlich breitgetreten haben, höre ich's, als sei es gerade eben gewesen: Bei meinem ersten Besuch bohrte der alte Berglmaier die Mistgabel in den Haufen, und es gab ein lautes metallisches Geräusch. Als ob die Zinken auf ein Stück Eisen gestoßen wären.«

»Das kann nicht sein. Der Boden unter dem Mist ist aus Beton. Das haben Sie sich eingebildet«, sagt der Stuhlinger, doch sein Blick geht zum rückwärtigen Gärtnereitor, das die Anni seit dem Mord am Sepp mit einem alten Seil verschließt.

»Ganz sicher nicht. Aber mir wird übel, wenn ich die Konse-

quenzen daraus bedenke.« Der Wellmann verzieht das Gesicht. »Ich glaube fast, ich habe es mir doch bloß eingebildet.«

»Wellmann?«

»Stuhlinger?«

Sie marschieren schweren Herzens, doch einträchtig zum Berglmaierhof. Nach einer halben Stunde harter Arbeit und großer Selbstüberwindung haben sie eine rostige Kette mit Vorhängeschloss geborgen, die an einer Stelle sauber durchtrennt ist. Dann ist erst einmal gründliches Duschen angesagt. Wegen der guten Beziehungen dürfen sie dazu die Sanitäreinrichtungen der Gärtnerei benützen.

Jetzt sieht es wohl so aus, als ob es doch der Berglmaier gewesen wäre. Der leugnet natürlich alles. Die Hofbuche ist schon ganz durcheinander. Wo doch der Jens längst festgenommen wurde. Er habe keine Ahnung, wie die Kette in seinen Misthaufen gekommen ist, behauptet der Senior. Er tobt. Die junge Familie steht am Rand des Hofes und schaut betreten zu.

Der Stuhlinger beordert den Berglmaier ins Haus, um ihn

weiter auszufragen. Der Junior dackelt hinterher und will wissen, ob er nicht etwas für den Patriarchen tun kann. Die Birgit bleibt mit dem Baby auf dem Arm unter der Hofbuche stehen. Das ist wirklich ein putziger Knopf, findet der Wellmann, und kommt näher. Er kann sich gerade noch zurückhalten, »Dutzidutzidutzi« zu machen wie die Anni. Gott, wäre das peinlich!

Das Kind lächelt ihn strahlend an und greift beherzt nach seiner Brille. Die Birgit rettet das teure Gestell in letzter Sekunde. Sie schauen einander in die Augen. Erotik?

Ich glaube, die Phantasie der Buche ist von der Sexaffäre der Eisingerin ein bisschen zu sehr angeregt. Der Trubel mit den vielen Besuchern tut ihr gar nicht gut. Jedenfalls: Sollte der Wellmann auf jemanden ein Auge geworfen haben, dann auf unsere Anni. Und sie auf ihn. Die Birgit dagegen guckt überhaupt nicht verliebt, sondern eher so, als würde sie sich furchtbar ungemütlich fühlen.

»Herr Kommissar, ich muss Ihnen etwas gestehen.«

»Ich bin Kriminalhauptmeister«, entgegnet der Wellmann bescheiden. »Aber mir können Sie natürlich ebenfalls alles anvertrauen. Ich ermittle in diesem Fall genauso wie Herr Stuhlinger.« Das klingt nicht mehr ganz so bescheiden, erfüllt jedoch den Zweck, die Birgit zum Sprechen zu animieren. Und dem Wellmann tut es auch gut.

»Also dann … Jetzt, wo der Schwiegervater in der Klemme steckt, kann ich es nicht länger für mich behalten. Damals, in der Nacht, als Herr Schladerer ermordet wurde, habe ich etwas beobachtet. Beziehungsweise jemanden. Wir waren eben von unserem Spaziergang durchs Dorf nach Hause gekommen, es muss so gegen dreiviertel zwölf gewesen sein. Der Schwiegervater war schon in seinem Schlafzimmer, und mein Mann hat unseren Sohn bettfertig gemacht. Ich bin noch mal kurz in die Melkkammer gegangen, weil dort jemand das Licht angelassen hatte. Als ich gerade wieder in den Hof treten wollte, wankte der Herr Eisinger an mir vorbei, in kaum drei Metern Entfernung, aber er hat mich überhaupt nicht bemerkt. Er schaute stur geradeaus. Und ausgesehen hat er! Er trug so ein helles kurzärmliges Karohemd und eine von diesen sandfarbenen Wanderhosen, beides total schmutzig. Und seine Unterarme waren voller blutiger Kratzer. Unter dem Hoflicht hat man es genau gesehen. Ich dachte noch: Was ist denn mit dem los? Später, als ich von dem Mord erfuhr, da war mir natürlich alles sofort klar.«

Der Wellmann ist jetzt ganz schön sauer. »Und warum haben Sie uns das nicht früher erzählt?«

Das frage ich mich allerdings auch. Ich habe mich wohl in der Birgit getäuscht. Sie mag zwar schlecht im Lügen sein, aber im Verschweigen ist sie gut.

»Ach, es tut mir ja leid.« Die Birgit macht mal wieder ein schuldbewusstes Gesicht. »Ich weiß schon, dass es falsch war. Wissen Sie, ich habe immer gehofft, dass ich mich mit der Frau Eisinger ein bisschen anfreunden kann. Sie ist so kultiviert, und außerdem stammt sie aus meiner Gegend, im weitesten Sinne. Sie können sich nicht vorstellen, wie fremd ich mich hier am Anfang gefühlt habe. Und so viel besser ist es im Lauf der Zeit auch nicht geworden. Die Leute kennen sich alle von Kindesbeinen an, das ist eine geschlossene Gesellschaft, da lassen sie keine Neuen herein. Erst recht nicht solche, die eine andere Sprache sprechen. Die Frau Eisinger ist zwar auch ein bisschen reserviert, aber man merkt, dass sie im Grunde die gleichen Probleme hat wie ich. Und wenn ich sie für mich gewinnen will, dann kann ich doch nicht ihren Mann in einem Mordfall belasten!«

Der Wellmann sagt lieber nichts darauf. Er geht mit ihr zur Hoftüre, aus der gerade der Stuhlinger tritt, und erstattet ihm Bericht. Da sieht die Sache für den Berglmaier schon wieder ganz anders aus.

Die Birgit muss jetzt das Mittagessen kochen. Ach ja, Hunger hätten die beiden Ordnungshüter auch. Dem Stuhlinger läuft bei der Vorstellung eines schönen fetten Schweinebratens das Wasser im Mund zusammen. Aber da würde der Wellmann streiken, das weiß er. Also wieder ins »Café am Anger«. Das erste Mal sitzen sie ganz allein dort. Der Anger liegt da wie leer gefegt. Als ob jetzt auch noch die ältere Generation von Reindlfing ausgewandert wäre. Die Linden sind bei der Ankunft der Polizei hocherfreut, weil sie endlich wieder Gesellschaft bekommen.

»Wos dearf i den Herrschaftn bringa?«

»Wieder so ein leckeres überbackenes Käsebrötchen, bitte.«

»Mir ist das wurscht, bringen Sie irgendwas Essbares.« Der Stuhlinger ist so frustriert, dass er sich nicht mal die Mühe macht, zum Metzger hinüberzugehen. Im Nu stehen zwei Kuchenteller vor ihnen. Vor dem Stuhlinger einer mit Tomaten-Frischkäse-Baguette.

»Is des recht?«

»Äh ... schon in Ordnung.«

Gott sei Dank. Dieses Baguette konnte die Vilshoferin seit heute Morgen ums Verrecken nicht loskriegen.

»Dearfat i mi amoi kurz zu Eana setzn?«, flüstert die Bäckerin und verwirklicht ihr Vorhaben, bevor jemand geantwortet hat. »I muass Eana wos sogn. Ober *streng vertraulich*! Sie dürfn's auf koan Foi meim Mo verzähln.«

»Bitte, wie Sie möchten, wir behandeln Ihre Aussage diskret«, lockt sie der Stuhlinger aus der Reserve.

»Diskretion für dieses Tratschweib? Als ob die jemals diskret gewesen wäre«, murmelt der Wellmann kaum hörbar in bitterer Erinnerung an seine erste Begegnung mit der Vilshoferin.

Was die alle immer mit der Diskretion haben, finden die Linden. Das ist doch etwas völlig Überflüssiges.

»Oiso, i bring monchmoi obends der Berta wos vo dem Gebäck, des wo am Tog übrig bliabn is. Weil die Berta, die hot wenig Geid. Ihr Mo wor doch bloß Mesner. Und aner Freindin muass ma doch heifa. Ober mei Mo dearf des ned wissn. Der tat mi totschlogn. Gell, Sie sogn's eam ned?«

»Wir schweigen wie zwei Gräber.«

Der Wellmann nun wieder. Und dazu dieses hämische Grinsen! Der kann es einfach nicht lassen mit seiner Ironie. Ich finde, die ist im Moment völlig fehl am Platz. Alle Reindlfinger Pflanzen und Menschen wissen, dass sich die Vilshoferin derartige Kränkungen nicht bieten lässt. Wahrscheinlich schaltet sie jetzt auf stur und sagt überhaupt nichts mehr. Aber nein, zum Glück, sie hat es gar nicht gemerkt.

»Monchmoi, wenn bsonders vui übrig is, da kriagt de Gerti aa wos. Die kimmt dann später bei der Berta vorbei und hoit sich's ab. Weil de Gerti, des is hoit a guate Haushälterin. Und do bin i an dem Obend, do wo der Sepp erschlogn worn is, mit aner großen Tütn zur Berta. Die wohnt do am Rand vom Dorf, und wer mi'm Auto zur Gärtnerei wui, muass bei ihra vorbei. Und wia i grod klingel, do kimmt a gonz a komischs Auto de Stroß lang. So a ›Oldtimer‹ oder wia ma des nennt. So oaner ohne Doch. Und do sitzt a Frau drin, de is bestimmt so oid wia i, ober aufdonnert, dess ma's ned glaubt. Dera ihre Hoar hom in der Dämmerung richtig leichtet, bluatrot! I kannt schwörn, die wor unterwegs zum Schladerer.«

»Na, das ist ja interessant. Und warum haben Sie uns das nicht früher erzählt?«

»I sog's Eana doch, mei Mo tat mi totschlogn, wenn der erfoahrn tat, wos i bei der Berta gmocht hob. Ober heit is endlich koaner do, der wo hörn kannt, wos i mit Eana red. Oiso, bittschee, koa Wort davo zu koam, gell?« Die Vilshoferin zieht sich wieder hinter den Bambus zurück. Dem Stuhlinger ist jetzt vollends der Appetit vergangen.

»So ein Mist. Wir hatten die Liste der Verdächtigen schon so schön zusammengestrichen, und jetzt vermehren sie sich wieder wie die Karnickel. Das darf doch nicht wahr sein! Die meisten Indizien sprechen aber immer noch gegen den Schultes.«

»Wer hat noch so schön gesungen: ›Der Mörder ist immer der Gärtner‹?«

»Das war Reinhard Mey, lange vor Ihrer Zeit. Wundert mich, dass Sie das kennen.«

»Meine Urgroßmutter hat mir's als Wiegenlied vorgesungen. Deswegen bin ich Polizist geworden.«

»Soso. Sehr witzig. Dann hat sie sicher auch den letzten Vers gesungen: ›Der Mörder war nämlich der Butler.‹«

»Zum Glück gibt es keine Butler in Reindlfing. Wird's also doch der Gärtner gewesen sein«, schlussfolgert der Wellmann zuversichtlich.

Achtzehn

Am Nachmittag parken die Abgesandten der Staatsmacht direkt in der Hofeinfahrt des Sporthauses. Bei der Fichte ist wirklich am meisten los, höchstens mit Ausnahme des Angers. Der Eisinger kommt ihnen ahnungslos entgegen.

»Grüß Gott, die Herrschaften! Herr Kriminaloberkommissar, haben Sie es sich doch überlegt mit der Jacke?«

Der Wellmann wirft dem Stuhlinger einen spöttischen Blick zu. Der schüttelt den Kopf. Sein schäbiger Janker ist wohl an ihm festgewachsen. Der Wellmann selbst trägt ein nagelneues, leichtes, kurzärmliges Baumwollhemd und hat für den Sporthaus-Chef gleich die passende Kleidungsfrage parat.

»Grüß Gott, Herr Eisinger. Sagen Sie mal, ist Ihnen nicht ein bisschen warm? Langarmhemden den ganzen Sommer … *Ich* würde schwitzen.«

»Ach nein, in den Geschäftsräumen haben wir eine Klimaanlage. Dort ist es manchmal sogar ein bisschen zu kühl.«

»Aber hier draußen doch nicht. Da könnten Sie Ihre Ärmel ruhig mal hochkrempeln. Würden Sie uns bitte diesen Gefallen tun?«

Der Eisinger bekommt nasse Achseln. Sicher wegen der langen Ärmel. »Äh, ja … ungern …«, stammelt er.

»Haben Sie irgendwas zu verbergen?«, hakt der Wellmann nach.

Eine ganze Weile passiert gar nichts. Dann schlägt der Eisinger im Zeitlupentempo seine Ärmel um. Und noch einmal. Und noch einmal.

»Oje, das sieht ja schlimm aus«, sagt der Wellmann übertrieben mitfühlend. »Dabei sind die meisten Kratzer schon wieder verheilt. Die sind doch bestimmt gut drei Wochen alt, oder? Donnerstag, würde ich tippen …« Er sieht den Eisinger ernst an. »Könnten Sie uns bitte erklären, wo Sie sich diese üblen Verletzungen geholt haben?«

Der Eisinger sondert noch etwas mehr Körpersaft ab.

»Ich weiß natürlich, was Sie jetzt denken. Aber so war es nicht! Ich habe an dem Abend nur einen langen Spaziergang gemacht, um mich zu beruhigen. Hinten am Reindlbach bin ich sehr lange gesessen und habe nachgedacht. Ob ich meiner Frau wirklich vertrauen kann. Eine sehr berechtigte Frage, wie sich inzwischen herausgestellt hat. Ich habe erst wieder angefangen, die Zeit wahrzunehmen, als es dunkel wurde. Es war mir egal. Ich blieb noch sitzen. Irgendwann stand ich auf und wollte nach Hause. Aber in der Dunkelheit bin ich vom Weg abgekommen, ausgerutscht und in irgendeinem stacheligen Gestrüpp gelandet.«

»Könnten Sie uns dieses Gestrüpp zeigen?«

»Ich fürchte nein. Ich habe fast überhaupt nichts gesehen. Nur in der Ferne, dort, wo der Bachweg endet, die Nachtbeleuchtung vom Berglmaierhof, an der ich mich orientiert habe. Sie können sich nicht vorstellen, wie schwierig das Vorankommen war: der Weg voller Dellen und Buckel und überall diese Dornen. Erst nachdem ich den Hof erreicht hatte, konnte ich zügig nach Hause gehen.«

Die beiden Polizisten beschließen, die Aussage vom Eisinger erst einmal so hinzunehmen. Von der Kette, die sie im Misthaufen gefunden haben, sagen sie nichts, die soll erst noch auf Fingerabdrücke untersucht werden.

»Er weiß also nicht mehr, wo er in die Brombeeren gestürzt ist«, sagt der Stuhlinger, als er den Zeugen entlassen hat. »Das ist schlecht für ihn.«

Kaum dass sich die automatische Glastüre des Sporthauses hinter dem Eisinger geschlossen hat, ergänzt der Wellmann: »... und gut für mich. Ich dachte schon, ich muss wieder in die Brombeeren. Diesmal hätte ich mir eine Machete zugelegt.«

»Dann besorgen Sie sich schon mal eine.«

»Sind Sie verrückt? Haben Sie gesehen, wie viele stachelige Büsche am Bachweg wachsen? Ich bin dort mal entlanggegangen. Das nimmt kein Ende.«

»Die Entlastung eines Unschuldigen sollte uns jede Mühe wert sein.«

»*Uns?* Dann besorgen Sie sich bitte auch eine Machete.«

Der Stuhlinger winkt ab. »Am besten, wir machen mal eine unverbindliche Ortsbesichtigung.«

Sie spazieren am Reindlbach entlang und unterhalten sich. Die Brombeeren und Heckenrosen saugen jedes Wort auf und schicken es weiter. Sie sind glücklich über ihre neu gewonnene Wichtigkeit, denn allzu oft wird in ihrer Nähe nicht über Tötungsdelikte debattiert. Außerdem können sie ihre hochgezüchteten Gattungsgenossinnen aus der Gärtnerei so endlich einmal in die Schranken weisen. Die sollen sich ruhig daran erinnern, dass jede Beetrose von einer Wildrose abstammt.

Der Wellmann beäugt argwöhnisch die Stacheln der Rosen und die Dornen der Brombeeren. Um von diesem Thema abzulenken, schneidet er ein anderes an.

»Wir haben also jetzt neben dem Schultes drei ›neue‹ alte Verdächtige: den Berglmaier, den Eisinger und die Gräfin Lohberg. Die beiden Herren erscheinen mir ziemlich verdächtig, aber längst nicht so verdächtig wie der Schultes. Und die Gräfin? Zwar könnte sie die Rose gestohlen haben, wozu sollte sie sonst zur Gärtnerei gefahren sein. Aber das bedeutet nicht unbedingt, dass sie auch den Mord begangen hat. Jemanden mit einer Brechstange totzuschlagen, ist kein Kinderspiel. Die ist sauschwer. Stellt sich also die Frage, ob die Gräfin überhaupt die Kraft gehabt hätte, dem Schladerer eins überzubraten.«

»Das können Sie glauben. Sie hat ein komplettes Fitness-Studio im Haus, mit Panoramafenster zum Park. Ich konnte es bei der Suche nach der Fürstin gar nicht übersehen. Während ich mit der Schultes durch die Beete gerobbt bin, ist sie in Leggings und Schweißband an uns vorbeigeschossen wie eine Gazelle, hinter der ein Gepard her ist«, erinnert sich der Stuhlinger und beschließt: »Wir müssen ihr Alibi genauer überprüfen. Wellmann, kontaktieren Sie die Gäste der Wohltätigkeitsveranstaltung, mit denen Sie noch nicht gesprochen hatten. Irgendeiner von denen wird sich wohl daran erinnern, wann genau sie gekommen und gegangen ist.«

Der Wellmann bleibt stehen. »Aber dort waren fast zweihundert Leute!«

»Das gehört nun mal zu unserem Job. Sehen Sie's positiv: Wenigstens kratzt der Telefonhörer nicht so wie Rosen oder Brombeeren.«

Sie gehen nachdenklich weiter. Unter der alten Weide bleibt der Stuhlinger stehen und betrachtet skeptisch die Büsche am Wegesrand. »Ich glaube jetzt, dass Sie recht haben, Wellmann. Es ist wirklich hoffnungslos, in diesem Gestrüpp nach einem millimetergroßen, vertrockneten Hautfetzchen oder ein paar Stofffasern zu suchen.«

»Eine sehr vernünftige Entscheidung, Stuhlinger.«

Die Sache wird ein bisschen wirr. Wenn ich wieder klar sehen will, muss ich auch solche Möglichkeiten ausschöpfen, an die ich bisher nicht gedacht habe. Zum Beispiel diese alte Kopfweide, unter der die beiden Ermittler eben miteinander gesprochen haben. Allzu viel Leben ist nicht mehr in ihr drin. Ihre Zweige braucht schon lange keiner mehr zum Körbeflechten. Obwohl sie nicht abgeschnitten werden, schaut nur noch ein mageres Büschel oben aus ihr heraus. Ihr Stamm ist ganz vom Pilz zerfressen. An mehreren Stellen kann man sogar von einer Seite zur anderen durchschauen. Sie meldet sich nur selten zu Wort, wenn die Reindlfinger Pflanzen ihre Informationen austauschen. Eher hört man sie leise schnarchen. Sie könnte mir aber zumindest sagen, ob der Eisinger über seinen Spaziergang die Wahrheit erzählt hat, falls sie da nicht gerade am Pennen war. Dass sie sonst noch etwas Brauchbares weiß, glaube ich kaum, so ab vom Schuss, wie sie steht.

Ich rufe hinüber, so laut ich kann: »He, Frau Nachbarin, ich hätte da mal eine Frage!«

»Lass mich in Frieden, du frecher Jungspund«, knarrt die Weide zurück.

»Verzeihung, ich wollte nur fragen, ob dir in der letzten Zeit irgendwas Ungewöhnliches aufgefallen ist.«

»Bin ich denn eine Linde, dass ich es nötig hätte, die Leute auszuspionieren? Nein, und in letzter Zeit gab es sowieso nur Langeweile. Und nochmals Langeweile. Gähnende Leere. Nur einmal, da kam der langweilige Eisinger vorbei. Der saß den ganzen Abend am Bachufer und hat Trübsal geblasen. Sterbenslangweilig. Erst als man kaum noch die Blätter vor den Augen sehen konnte, tappte er fort. Dann ist er dort hinten an der Böschung zum Bach ausgerutscht. Beinahe wäre er ins Wasser geplatscht. Das wäre wenigstens lustig gewesen. Aber kurz vorher blieb er in der Heckenrose hängen, die dann Zeter und Mordio geschrien hat. Schade eigentlich.«

Sieh an, selbst die alte Weide findet den Eisinger langweilig. Obwohl die ganz sicher nicht mit ihm in den Tanzclub oder zum Skifahren gehen will.

»In welche Richtung ist der Eisinger davongetappt? Heim oder zur Gärtnerei?«

»Woher soll ich das wissen? Ich habe doch gesagt, dass man nicht mehr die Blätter vor den Augen sehen konnte. Und dann war wieder Langeweile. Langweilige Weile ... weil ... aber ...«

Man hört leises Schnarchen.

»Aber *was*?«, brülle ich aus allen Säften.

Das Zweigebüschel, das schon schläfrig herunterhing, schießt wieder hoch. »Was? Was, was? Welches *was*?«, krächzt die Weide.

»Du hattest doch gesagt: *aber*. Aber was? Wenn es in letzter Zeit so langweilig war, war es dann vorher vielleicht nicht langweilig?«

»Früher war alles besser, merk dir das, Jungchen. Früher kamen die Burschen und schnitten meine Ruten ab. Das Zwicken habe ich gern in Kauf genommen, weil ich dabei ihren Geschichten zuhören konnte. Ein Haufen Unsinn, aber spannend. Die Geschichten erzählten sie natürlich, um die Mädel zu beeindrucken, die unten standen und die Ruten aufsammelten. Und dann, wenn mal zwei allein zu zweit kamen und noch ein schöner lauer Herbsttag war, dann zogen sie ihre Kleider aus und lagen unter mir im Gras ...« Zwischen den Gräsern am Fuß der Weide beginnt es zu rumoren. »Das war vor eurer Zeit, ihr Knirpse! Damals lebten eure Ururururgroßeltern«, staucht die Weide sie zusammen.

Ach so, alte Liebesgeschichten? Die Weide hat wohl eine

Schwäche für Schmachtfetzen. Das hilft mir jetzt nicht wirklich. Ich bereue schon fast, sie geweckt zu haben, da erzählt sie weiter: »Einmal lag dort der Herr Pfarrer. Der hatte natürlich keine Ruten geschnitten. Und die Frau, die neben ihm lag, die auch nicht.«

Ich weiß sofort Bescheid: »Die Gerti.«

Unten am Bach haben sie es also getrieben. Kein Wunder, dass der Christusdorn nichts weiß.

»So überraschend ist das auch wieder nicht«, bemerke ich sauer.

Aber eine Mörderin ist die Gerti nicht. Sonst hätte sie das mit den zweideutigen Bemerkungen vom Sepp dem Stuhlinger nicht so arglos präsentiert. Sie hat doch an dem bewussten Abend bloß bei der Berta ihre Brötchen abgeholt. Oder?

Mein Einwurf war ziemlich unhöflich, wie ich zugeben muss. Doch die Weide ist nicht mal beleidigt, sondern hat es jetzt ganz wichtig: »Nein, die Gerti war es nicht. Die war doch damals noch braunhaarig. Nein, es war eine mit einem blonden Pferdeschwanz. Die Rosi vom Sepp war's, wenn du es genau wissen willst, du naseweiser Lümmel. Da bist du platt, was? Ja, damals, da war mal alles damals besser ... mal damals ... bessermals.« Und schon schnarcht sie wieder.

Jetzt bin ich so platt wie die Glasscheiben vom Gewächshaus.

Der Herr Pfarrer ... und die Rosi? Dann war ja ... dann war vielleicht ... Dann ist die Anni gar nicht die Tochter vom Sepp, womöglich? Hat sie deshalb solche schönen braunen Locken, wie der Herr Pfarrer angeblich früher auch hatte? Kann das etwas mit dem Mord zu tun haben?

Es wird allmählich dunkel. Ein phantastischer rosenroter Sonnenuntergang. Oder blutrot? Der Anni ist das wurscht. Sie steht mit dem Rücken zur Sonne mitten in den Rosen und ist total fertig. Seit der Jens in Untersuchungshaft sitzt, muss sie die ganze Arbeit, für die vorher drei Personen da waren, allein erledigen. Sie gähnt. Dann geht sie Richtung Haus. »Du gähntest«, fällt mir wieder ein. Merkwürdig. So was hätte der Sepp doch nie gesagt. Er hat zwar fast alle geduzt, aber ausgerechnet den Pfarrer nie.

Außerdem ist das reinstes Preußisch, das wäre dem Sepp nicht über die Lippen gekommen. Höchstens ›du host gähnt‹. Gähnen … gehen … Das klingt ziemlich ähnlich. Vielleicht hat sich der Ahorn ein bisschen verhört? Er hat ja selbst gesagt, dass die Geräusche nur undeutlich aus der Kirche nach außen dringen. Vielleicht hat er etwas gehört, was so ähnlich klang? Gähnen oder gehen … Aber »du gehtest«, das gibt es ja nicht. Das müsste doch »du gingst« heißen. Es muss was anderes sein. Vielleicht hat der Ahorn das »du« bloß dazuphantasiert, damit das Gesagte für ihn einen Sinn ergibt? Gähnen … gehen … gehn …

Knack. Jetzt macht es »knack« in meinem Geäst. Und plötzlich sitzt jeder Gedanke in der richtigen Astgabel. Ich habe nämlich auch vom Sepp gelernt, mir Sachen zusammenzureimen, nicht bloß die Anni.

Neunzehn

Jeder weiß, wie ich den Jens hasse. Und jeder weiß, dass er mir dazu auch immer allen Grund gegeben hat. Aber jetzt tut er mir doch irgendwie leid, weil er wegen etwas ins Gefängnis muss, was er gar nicht getan hat, und das wahrscheinlich für längere Zeit. Auch wenn ich persönlich nicht nachvollziehen kann, wieso das so schlimm sein soll. Die Menschen haben etwas gegen Gefängnisse, weil man sich dort nicht wegbewegen kann. Also, ich verstehe ehrlich nicht, was die daran stört. Aber sie wollen dort eben partout nicht hin. Wenn ich ein anständiger Holunder wäre, müsste ich jetzt was für den Jens unternehmen.

Bin ich ein anständiger Holunder? Ich weiß nicht. Hmmm ... kann sein. Vielleicht. Vielleicht auch nicht. Der Jens war jedenfalls nicht anständig zu mir. Da bin ich zu nichts verpflichtet. Nicht zu Mitgefühl und nicht zu Fairness. Oder doch? Als Pflanze darf ich mich doch nicht so schäbig benehmen wie ein Mensch. Ich werde also etwas für den Jens tun.

Aber was?

Der Herr Pfarrer ist eigentlich kein böser Mensch. Ein guter ist er auch nicht, sonst hätte er den Sepp nicht umgebracht. Doch er ist nicht von Natur aus, nicht im Keim, nicht von der Wurzel herauf, böse. Man muss den guten Keim in ihm vielleicht nur ein bisschen gießen.

Aber womit?

Wir haben einen Plan. Sprich: Die Rosen und ich haben einen Plan. Jetzt heißt es, sich in Geduld zu üben. Geduld ist die Kardinaltugend einer Pflanze. Die Menschen versuchen immer, ihre Probleme in den Griff zu bekommen, indem sie wie aufgescheuchte Hühner hin und her rennen. Klappt selten. Geduld, sage ich da, Geduld.

Wir müssen jetzt geduldig warten, bis sich der Herr Pfarrer in die Gärtnerei bequemt. Das ist nur eine Frage der Zeit, und zwar einer kurzen Zeit. Er wird doch nicht seine eigene Tochter im Stich lassen, jetzt, wo alle anderen weg sind. Und dass jemand Verdacht schöpft, wenn er sich um die Anni kümmert, muss er auch nicht fürchten. Die Polizei hat ja bereits einen Schuldigen.

Wie ich erwartet hatte, taucht zwei Tage später der Pfarrer in der Gärtnerei auf, und Plan A tritt in Aktion.

»Achtung, sie kommen! Du musst deine Stacheln spitzen. Und du musst duften. *Duften!*«, zische ich zum Rosenquartier hinüber.

Die »York and Lancaster« gibt etwas verschnupft zurück: »Ich dufte *immer*. Jedenfalls solange ich blühe.«

»Jetzt ist nicht der richtige Zeitpunkt für Primadonnen-Allüren. Heute musst du eben *noch mehr* duften als sonst. So, wie du noch nie in deinem Leben geduftet hast. Dass die Anni gar nicht anders kann, als den Herrn Pfarrer zu dir zu führen.«

Ich muss gestehen, der Duft, der jetzt das Rosenquartier erfüllt, ist wirklich betörend. Folgerichtig dauert es nicht lange, bis die Anni aus der hinteren Türe des Gewächshauses herauskommt. Der Herr Pfarrer folgt ihr mit etwas Abstand. Sein Gang ist unsicher und zögerlich. Die Anni bleibt vor der »Annie Vibert« stehen.

»Schaugn's, Herr Pfarrer, des is de Bourbon-Rose ›Annie Vibert‹, noch dera mei Mutter mi benannt hot, weil sie so zoartrosa bliaht und so zoart duftet. Gonz so zoart bin i zwoar ned worn, wie mei Mutter sich's vorgstellt hot … ober hübsch is's gell? Und die do, a Moosrose, die hoaßt so ähnlich wia Sie: ›Deuil de Paul Fontaine‹, die hot mei Mutter amoi vo aner Reise noch Frankreich mitbrocht. ›Deuil‹ hoaßt ja ›Trauer‹, gell, ober so traurig schaugt's goar ned aus. Eher fesch. Ma könnt sich grod in sie verliabn. Und die, des ist die Damaszenerrose ›York and Lancaster‹, die Lieblingssortn vo meiner Mutter. Weil die so schee duftet, am scheesten vo alle. Mei Mutter wußt ned bloß, wia ma de Rosen richtig pflegt, sondern sie hot aa de Gschichtn über de Rosen kennt. Do hot's doch in England de ›Rosenkriege‹ gebn, zwischen dene weiße Rosen vo York, de hamma aa, do drüben, un dene rote Rosen vo Lancaster, des is die hier, die Rosa gallica ›Officinalis‹.

Und wia die sich versöhnt ham, do is de weiß-rote ›York and Lancaster‹ entstandn. Sie wissn jo, mit meim Vatter wor's oiwei a bisserl schwierig, do hot mei Mutter viel Grund ghobt, sich Versöhnung zu wünschn. De Rosen, de worn des gonze Glück vo meiner Mutter. Sie hot ja ihrn Nomen vo ihnen ghobt. Jetzt is mei Mutter tot, mei Vatter tot und mei Mo im Gfängnis. I bin ganz alloa auf dera Welt.«

Bei den letzten Worten stehen der Anni schon die ersten Tränen in den Augenwinkeln. Der Herr Pfarrer kommt etwas näher heran und macht eine Bewegung, als ob er sie umarmen wollte, lässt es dann aber bleiben.

»Nicht doch, Anni, nicht weinen. Sie sind doch nicht allein!«

»Jo, i woaß, der Herr Jesus is immer do«, presst die Anni unter Schluchzen hervor, »ober, es tuat ma leid, grod im Moment ko ma selbst der Herr Jesus mein' Vatter ned ersetzn.« Vor Tränen fast blind, greift die Anni nach der Rosenblüte.

»Jeeeetzt!«, rufe ich, so laut ich kann, und die »York and Lancaster« tut, wie ihr geheißen.

Ein Stachel fährt in Annis Haut. Sie reißt die Hand zurück. Der Zeigefinger blutet. Das Blut tropft auf den weißen Ärmel vom Herrn Pfarrer.

Blut ... Wein ... Brot ... Fleisch ... mein Fleisch ... mein Fleisch und Blut, rattern die Botenstoffe in seinem Hirn.

»Anni, ich muss Ihnen etwas sagen. Aber erschrecken Sie bitte nicht«, flüstert der Herr Pfarrer kaum hörbar.

»Wos ko *mi* no erschrecka, Herr Pfarrer?«

»Doch, doch, das wird Sie erschrecken, fürchte ich.«

Und dann packt der Herr Pfarrer so richtig aus. Dass er Annis Vater ist. Dass der Sepp das wusste. Die Rosi hatte es ihm auf dem Sterbebett gestanden. Er, der Pfarrer, war dabei gewesen, wegen der Letzten Ölung. Dass ihn der Sepp nach dem Tod von der Rosi jahrelang gemieden hat. Bis er ihn neulich aufgesucht und von ihm eine gefälschte Urkunde verlangt hat, die die Familie Schladerer als Besitzer des Kofel-Ecks ausweist. Dass der Sepp gedroht hat, dem Bischof einen Gentest von der Anni zuzuspielen, wenn er die Fälschung verweigert. Für mich ist die Sache mit dem »Gähntest« natürlich keine Neuigkeit. Aber ich muss gestehen, ohne die Geschichte der alten Weide wäre ich nie im Leben darauf gekommen, was das Wort wirklich bedeutet.

Der Pfarrer gesteht weiter, dass er dem Sepp nachts in den Fahrzeugschuppen hinterhergeschlichen ist und ihn dort überreden wollte, es zu lassen. Dass der Sepp so stur war wie immer und dass dann ihm, dem Pfarrer, die Nerven durchgegangen sind. Dass er ihm mit der Brechstange, die dort herumstand, eins übergezogen hat, als sich der Sepp gebeugt hat, um nach dem Auspuff vom Lieferwagen zu sehen. Dass er sich an den Rosenhaufen erinnert und die Leiche vom Sepp dorthin geschleppt hat. Dass er mit Handschuhen aus dem Schuppen die toten Rosen auf die Leiche vom Sepp geschichtet und die Handschuhe später nach dem Umtopfen des Ölbaums weggeworfen hat. Und dass er es sofort entsetzlich bereut hat und gar nicht versteht, wie er so etwas Furchtbares tun konnte, da sei er nicht er selbst gewesen. Dass es ihm auf immer und ewig unendlich leidtun und er nie mehr Frieden finden wird. Dass er die Anni um Vergebung bittet, falls es ihr jemals möglich sein sollte, sie ihm zu gewähren. Und dass er sich morgen der Polizei stellen wird. Und schließlich, dass er der Anni, seiner Tochter, sein gesamtes persönliches Eigentum überträgt. Das wird er ja im Gefängnis nicht brauchen.

Jetzt hat also der Herr Pfarrer schlussendlich doch noch

die notwendige Trauer gefunden, um dem Namen seiner Rose gerecht zu werden. Was er da sagte, das wussten wir Pflanzen ja schon fast alles. Die Anni wusste es aber nicht. Sie steht mit offenem Mund da und starrt den Herrn Pfarrer entgeistert an.

»Haben Sie mir zugehört?«, fragt er verzagt.

Er bekommt keine Antwort.

Kurze Zeit darauf wird der Jens aus der Untersuchungshaft entlassen. Es ist ihm nicht besonders angenehm, in die Gärtnerei zurückzukehren, aber wo soll er sonst hin?

Der Jens und die Anni stehen sich inmitten der Rosen schweigend gegenüber. Eigentlich ein romantisches Bild. Ab und zu riskiert einer von ihnen einen verstohlenen Blick zu dem beziehungsweise der anderen, aber nie gleichzeitig. Die Stille, die herrscht, ist jedoch bei Weitem nicht so romantisch wie der optische Eindruck. Eine ganze Viertelstunde dieser Stille auszuhalten, ist selbst für Pflanzen schwierig. Die Anni gibt schließlich als Erste auf.

»Ähm … tuat ma leid, Jens. Dess i di für den Mörder vo meim Vatter ghoitn hob. Des hoaßt, er wor jo goar ned mei Vatter. I ko's no goar ned glaubn. Ober geliebt hob i ean, wie wenn er's gwesn wär. Jetzat hob i an neien Vatter kriagt, und scho is er wieder fort. Bitte verzeih ma …«

»Mir tut es auch leid. Das mit der Jeannette Eisinger. Ich weiß, wie dich das gekränkt hat …«

Die Stille wird wieder ungemütlich, und wieder wird sie von der Anni zuerst unterbrochen.

»I glaub ned, dess ma's no mitnander aushoitn kenna, nach ollem, wos passiert is.«

»Du hast recht. An einer Scheidung führt wohl kein Weg vorbei.«

Jetzt ist es raus, das böse Wort »Scheidung«. Irgendwie sind sie beide erleichtert. Die Stille wird etwas entspannter.

»Was war hier los während meiner … Abwesenheit?«

»An Haufen Oarbeit. Sonst nix. Und bei dir? Des hoaßt, fois wos verzäln wuist …«

»Im Knast ist es so, wie man sich's vorstellt. Sterbenslangweilig und nicht besonders komfortabel. Ich dachte wirklich, jetzt bin ich dran. Ich konnte ja meine Unschuld nicht beweisen. Aber dann hat der Pfarrer gestanden. Der Polizei wurde endlich klar, dass meine Gummihandschuhe nicht als Beweismittel gegen mich taugen. Und weil der Buchenwalder nicht mehr fürchten musste, selbst unter Mordverdacht zu geraten, hat er die ganze Geschichte aufgeklärt. Ihn hat es nämlich gewurmt, dass er im Knast sitzt und der Sprenger ungeschoren davonkommt. Deshalb hat er zu Protokoll gegeben, dass der Sprenger ihn anrief und ihm erzählte, wo er die Handschuhe, die er bei einem heimlichen Besuch in unserer Gärtnerei mit Rost und Rosenholzfasern präpariert hatte, versteckt hat. Der Sprenger hat den Buchenwalder gedrängt, bei seinem anstehenden Treffen mit der Polizei irgendwie zu erreichen, dass der Giftschrank geöffnet wird und die Polizisten auf die Handschuhe aufmerksam werden. Weil er nach der zurückgezogenen Aussage seiner Frau kein Alibi mehr hatte, wollte er die Polizisten loswerden, indem er mir die Sache unterschiebt. So ein krummer Hund. Ich will mal sehen, ob ich nicht irgendeine Entschädigung aus ihm herausbekomme. Der hat's ja.«

»I bin so froh, dess du wieder frei bist. Ober trotzdem: Hier wui i nimma bleibn. Für mi is Reindlfing zu voll vo traurige Erinnerunga. In Penzberg heert der Hofmaier aus Oitersgründen auf und tat ma sei Gelände günstig überlossn, weil er koan Nochfolger hot. A kloane Wohnung is aa dobei. Do moch i mit dene Rosen weider. Wenn du vom Sprenger Geid kriagst, na zoist ma mein' Anteil vo unsrer Gärtnerei aus, und dann kost hier modernisiern, wia du wuist. Wenn'st ma bloß schweerst, dass du den Holunder vom Sepp hinten am kloana Gwächshaus stoa lasst. Noch dem werd i ab und zua schaugn.«

Na, das sind ja trübe Aussichten. Was meint sie wohl mit »ab und zu«? Aber wenigstens ist mein Leben gesichert. Die Rosen, ja, die haben es gut. Die werden von der Anni mitgenommen. Inzwischen haben sie ihre neue Meisterin als vollwertige Nachfolgerin vom Sepp akzeptiert. Im Herbst werden sie in die Penzberger Beete verpflanzt. Die freuen sich jetzt bestimmt, dass sie mich und meinen »Gestank« bald für immer hinter sich lassen dürfen.

Doch ganz im Gegenteil. Die »York and Lancaster« schnieft: »Wie schade, dass wir nicht alle zusammenbleiben dürfen! Das hast du schon gut gemacht, wie du den Mord aufgeklärt hast. Wenn wir nicht alle zusammengehalten und geholfen hätten, wäre es nie gelungen. Wir waren doch ein perfektes Team, und das soll jetzt zu Ende sein? Wie furchtbar traurig!« Die übrigen Rosen schließen nach und nach an. Alle machen sie mir Komplimente. Ich muss schon sagen, das tut unheimlich gut. So eingebildet sind sie ja eigentlich gar nicht. Ich glaube, ich werde sie aufrichtig vermissen.

Zwanzig

Manche hatten schon gehofft, andere befürchtet, dass sich die Polizei für immer aus Reindlfing zurückgezogen hat. Ein Irrtum. Der Wellmann steht eines Morgens wieder mit der Anni zwischen den Rosen, die nur noch einzelne verspätete Blüten zeigen.

»Frau Schultes, ich habe eine gute Neuigkeit für Sie: Wir haben Ihre Rose gefunden. Herr Sprenger hat zwar bis zuletzt geleugnet, die ›Fürstin Tatjana Alexandrowna‹ gestohlen zu haben. Aber wir sind drangeblieben. Wochenlang wälzten wir Familienregister und grasten alle Friedhöfe in München und Umgebung ab. Frau Sprenger stammt nämlich im Gegensatz zu ihrem Mann, der in Niedersachsen geboren ist, aus einer alteingesessenen, leider weitverzweigten Münchner Familie. Glauben Sie mir, ich könnte mit verbundenen Augen jeden einzelnen Friedhofsweg ablaufen, ohne über ein einziges Kreuz zu stolpern. Und schließlich habe ich auf dem Familiengrab, in dem der Urgroßvater mütterlicherseits von der Frau Sprenger bestattet ist, eine in diesem Sommer gepflanzte, stark zurückgeschnittene Rose gefunden. Die sollten Sie sich ansehen. Hätten Sie Zeit, mal eben mit mir hinzufahren?«

»Freili. Wenn's um die Fürstin geht, hob i oiwei Zeit. Ober mocha ko ma jetzat eh nix, weil wenn ma die Fürstin no amoi verpflanzn tat, des tat sie ned überlebn.«

»Sie können sie ja als Dauerleihgabe auf dem Grab lassen.«

»Grod so werd i's erst amoi mocha. Edelreiser ko i ja grod so guat vo dort hoin. Und dess oaner sie vo dort no amoi klaut, glaub i ned. Jemond, der koa Fachmonn is, merkt ja goar ned, dess die Ros wos Bsonders is. De boarischn Liebhober vo oide Rosensorten kenn i außerdem olle persönlich. I bin ma sicher, dess koaner vo dene so skrupellos is wia der Sprenger.«

Ich halte das für eine sehr gute Lösung. Meinetwegen kann die Fürstin bis zu ihrem seligen Ende auf dem Grab bleiben. Ich würde es den anderen Rosen gönnen.

Dieses Problem wäre also erledigt. Aber die Anni hat noch Fragen an den Wellmann.

»Wos mi no interessiern tat: Sie hom mir doch verzählt, dess de Gräfin Lohberg in dera Mordnacht aa do gwesn wor. Wos hot de gmocht? Is de aa bei uns eibrocha? Und wos wor eigentlich mit unsrer Tor-Kettn, wega der Sie den scheenen Duft hom abduschen miassn? Hot die wirklich der Berglmaier durchzwickt? Weil, des passt ma ned, dess die Leit heimlich bei uns umananderschleichn, auch wenn i boid fortziag.«

»Die Gräfin Lohberg hat behauptet, sie sei gekommen, um mit Herrn Schultes über die Rose zu verhandeln«, erklärt der Wellmann. »Der sei ja viel zugänglicher als der alte Herr Schladerer. Sie habe gewusst, dass er am Donnerstag zum Schafkopfen gehen würde, und eine Weile über den Zaun geschaut, aber Herrn Schultes nirgendwo gesehen. Da sei sie wieder weggefahren. Wir haben ihr lange nicht geglaubt. Am Ende wird es wohl die Wahrheit gewesen sein, denn die Fürstin haben wir ja auf einem Familiengrab der Sprengers gefunden und nicht auf ihrem. Und wegen der Kette kann ich Sie beruhigen. Herr Berglmaier hat damit nichts zu tun. Herr Sprenger hat sie aus dem offenen Fenster des fahrenden Wagens in Berglmaiers Hof geworfen, um den Verdacht des Rosendiebstahls auf ihn zu lenken. Die Kette ist rein zufällig im Misthaufen gelandet.«

»Zufälle gibt's!«

»Ja, Zufälle gibt's, und das, obwohl unsere Disziplin, die Kriminologie, schon seit ihrem Entstehen daran arbeitet, den Zufall auszurotten. Irgendwie will es nicht klappen. Aber manchmal kommt uns der Zufall auch zu Hilfe. Das spontane Geständnis von Herrn Fontane muss ein Schock für Sie gewesen sein. Ich hoffe, Sie sind einigermaßen darüber hinweggekommen.«

Spontane – Fontane, wie schön sich das reimt. Trotzdem ist es total falsch. Spontan? Da kann ich ja nur lachen! Der Fall ist gelöst, weil der gute Keim im Pfarrer erfolgreich mit Blut begossen wurde. Und zwar einzig und allein aufgrund unserer pflanzlichen Anstrengungen. Aber erzähl das mal einem Menschen.

Ich sehe die Anni zum Wellmann ins Auto steigen. Legt er da etwa den Arm um sie? Ich kann es nicht richtig erkennen.

Epilog

Das Leben hat die Anni schon arg gebeutelt in letzter Zeit. Doch allmählich ist Ruhe eingekehrt. Ein neuer Alltag. Sie werkelt fleißig in ihrer neuen Gärtnerei. Manchmal besucht sie ihren Vater im Gefängnis. Die zwei verstehen sich eigentlich nicht viel schlechter als vor dem Mord.

Große Neuigkeiten gibt es auch. Diesen Samstag wird aus der Frau Schultes die Frau Wellmann. Selbstverständlich ohne Pfarrer, als Geschiedene. Egal. Der, den sie gewollt hätte, ist sowieso nicht verfügbar. Ich bin leider nicht zur Hochzeit eingeladen. Trotzdem freue ich mich. Nachwuchs erwartet sie auch schon. Die konnten es halt nicht abwarten.

Um für die Familie Zeit zu haben, hat sich die Anni eine Gärtnermeisterin, mit der sie zusammen in der Berufsschule war, als Partnerin für die Rosenzucht geholt. Das alles erfahre ich bei ihren »ab-und-zu«-Besuchen, die leider immer seltener werden.

Die Anni ist fast immer weg, der Sepp ist für immer weg, und der Einzige, der bleibt, ist ausgerechnet der Jens. Wenn der wüsste, was er mir zu verdanken hat, er würde mir jeden Tag den Wurzelteller küssen. Aber der hat ja keine Ahnung. Die Welt ist schon ungerecht. Wenigstens lässt er mich in Frieden. Neuerdings läuft er immer so geschäftig herum, dass er mich überhaupt nicht mehr zur Kenntnis nimmt. Land hat er gekauft, jeden Tag werden neue Maschinen angeliefert, und Gespräche mit künftigen Angestellten hat er auch schon geführt. Alle aus Norddeutschland.

Die Anni fehlt mir sehr. Doch ich bin guter Dinge. Denn ein wahrhaft Liebender ist glücklich, wenn das geliebte Wesen glücklich ist.